中公文庫

ねこ物件

猫がいるシェアハウス

柳　雪花
綾部真弥 原案

中央公論新社

目次

第一話　猫と暮らすということ　7
第二話　猫は人と違って素直である　33
第三話　猫を嫌う人には気をつけろ　61
第四話　猫は敵と味方を瞬時に見分ける　85
第五話　猫は自分に同意のない変化を嫌う　111
第六話　猫は心地よさの鑑定家　137
第七話　猫は道に迷わない　161
第八話　猫は嫉妬しない　185
第九話　猫はいつも冒険家だ　207
第十話　猫は人間関係を結ぶ最上の存在である　229
第十一話　猫は隠しごとをしない　251

ねこ物件

猫がいるシェアハウス

第一話

猫と暮らすということ

夏の朝日に照らされた大きな木造二階建て日本家屋《かおく》の一室で、二星優斗《ふたぼしゆうと》――今年で三十歳になったとは見えない童顔《どうがん》と、ナチュラルショートヘアが特徴《とくちょう》の、甘くてふんわりとした雰囲《ふんい》気《き》を漂《ただよ》わせた青年――は普段と変わらぬ朝を迎えた。眠りから浮上する途中で、ふと口元に笑みが浮かんだのは、寸前まで見ていた夢の影響《えいきょう》か――。

ともあれ、優斗が穏《おだ》やかな気分で目を開けると、ベッドの上で一緒に寝ていた縞三毛《しまみけ》の雌猫《めすねこ》が、クリッとした瞳で優斗のことをじっと見つめていた。

「おはよう、チャー」

視線《しせん》に気づいた優斗は慣れた手つきでその猫の頭から背中にかけて優しく撫《な》でる。それからフワフワとした毛に顔をうずめると深く息を吸い込んだ。その匂いはお日様にあてた布団《ふとん》のような、それでいてどこか甘いミルクのような落ち着く香りだ。そうして『猫吸い』を堪能《たんのう》していると、枕元に置かれた目覚まし時計がジリリリッと鳴《な》った。

朝七時ちょうど。

平日も土日も関係なく規則正しく起床しているせいか体内時計が整っているので役立つことはないアラームを手早く止める。そして優斗は『もっと撫でて』と言わんばかりにじっとしているチャーの望みを叶《かな》えてやった。

チャーはご機嫌《きげん》でわずかに口を開け、人には聞こえないくらいの小さな声で応える。これは俗にいう『サイレントニャー』という、猫が甘えているとき特有の鳴き方だ。

そうして猫との朝のスキンシップをひとしきり楽しんでから、優斗は起き上がった。

着替えを済ませた優斗が自室を出ようと襖《ふすま》を開けると、ベッドでのんびりしていたチャーが慌《あわ》てた様子で床に着地し、歩き出した優斗の後を追いかけてくる。と、チャーの赤い首輪に付いている小さな鈴《すず》がチリンと、かわいらしい音を響かせた。

二間続きの和室リビングの窓辺には、八十歳を過ぎて足を悪くした祖父《そふ》のための介護用電動ベッドが置かれている。しかし、優斗よりも目覚めの早い祖父の姿はすでにそこにはない。見れば、リビングの隣、キッチン脇の茶の間で、脚《あし》付きの座《ざ》イスに座って新聞を読んでいた。

祖父の名は幸三《こうぞう》という。

幸三の膝《ひざ》の上では、白と黒のハチワレ猫――額《ひたい》部分の被毛が八の字のように鼻に沿って割《わ》れて見えることからこう呼ばれる――で、クロという名の雌猫が寛《くつろ》いでいる。

優斗と一緒にやってきたチャーは、茶の間の隅《すみ》に置かれたお気に入りのクッションに向かうと、くるんと丸まって、心地よさそうに目を閉じた。

二星家の今の住人は、幸三と優斗の二人と猫だけ。

優斗の両親は優斗が幼《おさな》い頃に事故で亡くなった。それ以来ずっと、この家族構成だ。

「おはようございます」

礼儀《れいぎ》正《ただ》しい優斗の挨拶《あいさつ》に、幸三は紙面から顔を上げて「ああ、おはよう」と応える。

「夢を見ました……」

「ほう、いい夢だったか？」

幸三の問いかけに、優斗は尋ねられたこと自体がうれしかったのか、あるいは、夢の内容が脳裏《のうり》を過《よぎ》って幸せな気分を思い出したのか、かすかに目を細めて頷《うなず》いた。

「毛並みのいい三毛猫が出てきました」

「ほう、夢にも猫か。きっと吉夢《きちむ》だな」

羨《うらや》ましそうにつぶやいた幸三に、優斗は「ですね」と微笑《ほほえ》み返す。

「朝食、作ってきます」

「ああ、ありがとう」

そんな他愛《たあい》もない祖父との短い会話を終えた優斗は茶の間を通り過ぎてキッチンへと入っていった。

エプロンを着けた優斗は水をたっぷり入れた鍋《なべ》を火にかける。朝食はすでに決まっているし、毎朝のことなので優斗の手際にはむだがない。リズムよく野菜を切る音や、コトコトと何かを煮《に》る音、ミキサー音などがこぢんまりとしたキッチンに響く。あと三十分もすれば幸三と優斗の分と同時に、クロとチャーの朝食も完成するだろう。

幸三が定めた二星家の家訓では、『家族は同じものを食べる』ことになっているからだ。

そうしてこの日もいつもどおり、家訓に則《のっと》って朝食を用意していたのだったが――。

悲劇《ひげき》は唐突《とうとつ》に訪れた。

ガタン、と茶の間の方から突然《とつぜん》聞こえてきた大きな音に、調理中だった優斗は手を止めた。さらに猫たちの小さな鳴き声も聞こえ、なにごとかと驚いてキッチンを出ると――先ほどまで新聞を読んでいたはずの幸三が、畳《たたみ》に突《つ》っ伏《ぷ》して倒れていた。

「おじいちゃんっ！」

その後、すぐに幸三は救急車で病院に運ばれたものの、優斗に大きな家と猫二匹を残して、あっけなくこの世を去った。八月のお盆前のことだった。

＊＊＊

九月下旬のある日のこと——。

「もう四十九日か、まだ信じらんないよ」

「脳梗塞《のうこうそく》だったっけ？」

「ああ。幸三さん、最期《さいご》はあっという間だったなあ」

リビングの仏壇《ぶつだん》の前で、法要に参列した商店街の店主たちが話し込んでいたが、優斗は彼らには目もくれず、クロを抱きかかえて無言で座っていた。

チャーも優斗に寄り添うように、傍《かたわ》らで丸まっておとなしくしている。

「色々あっただろうけど、幸三さんは果報者だよ。これから不安なのは……」

そう言って、不意に優斗に話を振ったのは米屋のおじさんだ。

「なあ、優斗くん。これからはキミがしっかりしないと。今年で三十路《みそじ》だっけ？　もういい歳《とし》なんだし」

「……」

何を言われても無言を貫いている優斗に、米屋のおじさんは呆《あき》れた様子で続ける。

「仕事はしてるのかい？　幸三さんのためにも、自立していかないと」

「そうそう、毎日遊んで過ごしてちゃいけないよ。男なんだから、きちんと外に働きに行かないと。なんなら、俺が紹介してやるから、な？」

米屋のおじさんに次《つ》いで、肉屋のおじさんも加勢するが、優斗はひたすら沈黙《ちんもく》を通す。

「パソコンとかできるかい？　何か希望があれば、遠慮《えんりょ》なく言ってくれていいんだよ？」

と、世話を焼きたいのか提案してくるおじさんたちに、優斗はようやく口を開いた。

「僕は、猫とここにいます」

その返事と頑《かたく》なな優斗の態度に、米屋と肉屋のおじさんは顔を見合わせて苦笑する。

優斗がそれ以上何も話そうとしないので、やがて沈黙と気まずい雰囲気に耐《た》えかねた参列者たちが次々と席を立って帰り始めた。

しかし優斗は彼らを見送りもせず、黙《だま》って俯《うつむ》いたままだ。

その場に最後まで残っていたのは、意外にも優斗と同じ年頃の女性だった。

黒のロングヘアを後ろでひとつに結び、長めの前髪は真《ま》ん中《なか》二つ分け。黒スーツをビシッと着こなしており、まじめそうな雰囲気だ。

「二星、優斗さんですよね？」

「そうです」

不意に話しかけてきた女性に対して、優斗はほとんど表情を変えず淡々《たんたん》と応える。

「このたびはご愁傷様《しゅうしょうさま》でした。わたし、四《よ》つ葉《ば》不動産の広瀬有美《ひろせゆみ》といいます。幸三さんには、不動産の管理を任されていました」

ぺこりと頭を下げられた優斗は、そっけなく「どうも」と会釈《えしゃく》を返す。

「相続のことでお話がしたいので、一度、会社の方まで来ていただけますか？」

そう言って有美が鞄《かばん》から名刺《めいし》入れを取り出し、優斗に名刺を渡そうとした瞬間《しゅんかん》のことだ。

「うひゃわぁあっ！」

有美と優斗の間をチャーが通り過ぎようとした途端《とたん》、有美はあまり聞いたことがないような変な悲鳴を上げて、リビングの隅まで大きく飛び退《すさ》った。

突然のその行動に、さしもの優斗も怪訝《けげん》そうに眉《まゆ》をひそめながら有美を見つめる。

優斗の視線を感じたのか、有美はハッと我《われ》に返り、気まずそうにしながらも慌てて居住まいを正した。

「あ、では、お待ちしてます。今日はこれで失礼します」

渡し損ねて畳の上に落ちてしまった名刺には気づかず、そそくさと帰っていく有美の後ろ姿を見つめ、優斗は不思議そうに目を瞬《しばた》かせたのだった。

＊＊＊

翌日の朝七時。

二星家の一室では、以前と異なり、目覚まし時計のアラームが鳴り続けていた。

幸三が亡くなってからはこれがいつもの光景になりつつある。優斗は目を閉じたまま身じろぎすると、面倒くさそうに布団の中から手だけを伸ばして、ようやくアラームを止めた。

それから数分後、チャーが布団の上でもぞもぞと動いているのを感じた優斗はようやく布団から顔を出す。と、チャーに何かを要求するような視線を向けられ、ため息をついた。

「はぁ……」

気怠そうにしながらもなんとか起き上がった優斗はのろのろと着替えると、チャーに促されるようにして部屋から出て、誰もいない茶の間へ向かう。

キッチンで朝食を用意し、いつも食事をしている茶の間のテーブルに食事を並べても、そこにいるのは二匹の猫だけ。

普段どおりにお腹《なか》を空かせたクロとチャーがほぐした鮭《さけ》にありつく様子を眺《なが》めてから、優斗は自分の座布団に正座した。

食欲はほとんどないが、猫たちにあげた食材と同じもので作った朝食——昨晩、二人暮らしだったときの癖《くせ》で炊きすぎて残ってしまった白いご飯と、優斗にしてはめずらしく、少し焦がしてしまった焼き鮭、味噌汁《みそしる》はほうれん草と豆腐《とうふ》入りだ。

「いただきます」

静かな茶の間で一人、手を合わせて食べ始めた優斗だったが、ふと横を見るとチャーが何かを踏《ふ》んでいることに気づいて腰を上げた。

拾い上げた紙切れには、四つ葉のイラストの横に『あなたの暮らしにイノベーションを』という標語、そしてその下に『広瀬有美』と書いてある。

昨日、弔問に訪れていた不動産屋の女性が置いていった名刺だった。

優斗はそれをじっと見つめてからテーブルに置くと、面倒くさそうにため息をつき、再び朝食を食べ始めたのだった。

＊＊＊

四つ葉不動産は、二星家から歩いて数分ほどの商店街にあった。チェーン展開などはしていない地域密着型の小さな店舗《てんぽ》だ。

その店の応接コーナーで、優斗は有美と向かい合って座っていた。テーブルの上には書類が何枚も広げられている。

「こちらが幸三さんから託《たく》されていた土地と建物になりますが、ご存じでしたか？」

有美の問いかけに、優斗は紙面を順に見つめていき、首を横に振った。

「これだけありますと相続税だけでかなりの額になると思いますので、税理士の方とも相談して、売却など、整理された方が賢明かと」

「はい……」

そう提案されても、祖父の幸三から何も知らされていなかった優斗にはピンとこず、呆然《ぼうぜん》と頷くことくらいしかできなかった。

そんな優斗を見て心配になったのだろう。有美が恐《おそ》る恐るといった様子で口を開く。

「あの、失礼ですが、今のお仕事は？」

「働いていません」

即答した優斗に、有美が少し困惑《こんわく》気味に問いを重ねる。

「以前は？」

「以前も働いていません」

淡々と答える優斗に、有美の表情が「まさか」という不安そうなものに変わった。

「つまり、働いたことが？」

「ありません」

きっぱりと言いきると、有美は苦い笑みを浮かべたが、すぐに気を取り直して言う。

「では、今後の展望は？」

「特にありません」

優斗の返答に、有美がため息混じりに「なるほど」と力なくつぶやいた瞬間。

「あ、今の家と猫は、いります」

そこだけは譲《ゆず》れない、といった様子で優斗が主張した。

有美は「わかりました」と頷き、何かが閃《ひらめ》いたのか急に立ち上がる。自分のデスクの引き出しから書類を引っ張り出すと、有美はそれを優斗に差し出した。

「シェアハウスをやりませんか？」

「シェアハウスって……他人と一緒に住むということですか？」

優斗がわずかに考える素振りを見せたのを、有美は『脈《みゃく》あり』と感じて話し始める。

「そうです。猫と暮らすシェアハウス、というのが流行《はや》り始めています。猫を飼いたいのに住環境で難しい人や、借り手の付かない物件のオーナー向け、それに、保護猫の行き先としても注目されています」

これまでの事例として、猫付きシェアハウスのチラシやパンフレットを優斗に渡しながら、有美はテンポよく説明を進めていく。

「そして、優斗さんにとって何よりもよいと思うのは、今の家で猫と一緒に暮らしながら収入が得られるということです」

そこで有美は、何かを懐《なつ》かしむように頬《ほお》を緩《ゆる》めた。

「幸三さんには生前、大変お世話になりました。よろしければ、わたしの方でお手伝いさせていただけませんか」

一方の優斗は少し考える素振りを見せてから、「あの」と、軽く手を挙《あ》げた。

「ひとついいですか？」

優斗が積極的な姿勢を見せ始めたことに有美は手応えを感じたのだろう。明るい表情になりながら「どうぞ」と先を促す。

「ウチの猫が気に入らなかった人は、入居させなくてもいいですか？」

「えっと？」

有美は想定していなかった質問に困惑しつつも、なんとか回答を導《みちび》き出そうと考えた。大家が気に入らなかった人の入居を断《ことわ》るというのは、よくあることだが……。

「猫がＯＫじゃなければ、入居させないということですか？」

優斗があっさりと「そうです」と肯定したので、有美は信じられないと思いながらも、つい笑ってしまった。

「そんなの、どうやってわかるんですか？」

「僕にはわかります」

自信満々の笑みを浮かべた優斗にそう言われれば、有美は納得するしかない。

「では、『猫審査』を入れるということで」

そんな審査は初耳だが、それで話を進めてもよいということなら進めてしまおうと、有美は心を決めたらしい。するとそこで優斗が「あっ」と声を上げた。

まだ何か特殊な審査でも必要なのかと有美が警戒《けいかい》をあらわにすると、優斗が続ける。

「それと、男性限定にしてください」

「はい？」

「女性と暮らしたことがありませんので」

有美はなるほど、と意外に普通《ふつう》の条件だったことに少しホッとした。基準がいまいちわからない猫審査よりは遥《はる》かにハードルが低い。

「わかりました」

そのほか、募集人数や家賃などについても打合せし、有美が手帳に条件をメモし終えると、優斗がこれ以上話すことはないと思ったのか、席を立つ。

「では、失礼します」

どこか急いでいるようにも感じられる優斗の態度に、有美は疑問《ぎもん》を抱《いだ》いた。

「あのっ、暇《ひま》じゃなかったんですか？　何もせず、一日中、家にいて……」

直球の問いかけに、優斗は何かを愛おしむような、優しげな微笑みを返してきた。

「猫と暮らせば、わかります」

優斗の婉曲的にも感じる回答に、有美は首を傾《かし》げる。

「何が、わかるんでしょうか？」

「まったく飽きません」

そう答えた優斗はぺこりとお辞儀《じぎ》をすると、意味がわからないまま呆然としている有美に背を向け、店から出ていったのだった。

帰宅した優斗はリビングの幸三の仏壇の前で正座していた。優斗の後ろにはクロとチャーもおとなしく座っている。

お線香を上げ、手を合わせてからゆっくりと目を開けると、遺影の前に置かれた祖父愛用のデジタル一眼レフカメラが目に留《と》まった。

優斗はそれを持ち上げると、後ろを向いてファインダーを覗《のぞ》き込む。使い方は習っていて、最近は共用のものになっていたが、少し緊張《きんちょう》する。

「ほら、こっち向いて」

クロとチャーにそう声をかけると、二匹とも優斗の方をじっと見つめてきた。

シャッターを切りながら、優斗は自分が幼かったときの祖父とのやり取りを思い出す。

祖父の幸三はよく写真を撮る人だった。クロとチャーが来る前、二星家にはケイという雌猫がいた。ケイは白地《しろじ》に茶と黒の毛が混ざった三毛猫で、鈴付きの黄色い首輪を付けたスリムな体つきの子だった。優斗がケイを抱いていると、うれしそうにいろんなアングルでシャッターを切っていた。

「よしよし、いいのが撮れたぞ」

縁側《えんがわ》で満足そうにしている幸三に、優斗は何気ない疑問を投げかけたことがあった。

「おじいちゃんは、なんで猫を飼ってるの？」

「んん、そうだなぁ。猫と暮らす時間は決してむだにはならない。それはきっと何かのためになる。優斗にもそのうち、わかるさ」

そう言って目尻を下げた幸三の考えが、今の優斗にはわかる。しかし、まだ幼かった優斗には理解できず、首を傾げたのを覚えている。

よくわからなかったけれど傍らにいたケイの首元を撫でてみると、とても温かくてフワフワした毛の感触も気持ちいいなと思った。けれども、猫は気まぐれだ。優斗の手からすり抜けると、そのままどこかへ歩き去ってしまった。

もっと触れていたかったので追いかけようとすると、幸三に「放っておきなさい」と止められた。ただ、猫は遠ざかっていってしまったけれど、優斗の心の中には、確かに何か大切なものを残してくれたのを感じたのだった――。

＊＊＊

十月に入ったある日、有美が手配したリフォーム業者が朝早くから作業をしにやってきた。玄関先には『★★《二星》ハイツ』という木製の看板《かんばん》が掛《か》けられ、家の中にはシェアハウスに必要な家具が次々と運び込まれていく。リビングの畳の上にはラグが敷かれ、これまで優斗と幸三の二人の生活では使ったことのなかった六人掛けのダイニングテーブルやイス、ロッカーなどが置かれていった。

テキパキと業者に指示を飛ばしているのは、すべて有美だ。

優斗は人の出入りに落ち着かない様子で猫たちとともに、キッチン脇の茶の間にいた。

といっても、ボーッとただ何もせず見ているだけではない。優斗は自分のノートパソコンを開き、シェアハウスのチラシ作りをしていた。

カメラ目線でいい表情のクロとチャーの写真を中央に配置し、上の方には肉球のイラストと重ねるようにして『ねこ物件』と書いてある。

チラシのタイトルは『猫と暮らすシェアハウス　二星ハイツ　入居者募集中！』だ。

共有スペースあり、敷金・保証金なし、個室と家電付き、Wi-Fi 完備で、家賃は朝食付きで三万円、という諸条件なども記載《きさい》していく。

すると、優斗の背後からパソコンを覗き込んだ有美が驚いた様子で目を見開いた。

「すごーい！　こんな特技があったんですね」

「はい、趣味《しゅみ》です」

淡々と答えた優斗に、有美は感心しながら、「そうだ」と用件を切り出す。

「これから細かな連絡《れんらく》が必要になってくると思うので、メッセージアプリのＩＤを交換してもらってもいいですか？」

自分のスマホを開き、緑色をしたメッセージアプリのロゴマークを指し示してきた有美に対し、優斗は作業していた手を止めた。

「それ、やってません」

「えっ、やってないんですか？」

無料でメッセージ交換をしたり、通話もできる便利なアプリで、日本人の八～九割が使っているというとても有名なものだ。

使ったことがない人がいるとは、と驚く有美に、優斗は冷ややかな口調で理由を述べる。

「これまで、誰とも繋《つな》がる必要がなかったんで」

優斗にとっては、ただ単にそれだけのことだった。

しかし、告げられた事実に悲しげな表情を浮かべた有美は、わずかに首を横に振って、もう一度スマホの画面を優斗に向けた。

「繋がりましょう！」

力強くそう勧められた優斗は、半ば気圧《けお》されるようにしてアプリをダウンロードすると、有美とＩＤ交換を済ませたのだった。

その夜、シェアハウス仕様に改装を終えたリビング隣の茶の間で、優斗は仏壇の前に正座し、お線香を上げていた。

生前とすっかり変わってしまった内装を見たら、幸三はどんな感想を持つのだろう。

優斗がそんなことを考えていると、ズボンのポケットに入れてあったスマホが振動し、ピコン！　というかわいい電子音が聞こえた。

取り出して確認すると、どうやら、昼間、有美に半強制的にダウンロードさせられたアプリの通知音だったらしい。開いてみると、そこに有美からのメッセージが表示される。

『次々と入居希望の問い合わせがきています』

その内容に、優斗の身体《からだ》は強張《こわば》った。

まさかこんなに早く反応が得られるとは考えていなかったのだ。一体どんな人が来るのか、優斗はその夜、緊張してしまい、なかなか眠りにつくことができなかった。

＊＊＊

数日後の昼、有美のセッティングで、優斗は二星家の真新しいダイニングテーブルを挟《はさ》み、入居希望の青年と向かい合って座っていた。

優斗が緊張のあまり顔を上げることすらできずに無言を貫いていると、優斗の隣に座った有美が不安げに口を開いた。

「優斗さん？　優斗さーん？」

一向に喋《しゃべ》りだそうとしない優斗にしびれを切らした有美が面接の開始を促すものの、優斗は入居希望の青年よりもガチガチだ。

「お……願いします」

なんとか絞《しぼ》りだされた言葉は、面接開始の挨拶ではなく、有美へと向けられていた。

「え、わたし？」

まさか自分に進行役を振られるとは思っていなかった有美だが、俯いたまま、再び口を閉ざしてしまった優斗の様子に、仕方なく話を進めることにする。

有美は姿勢を正すと、手元の資料を見ながら、正面に座っている青年に視線を向けた。

「えー、では、まずは名前と年齢《ねんれい》を教えてください」

優斗と有美のやり取りをどこか微笑ましげに眺めていた青年が、待っていましたとばかりに明るく自己紹介を始める。

「藤島明夫《ふじしまあきお》、二十三歳です」

お洒落《しゃれ》なデザインシャツとチノパンという、ラフながらも清潔感《せいけつかん》のある雰囲気は好感が持てる。笑顔も爽《さわ》やかで印象は悪くない。

「現在のお仕事は？」

「清掃業《せいそうぎょう》です。窓拭《まどふ》きとか、床のワックスがけとか」

「なるほど。では、このシェアハウスに応募しようと思った理由を聞かせてください」

その質問に、ずっと黙って聞いていた優斗がビクッとわずかに肩《かた》を揺らした。

「今のアパートがちょうど更新の時期だったので」

「では、この物件に惹《ひ》かれた、一番のポイントは？」

優斗にとってはこの質問に対する回答が最も重要であり、期待する答えはもちろん、猫についてだろう。

しかし、青年はあっけらかんとした表情で「家賃三万円で朝食代込み、です！」と答えた。とてもわかりやすく、かつ、嘘偽《うそいつわ》りのない答えだというのが伝わってくる。

「いやぁ、今時にしては安いし、すごく助かるなぁって」

ありがちな返答だと納得して頷いた有美とは対照的に、優斗の方はあからさまに表情を曇《くも》らせた。そしてすぐに手元にあったメモ帳を取ってペンで何かを書き込み、隣にいる有美にスッと差し出した。

その様子に、藤島が不安そうなまなざしを有美に向ける。

有美は優斗から渡された紙に『ねこ』と書かれているのを見てハッとする。これはつまり、猫について聞いて欲しいという指示なのだろう。

「えっと……猫、に関してはどうでしょう？」

有美が優斗の代わりに尋ねてみると、藤島はそこでようやくこの家が『猫と暮らす』シェアハウスだということを思い出したらしい。

「ああ、猫！　好きですよ。エサとかあげたりしたいなぁ」

優斗はその答えを聞いた途端、「エサ……」とつぶやき、藤島に対して、軽蔑《けいべつ》するような視線を向けてから俯いた。優斗の一気に冷めた雰囲気に気づいた有美は焦り始める。

しかし、藤島の方は二人の反応に気づいた様子もなく、笑顔で猫の話を続けた。

「エサをあげるのが、懐いてもらうコツですよね！」

自信たっぷりに言いきった藤島に、有美はなんとなく優斗の周りを包む空気が一段とひんやりしたように感じて、苦々しい笑みを返す。

「それは、どうでしょうか？」

優斗の反応を窺いつつ曖昧《あいまい》な返事をした有美に対し、藤島は悪気のない笑顔で胸を張った。

「まあ、猫は得意な方なんで」

そう豪語《ごうご》する藤島に、優斗がついに耐えきれないといった様子で口を挟んだ。

「そんな簡単なことではありません」

怒気《どき》を含んだその一言に、それまで笑っていた藤島もさすがにポカンとする。

「そ、そうですか……」

ようやく気まずさを感じたらしい藤島は目を泳がせると、リビングのソファで丸まっていたクロとチャーの姿を見つけて立ち上がった。

「おっ、かわいいなぁ！」

そう言いながらまっすぐに猫たちに近づいていくと、なんのためらいもなく、チャーの頭をわしゃわしゃと手荒《てあら》に撫で始める。しかし、突然見知らぬ人に触れられたチャーは不機嫌そうだ。クロは警戒して部屋の隅へ逃げていってしまった。

そんな藤島の言動に、優斗はもう勘弁《かんべん》してください、とばかりに立ち上がると、大きな声を上げて深々と頭を下げた。

「お疲れ様でした」

「え？」

猫と仲良くできるというアピールをしたつもりの藤島は、優斗の言葉の意味がわからず真顔になる。二人の間に気まずい空気が流れたところで、有美が苦笑いして藤島に会釈した。

「面接は終了です。お気をつけてお帰りください」

「あ、はい、ありがとうございました」

優斗の意思を有美が明確に告げ直し、そうして一人目の面接は早々に終了したのだった。

そして二人目の入居希望者の面接中のことだ。

優斗は相手に質問したいこと——今回は『しぐさ』と書いてあるメモを有美に渡した。

「では、猫のどんなしぐさが好きですか？」

指示どおりの質問に返ってきたのは、「本当は猫より犬の方が好きかな」だった。

こうして二人目の面接もあっけなく終了。続く三人目も——。

「猫について、知っている知識があれば教えてください」

「猫は母親に性格が似る！」

自信たっぷりに回答した青年に、優斗がぼそりと「父親です」とつぶやいた。

「ほかには？」

「構ってあげることが大事！」

有美がわずかな期待を込めて尋ねたものの、優斗の「構い過ぎは、絶対にNGです」という不機嫌そうな返事をもって面接は終わりとなった。

入居希望者の面接はまだ続く。

四人目の男性は、リビングに入ってくるなり連続でクシャミをした。その様子を見た優斗はすぐに理由を察して、もう何も、喋る気すらも起きないようだった。

「すみません、ちょっとアレルギーが……っくしゅん！」

その発言で事情を理解した有美も思わず呆れてため息をつく。そして面接に立ち会っていたクロとチャーも、ソファの上で眠そうにあくびをしているのだった。

「今日は以上になります」

帰り支度《じたく》を整えた有美がそう言うと、優斗は「はい……」と疲れた様子で頷いた。

面接が終わってソファに移動した優斗は、疲れを癒《いや》してもらうようにクロとチャーを撫でながらボーッとしていた。そんなシェアハウスの主に、有美は今日の面接を通しての正直な感想を打ち明ける。

「あの……猫たちが面接しているというより、優斗さんが気に入るかどうかだけで判断しているように見えたんですけど」

その指摘《してき》に顔を上げた優斗は、真剣《しんけん》なまなざしを有美に向けた。

「家族になる人に、妥協はできません」

「家族って、シェアハウスってだけですよ？」

そんな大げさな、と言わんばかりに笑った有美だが、優斗はいたって本気だ。

「同じ家に住んでいれば、それ、家族です」

きっぱりと言いきられ、有美は小さくため息をつく。どうやら優斗の面接基準は有美が考えていたものよりもずっと厳しいものだったらしい。

「せっかくリフォームしたのに、むだになるかもしれませんね」

有美はシェアハウス仕様に整った部屋をぐるりと見回し、先が思いやられるなと呆れた様子で言う。が、優斗は一歩も譲らない。

「家族になれない人と住むくらいなら、一人の方がマシです」

「……それで、亡くなった幸三さんは安心されるんでしょうか？」

どこか悲しげな表情を浮かべてつぶやいた有美のその言葉に対しては、優斗は何も言い返すことができずに黙り込んだ。

「では、失礼します」

そうして有美が帰っていくと、シンと静まりかえった広いリビングに、優斗は一人ポツンと取り残された。膝の上でスヤスヤと眠っているチャーの背を撫でながら、有美の残した言葉を反芻《はんすう》するうちに、ふと幸三が言っていたことを思い出す。

「優斗に夢はあるか？」

唐突な問いに、幼い頃の優斗がポカンとしながら「特にありません」と答えると、幸三は「うーむ」と唸った。

「では、夢を持つ人と触れ合いなさい。そうすれば、きっと夢も見つかる」

その時、優斗は確か「僕は猫と遊んでいられればいいです」と返したのだ。そしてそれは、つい先日、有美に将来《しょうらい》の展望を問われて答えた内容と大差ない。

有美は苦笑いしていたが、幸三は優斗の答えを「なるほど」と言って笑った。

「猫と遊ぶのもいい。だけど、夢があると、なおいい。もっと猫を好きになれるぞ」

今思えば、幸三は優斗の将来を案じて助言してくれていたのだろう。

そのことを今さらながら思い出した優斗は、自分がこれから、どういうシェアハウスにしていくべきなのか、もう一度じっくり考え直してみることにしたのだった。


それから二日後のことだ。

優斗が買い物から帰ってくると、ポストに一通の封書《ふうしょ》が入っていた。

裏面の差出人のところに、見慣れた字体で『三星幸三』と書いてあることに気づき、優斗は目を丸くする。

「おじいちゃんから？」

とりあえず玄関に入ると、封筒をゆっくりと開け、恐る恐るといった様子で便箋《びんせん》を取り出す。少しだけためらってから、内容を読み進めていった優斗は目を瞠《みは》った。

「……！」

動揺《どうよう》を露《あらわ》に、しかし、一人無言のまま玄関で佇んでいる優斗の姿を、クロとチャーだけが背後からじっーと見つめていたのだった。

翌日の昼下がり、優斗は四つ葉不動産を訪ねた。そして忙《いそが》しそうにしている有美のデスク脇に立った優斗は、深々と頭を下げた。

「もう一度、入居者の面接をさせてください」

しかし有美はその言葉をあまり信じていないのか、あしらうように苦笑いする。

「本当にやる気あるんですか?」

「あります」

優斗のこれまでとは打って変わった態度に気づき、有美は驚いて目を瞬かせた。

「一体、どうしたんですか?」

「僕も、夢を持ちたいと思いました」

また唐突に何を言い出したのかと怪訝そうに眉を寄せた有美に、優斗はバッグの中から紙を取り出して掲げる。

「ルールを考えました」

「ルール? ねこ物件、二星ハイツ、七箇条?」

紙に書かれた文字を読もうとした有美を遮《さえぎ》り、優斗が声を張り上げる。

「ねこ物件、七箇条。其の一、猫の暮らしを最優先すること」

その宣誓《せんせい》に、有美だけでなく、事務所内にいた他の社員たちもなにごとかと、優斗に注目した。しかし、優斗は周囲の反応などお構いなしに次々と読み進めていく。

・其の二、原則、朝食は入居者皆で一緒に食べること。
・其の三、常に部屋は整理整頓《せいとん》し清潔に保つこと。
・其の四、入居者同士、協調性を持つも、干渉《かんしょう》しすぎないこと。
・其の五、猫の誤食《ごしょく》を防ぐため、食べ残しは必ず適切に処理すること。
・其の六、猫を愛せない者を、家に招かないこと。
・其の七、この家は、夢を持つ人のためにある。

そうして七箇条すべてを読み上げ終えた優斗は、紙を有美に向け、作り直したチラシ原稿も一緒に差し出す。

新しいチラシはクロとチャーの写真を少し小さくして、『七箇条』と『夢を持つ人のためのシェアハウス』という文言が追加されたものだ。

「これが、僕の作りたい家です」

迷いの吹っきれた優斗の真剣な視線を、有美はしっかりと受け止める。

「わかりました。もう一度、募集をかけ直してみますね」

「はい！　よろしくお願いします」

優斗は有美と微笑み合うと、満足げに四つ葉不動産を後にした。

その日、買い物を終えて帰宅する途中、優斗は少しだけ遠回りをして土手沿いの道を歩いてみた。色づき始めた木々の葉や爽やかな風に秋を感じながらの散歩は久しぶりで新鮮な気分だ。

部活帰りの学生や、犬を散歩させている主婦とすれ違いながら、優斗はふと思う。

（僕は猫派だ。他の動物よりも、人よりも……）

寄り道したことでいつもより帰宅が遅《おそ》くなってしまったのを心配してくれたのか、玄関でクロとチャーが二匹揃《そろ》って出迎えてくれた。

こんなとき、優斗は改めて感じる。

猫との暮らしには毎日、発見があり、日々の成長や様々な表情に気づかされる、と。その小さな発見を、愛しているのだということを——。

——数日後、入居希望者の面接が再開したのだった。

第二話

猫は人と違って素直である

十月中旬のある日の午後三時。

優斗はリビングのソファでそわそわしていた。膝に乗せたチャーの背中を撫でながら、壁掛け時計をチラッと見る。優斗の落ち着かない様子に、クロもソファの上で丸まりながらも時折、もぞもぞと動いていた。

しばらくして呼び鈴が鳴り、優斗が肩をビクリと震《ふる》わせて立ち上がると、玄関先から聞き慣れた女性の声が聞こえてきた。

「お邪魔《じゃま》します」

今日は新たな面接者を有美が連れてくる約束になっていたのだ。

勝手知ったる様子でリビングに入ってきた有美の後ろには、黒縁眼鏡《くろぶちめがね》をかけたまじめそうな青年の姿がある。

「こん、にちは」

勇気を出して自分から挨拶をした優斗に対し、青年も緊張しているのか、硬い表情で「初めまして。よろしくお願いします」と会釈を返す。

が、優斗の足元にいるクロとチャーに気づいた青年は、わずかに頰を緩めた。

「こんにちは」

猫にもきちんと挨拶するという青年の些細《ささい》な言動を、優斗は見逃さなかった。しかし、特に何を言うでもなく、リビングへ案内する。そして前回までの面接同様、ダイニングテーブルを挟んで優斗と有美、青年は向かい合って座った。

無言の間を置いて、有美が優斗と視線を交わす。優斗の助けを求めるようなまなざしを受け、有美は小さくため息をついた。

どうやら、進行役は今回も有美が務めた方がいいらしい。

「では、お名前と年齢を教えてください」

すっかり慣れた様子で面接を開始した有美に、青年が改めて背筋《せすじ》をピンと伸ばした。

「はい。立花修《たちばなおさむ》、二十五歳です」

修はノーカラーの白いシャツに落ち着いた色合いのチェック柄のジャケットを着こなしており、知的な印象の漂う青年だ。

「現在はなんのお仕事をされていますか？」

「司法浪人《しほうろうにん》でして、弁護士事務所でアルバイトをしています」

修の回答に有美は「弁護士志望ですか」と感心した様子で頷いて、チラリと隣の優斗の反応を窺う。

優斗はまだなんとも言えないといった表情で、有美に面接の進行を促した。

「それは大変なお仕事ですね」

「いえ、まだ弁護士にはなっていませんので」

微妙に誤った発言を適当に流さず訂正した修は、細やかな性格なのかもしれない。有美は気を取り直して質問を続けることにした。

「何か、法律のお仕事を志《こころざ》すきっかけがあったんですか？」

「そうですね。月並みですが、小さい頃から困った人を助けたいと思っていた……といったところでしょうか」

その立派な志に、有美が「おおーっ」と感嘆すると、修は照れくさそうに頰を掻《か》く。

「なんか、ちょっと恥《は》ずかしいですね」

有美が修につられて微笑み、なんとなく場が和《なご》んだ。ソファのところで面接の成り行きを見守るようにして寝転んでいるクロとチャーも、今日はリラックスしている様子だ。

そこで優斗から面接の続きを促す訴えるような視線を感じた有美は、次の質問に進めた。

「では、猫はお好きですか？」

恐る恐るといった感じで尋ねた有美に、修はパッと明るい表情になり「はい！」と頷く。

「昔から大好きで、猫を飼っている友人の家に猫目当てで遊びに行っていました」

その回答に有美はホッとしながら「なるほど」と、笑顔になる。優斗にも好印象だったようで、その口元がほころんだ。と、メモ帳に勢いよく走り書きして有美に渡す。

そのやり取りを不思議そうに見つめる修に、有美は愛想笑いを返しながら内容を確認した。

そして優斗が聞きたがっていることを理解した有美は、質問を続ける。

「では何か、好きな猫のしぐさとか行動はありますか？」

これまでの面接の時同様、本当に猫が好きなのかどうかを見極めようとしているのだろう。

有美と優斗からの期待のまなざしを受けつつ、修が少し考え込む。

「うーん、そうだなぁ。なんだろう。猫って、ただ無邪気な様子を見ているだけでいいんですけど、しいて言えば……」

「しいて言えば？」

めずらしく前のめりになって反復した優斗に、修が笑顔で力説し始める。

「猫ってトイレの後、急に走ったり元気になったりしますよね？　あれ、かわいいなって思います」

「ははは……うん、あるある！」

　優斗は急に声を上げて笑い、何度も頷きながら同意した。優斗のそのめずらしい様子に有美は驚いて目を見開く。

　すると、修の方も優斗にわかってもらえたことがうれしかった様子で話を続けた。

「うちでは猫を飼えなかったので……」

「ご両親が苦手だったとか？」

　有美の疑問に、修が苦笑いする。

「いえ、苦手というほどではないんですが、生き物の飼育《しいく》は許されなくて……だから、ずっと憧れていました」

「そうですか、なんか、すみません」

　気まずい雰囲気になりかけて、有美が優斗の様子を窺いながら不安そうな表情を浮かべる。

　しかし、修は気にした様子は見せず、穏やかに微笑んだ。

「いえ。でも、ここに住めば猫と暮らせると知って、すぐ応募しました」

「なるほど、ありがとうございます」

　気を悪くした様子はまったくない修の視線が、そこで不意にソファで寛いでいる猫たちに向けられる。それはとても優しいまなざしだ。しかし、すぐに緊張した表情に戻った修は、ソワソワとした様子で口を開いた。

「あの、それで、入室はＯＫなんでしょうか？」

尋ねられた有美は「そうですねぇ」と曖昧につぶやいてから優斗の方を見つめ、その判断を仰ぐ。しかし優斗は即答を避《さ》け、ソファにいる猫たちの方を窺い見た。

「決めるのは、あの子たちなんです」

すると、優斗に続いて有美と修の視線がクロとチャーに集中する。人間たちに意識されていることを敏感《びんかん》に覚《さと》って動き出したのはチャーだ。ソファから音もなくストンと床に下りると、偵察《ていさつ》とばかりに三人が座っているテーブルに近づいてきた。

それを優斗は黙ってじっと観察し、一方の有美は急に慌てた様子で足を浮かせて猫の通り道を作る。修は緊張した面持ちで、イスに座ったまま視線だけでチャーを追った。

そんな人間たちの三者三様の反応など我関せずといった様子で、チャーはテーブルの下を、そして修の足元をすり抜けて廊下《ろうか》の方へと歩き去っていった。

そのあまりにもそっけないチャーの様子に、有美は足を下ろしながら落胆《らくたん》のため息をつく。

修も有美と同じことを思ったのか、寂《さび》しげに苦笑した。

「不合格みたいですね……」

しかし、優斗はそれまでの硬い表情をフッと解き、突然パチパチと拍手《はくしゅ》し始めた。

「いえ、合格です」

これには修も有美も驚き、「えっ？」と思わず声を上げて目を丸くする。

「これでいいの⁉」

有美のあまりの驚きっぷりに、逆に優斗の方が少し困惑しながら改めて頷く。

「はい、いいんです。猫は、心を許していない生き物に、たまたまでも近づきません」

「そうなんですか？」

断言《だんげん》した優斗に、修も有美もまだ半信半疑といった感じだ。

しかし、優斗の中でチャーの見せた行動は決定打だったらしい。スッと立ち上がると、修に向かってぺこりと頭を下げた。

「あの、よろしくお願いします」

笑顔でそう告げた優斗に、修も慌てて立ち上がり「よろしくお願いします」と返す。

すると、優斗は少し照れくさそうにしながらも修に握手《あくしゅ》を求めた。修はそれに快《こころよ》く応じ、二人はしっかりと手を握り合う。

その様子を横で見つめていた有美も立ち上がると、感慨《かんがい》深《ぶか》そうに拍手し始めた。その拍手は優斗と修にも伝染し、大きなものになる。しかし人間たちの行動にクロとチャーは驚く様子もなく、思い思いの場所で寛いだ表情を見せていたのだった。

＊＊＊

十月も終わりに近づき、秋も深まってきたある日の昼下がり。二星ハイツの前に停まった軽トラから、段ボール箱が次々と家の中へ運び込まれていた。有美の立ち会いの下、ついに修が引っ越してきたのだ。

リビングの壁に掛けられているコルクボードには、『二星優斗』と書かれたネームプレートの隣に、『立花 修』という新たなプレートが並んだ。

いよいよシェアハウスが始まるとあってか、引っ越しに立ち会っている優斗は、どこか落ち着かない様子だ。

それに気づいた有美が、心配そうに声をかける。

「どうしたんですか？」

「ちょっと緊張しています。他人と住むのは初めてなので」

そう答えた優斗に、有美はクスッと笑う。

「他人じゃなくて『家族』じゃありませんでしたっけ？」

有美のツッコミに、優斗は以前の自分の発言を思い出して「そっか」と少し照れくさそうに微笑んだ。落ち着かない様子の優斗とは裏腹に、クロとチャーはいたってマイペースだ。いまもソファの自分たちお気に入りのクッションの上で、仲良く寄り添う形で昼寝している。

修が荷物を運び込み終えると、有美が家の中を順番に案内していった。優斗は説明を有美に任せて、後ろから黙って付いていく。

そうしてリビングに戻ってくると、中央に置かれた鍵付《かぎつ》きの棚《たな》の前で止まった。

「部屋に鍵はかからないので、貴重品《きちょうひん》などはこちらのロッカーへお願いします」

「はい、わかりました」

有美から鍵を受け取った修がしっかり首肯《しゅこう》する。そこで有美は、優斗に話を振った。

「優斗さんからは、何かありますか？」

すると優斗は、昼寝を終えてソファで寛いでいた二匹に視線を移した。

「改めて……あちらの黒いのがクロ。九歳の雌猫です。落ち着いた性格で、ちょっと用心深いところがあります」

修はその説明を真剣に聞き、クロを見つめて「はい」と頷く。

「そして、手前にいるのがチャー。八歳の雌猫で、この子は好奇心が旺盛《おうせい》でやんちゃです。修さんも仲良くしてあげてください」

「わかりました」

そうして説明を終えたのを見届けた有美が、お役御免《やくごめん》とばかりに、微笑みながら帰り支度を始める。

「では、わたしはこれで失礼しますね」

玄関から出て行く有美を見送った優斗と修はリビングに戻って二人きりになった途端、無言になった。会話のきっかけを見つけられず、ギクシャクしてしまう。

「じゃあ、部屋、戻ります」

沈黙に耐えかねたのか、修がそう言って荷物を整理すべくリビングに隣接する自分の部屋に入っていったので、優斗もとりあえず一階にある自室へ戻ることにした。

その夜、修が段ボールから取り出した書籍を本棚に並べていたときだ。ふと視線を感じて顔を上げると、少しだけ開いていた襖のすき間から、チャーが部屋の中をじっと覗き込んでいた。

チャーは好奇心旺盛な性格だと優斗が教えてくれたのを思い出し、修は納得する。

興味《きょうみ》を持ってくれたことがうれしくて、「おいで」と声をかけてみた。決して無理に自分の方からは動かず、猫側の判断に任せるスタイルだ。

気にはなるものの、修がしばらく荷解きをしながら見て見ぬふりをしていると、チャーは気を許してくれたのか、修の部屋の中にトテトテと歩みを進めたのだった。

結局、修が部屋の片付けを終えるまで、チャーはずっと部屋の中にいた。

「チャー、ほら、さっきよりも部屋が広くなっただろ？」

返事はないが、修はすっかりチャーのことが気に入ったようで、話しかけ続ける。

「もう今日は一緒に寝るか！　あぁ、かわいいなぁ」

そんな修とチャーの親しげな雰囲気の会話は、実は襖を隔てた隣にある優斗の部屋に筒抜けだった。

おかげで、優斗の方はソワソワと落ち着かず、かといって、いきなり修に話しかけるのもためらわれて、どうしていいかわからないまま自室をぐるぐると歩き回っていた。

そしてそれは、警戒心の強いところのあるクロも同じだったようだ。優斗の部屋に置いてある猫用ベッドの上で、修の声が聞こえてくるたびに、パッと顔を上げて反応したり、もぞもぞと落ち着かない様子で動いたりしている。

しかし、いつも寝ている時間になったので、いつまでも気にしていても仕方がない、と開き直った優斗は、電気を消してベッドに入ることにした。

ところが、修は司法試験に向けての勉強があるのだろう。いつまで経《た》っても就寝する気配がない。部屋の片付けが一段落したかと思うと、パソコンのキーボードをカタカタと強めに叩《たた》く音が聞こえてきた。

おまけに、そばにずっといるらしいチャーに対して、時々猫なで声で話しかけている。

猫と暮らしてみたかった、という念願が叶い、興奮《こうふん》しているのかもしれない。

「あ、これが噂《うわさ》に聞く、仕事してると邪魔してくるってやつか。本当にもう、かわいいなぁ！　あれ？　チャー、どこいくの？　あっ、そっちはダメだって！」

そんな風に延々《えんえん》と猫と戯《たわむ》れている声や生活音が気になってしまい、結局その夜、優斗はなかなか寝付けなかったのだった。

翌朝、着替えを終えた優斗が前日までのように襖を開けた拍子《ひょうし》に、それは起きた。

「あっ！」

「あ……」

優斗が何気なく開けた襖は修の部屋に繋がっている方だったのだ。そして開けたタイミングは、修がちょうどパジャマを脱《ぬ》いで上半身裸《はだか》になったときだった。

二人とも気まずそうに目を逸《そ》らし、優斗は申《もう》し訳《わけ》なく感じながら、誤って開けてしまった襖をそっと閉じたのだった。

その後、朝食の場で優斗は向かいに座った修に、先ほどの失態を謝罪した。

「祖父と暮らしていた頃は、気にせず開けていたものですから」

「そうですか……」

「これからは、気をつけます」

頭を下げた優斗に、そこまで怒っているわけではない修は「お願いします」と言って頷いた。

これで今朝起きた問題はひとまず解決だ。

感じていた。

しかし、祖父以外の人との生活に早く慣れていかなければならないな、と優斗は身にしみて感じていた。

一方、朝食を食べ始めた修は何かに気づき、テーブルの脇で一足先に朝ご飯にがっついていた猫たちの器《うつわ》に視線を向けた。それから改めて食卓に並んでいる自分たちの食事を眺める。

今日の朝食のメニューは、白いご飯と油揚《あぶらあげ》の味噌汁、ほうれん草としらすの和え物《あもの》、ひじきの煮物とキュウリとカブのぬか漬け。そしてメインは鰤《ぶり》の塩焼きだ。

猫たちの器にも、火を通して皮や骨などを丁寧《ていねい》に除いてから細かくほぐされた鰤の身が盛られている。

「猫と、同じなんですか?」

「あ、はい。人も猫も大丈夫な食材と味付けです。うちでは、家族は同じご飯を食べることにしていますので」

「そうなんですか……」

そこで優斗は修の疑問にハッとする。祖父との生活では当然のことで、疑問に思ったこともなかったが、修にとってはこれが初めての二星家での食事だ。

「もしかして、口に合いませんか?」

慌てて確認すると、修は特に気にした風もなく、すぐに「いえ!」と答えた。

「ヘルシーでおいしいです!」

その返事を言葉どおりに受け取った優斗は、ホッと胸を撫で下ろす。

「よかったです」

しかしその後は特に会話が弾むでもなく、静かに朝食を終えたのだった。

食後、優斗は朝食の片付けを終えてから自室でクロの撮影をして楽しんでいた。

「クロ〜！　あ、それもいいね」

祖父のものだったデジタル一眼レフカメラを手に、優斗は畳に寝転がって、いろんな角度でクロを激写していく。警戒心の強いクロだが、優斗に対しては完全に無防備で、愛らしい姿をたくさん見せてくれる。

たとえば、前足をぐんと伸ばして、背筋をグッとそらす『伸び』のポーズ。いざというときにすぐ動けるよう、準備体操《たいそう》を兼《か》ねた行動だという。

そして『毛づくろい』。野生時代に単独で行動していた名残《なごり》で、敵に居場所を知られないよう体に付いたニオイを消すために、そして体を清潔に保つために頻繁《ひんぱん》に毛づくろいをする。お尻のあたりを舐《な》めるときに片方の足をピンと上げるが、猫によってその足の角度はさまざまで、個性が表れる一瞬だ。

そんな数ある猫の魅力を一枚でも多く写真に収めようと、優斗は真剣だ。

「クロ、あっ、うん。ありがとうございます！」

といった調子で、優斗は隣の部屋の存在をすっかり忘れて撮影にのめり込んでいた。

一方の修は昨夜に引き続き、パソコンに向かって勉強をしていたのだったが、襖を隔てた隣の部屋から聞こえてくる優斗の声が気になり、集中できずにいた。

昨夜とは完全に逆転した状況だったが、二人ともそのことには気づいていなかった。

そして、ついに耐えきれなくなった修は、キーボードに寝そべっていたチャーを抱き上げると、ノックをしてから襖を少しだけ開けた。

「あの、すみません」

突然、襖を開けられた方の優斗は、気まずそうに目を逸らし、慌てて体勢を整える。

「な、なんでしょう?」

家族と言いながらどこか他人行儀な態度で返事をした優斗に、修がためらいがちに続けた。

「ちょっと、図書館にいってきます」

「わかりました」

「失礼します」

修はそういって会釈すると、抱いていたチャーをそっと畳の上に下ろして背を向け、後ろ手に襖を閉じた。

すぐに玄関の引き戸を開ける音が聞こえて、修が出ていったのを知ると、優斗は撮影を切り上げてリビングを掃除《そうじ》することにした。優斗の日課なので、修の行動とは特に関係はない。優斗も猫に負けず劣らずマイペースな性格だ。

ソファの上を粘着《ねんちゃく》テープローラーで綺麗《きれい》にしていると、クロが邪魔をするようにまとわりついてきた。かと思うと、今度はソファの上で寛ぎ始め、なかなかどいてくれない。

「クロ、ちょっとあっちに行ってて」

優斗が優しくそう声をかけるが、クロはなかなか動こうとしなかった。そんなクロの視線の先に、チャーがいた。いつもならクロと寄り添うようにしているチャーだったが、今日はどことなくそっけない。

「チャー、おいで」

　優斗がそう声をかけてみても、チャーはそっぽを向いて廊下の方へ去っていった。

「チャー？」

　めずらしいチャーの行動に、優斗は違和感を抱いて表情を曇らせたのだった。

　その夜、チャーは再び、優斗が首を傾げる行動を見せた。いつも食欲旺盛で盛られたご飯は残さず食べきるチャーが、なんとご飯を残したのだ。

「どうした、チャー？」

　体調でも悪いのだろうかと、食事する手を止めてチャーの心配をしていると、玄関の引き戸が開く音が聞こえてきた。その途端、チャーはリビングから機嫌よさそうに出ていく。

「おー、チャー、ただいま！　迎えに来てくれたの？」

　そう言ってチャーを抱きかかえ、修がリビングに入ってきた。

「あ、ただいま戻りました」

　きちんと挨拶をしてくれた修に対し、優斗は少し困惑していた。

「おかえりなさい。夕飯、ありますけど」

　先に食べ始めてはいたが、修の席にも一応、用意してある。それを示しながら尋ねると、修は気まずそうな表情を浮かべた。

「あ、すみません、外で食べてきてしまって。夕飯も一緒の方がよかったですかね？」

「いえ……」

事前に夕食をどうするのかを確認していたわけではなかったし、チラシにも『朝食付き』としか明記していないのだから、修の行動について文句は言えなかった。

そして夕食のことよりも、優斗はチャーの修への懐きっぷりの方が気になって仕方がない。修に抱かれ、顎《あご》の下を撫でられてゴロゴロと気持ちよさそうな声を出し、目を細めている。

「おっ、チャー、どうした？　遊びたいか？」

修はくすぐったそうに笑うと、「じゃあ、失礼します」と、チャーとともにリビングから出て行ってしまった。

「よーし、今日も一緒に寝るか」

そんな声が廊下から聞こえてきて、優斗は胸の辺りがモヤモヤするのを感じた。

これは嫉妬《しっと》だ。チャーを修に取られてしまったような気がして、優斗はショックを受けたのだった。

＊＊＊

翌日、優斗は四つ葉不動産に勢いよく駆《か》け込んだ。席を勧められるのを待たずに、自分から応接コーナーのイスに腰掛《こしか》けると、有美に向かって焦った様子で話し始めた。

「聞いてください、分断です！」

唐突な優斗の来訪と言葉に、有美は驚いて仕事を中断し、応接コーナーに駆け寄る。

「何があったんですか？」

シェアハウスを始めてまだ二日だというのに、早くもトラブルが発生したのかと、有美は眉を寄せて耳を傾けた。

「我が家は二つの派閥《はばつ》にわかれてしまいました」

「は？」

首を傾げる有美に、優斗はいたって真剣な表情で続ける。

「僕とクロ派、修さんとチャー派の、二派閥です」

「なんですか、それ？」

サッパリわからないといった様子の有美に、優斗は身振り手振りを交えて力説する。

「この二つの派閥の間には、すでに高い壁がそびえ立っています。このままだと、紛争とか、チャーが捕虜《ほりょ》に、とか」

すっかり冷静さを失っている優斗を、有美はなんとか宥《なだ》めようと声をかける。

「いやいや、意味がわかりません。ちょっと落ち着いて説明してください」

しかし、優斗は落ち着いているつもりだった。まっすぐに有美を見つめ、改めて自分の思いを告げる。

「とにかく、家族が増えると色々面倒です。このままでは身が持たないかもしれません」

「えっ、でも、新たな入居希望者からの応募が来てますけど？」

あとで伝えようと思っていた情報を有美が勢いで打ち明けると、優斗はとんでもない！　と目を見開いて、首を横に振った。

「無理です、断ってください。では！」

そう言って逃げるように立ち去ろうとする優斗を、有美は慌てて引き止める。

「あのっ！」

わずかに怒気を含んだ有美のその声に、四つ葉不動産を出ようとしていた優斗は気圧されるようにして立ち止まり、振り返った。

「は、はい？」

「優斗さんには覚悟が足りないです」

しっかりと優斗を見据《みす》えながらの有美の言葉に、優斗は「覚悟？」と反復する。

「家族になる、覚悟が足りません」

ゆっくりとした口調で、諭《さと》すように有美は続けた。

「人も猫もそれぞれで、全部が一緒なんて無理です。だけど、お互いなんとなく気を遣うことが大事なんじゃないでしょうか？」

有美の言葉に、優斗は悩ましげに眉間《みけん》に皺《しわ》を寄せ、黙り込む。それでもまだ逃げだそうとしているようにも見える優斗の退路を、有美は先回りして断ちにいった。

「早々にリタイアしてどうするんですか。もう少し、落ち着いて考えてみてください」

有美との会話はそれで一旦終了した。

優斗は帰宅するとすぐにリビングに隣接している縁側に座布団を置き、座禅《ざぜん》を組んだ。有美の言うとおり、頭に血が上っていたようだと気づき、改めて冷静に考え直してみようと思ったからだ。

目を閉じて、静かに深い呼吸を繰《く》り返す。

すると、祖父の幸三が縁側に座り、幼い優斗に座禅の仕方を教えてくれたときのことが思い出された。

「どうだ、優斗。おじいちゃんはこうしていると、心がスーッとする」

見よう見まねで、優斗が目をギュッと瞑《つぶ》っていると、唐突に幸三が変な声を発する。

「にゃあぁ」

まるで、前足をぐんと伸ばして、背筋をガッとそらしているときの、猫の鳴き声のようだ。

幼い優斗は驚いて目を開き、幸三の方をじっと見つめた。

「こうして鳴いてみると、さらに落ち着くぞ」

幸三はそう説明してから、再び大きな声で「にゃあぁ」と鳴きまねる。

その様子を見た優斗も幸三と一緒に「にゃあぁ！」と大きな声で鳴いてみた。端から見たらおかしな光景だが、幸三はいたってまじめな様子だった。

「ニャーという鳴き声が、心をマッサージしてくれる」

「心のマッサージ？」

「そうだ。猫から学ぶことはたくさんあるんだ。ちなみに、人に向かってニャーと鳴くのは家猫だけなんだぞ」

「そうなんですか？」

幸三の話に、優斗は興味津々《しんしん》といったまなざしを向けて聞き入る。

「ああ、本来、猫は繁殖《はんしょく》のときとか、ケンカのときなどしか鳴かなかった。きっと、猫も家で過ごすうちに変わっていったんだろう」

そう言って幸三は優しげに目を細めると、優斗の頭をそっと撫でた。

「人間は、猫と違って心に混じりっ気がある。けれど、猫は素直だ。やるべきことがいつもわかっている」

優斗は幸三の話を思い返しながら目を開くと、「やるべきこと……」と独りごちた。

そこへ、「ただいま！」という声が玄関に響いたので、優斗はサッと立ち上がり、縁側からリビングへ移動する。そんな優斗に目を留めた修が「あっ、ただいま戻りました」と、少し気まずそうにしながら丁寧に挨拶すると、すぐに自分の部屋へと戻ろうとした。

家族なのに避け合っていてはだめだ、と優斗は改めて感じ、ためらいを捨てて話しかける。

「そこに、座ってください」

「あ、はい」

何かまじめな話があるのだろうと察した修は、促されて、リビングのラグの上に先に座った優斗の正面に正座した。

すると、優斗はなんの前置きもなしに本題に入る。

「チャーは好奇心旺盛ですが、クロはまだ修さんに慣れてません」

「はい」

自分たちの名前を呼ばれたことに気づいたのか、ソファの上で丸まっていたクロがピクリとわずかに反応し、修のすぐそばまで近づいて来ていたチャーも足を止めた。

そんな二匹の様子を肌で感じながら、優斗は続ける。

「チャーだけをかわいがらずに、時間をかけて、クロのことも意識してやってください」

修に今の猫たちの状況をきちんと伝えて理解してもらうこと。それが冷静になって考え直してみた結果、優斗が出した派閥争いを解決するための答えだった。

「わかりました、気をつけてみます」

修が真摯《しんし》に受け止めて素直に頭を下げたので、優斗も深く頭を下げる。

「あ、それと、明日の朝食についてですが、何か食べたいものはありますか？」

優斗のその質問に、修は「えっ？」と驚く。

「だって、いつも猫と同じって……」

変えられないルールだと思っていたとばかりにつぶやいた修に、優斗は反省の色を滲《にじ》ませて口を開いた。

「一緒に住むというのは、一緒のことをすることではない、と気づきました」

「……」

「なので、あの……修さんの好物を教えてください」

優斗が修に歩み寄ろうとしていることが伝わったのか、修は納得したように、しかし、まだ少し遠慮がちに頷く。

「では、朝はハムエッグとか？」

「わかりました。では、用意します」

ほとんど作ったことのないメニューに、優斗は若干の戸惑《とまど》いを覚えながらも了承する。

その様子に、今度は修が優斗に気遣うような視線を向けた。

「でも、大切にしていたルールなのに、いいんですか？」

有美に足りないと言われた、人に気を遣う覚悟のことだ。このシェアハウスを続けていくために大事なことだと優斗は感じ、まず最初の一歩を踏み出すことにした。

「では、何か気になることがあれば、また言ってください」

「はい」

修が頷いたのを確認し、優斗が自分の部屋に戻ろうと立ち上がったその時——。

「あのっ！」

修に引き止められ、優斗はドキッとしながら振り返った。

「はい、何か？」

「気になることではなく、感想みたいな感じですが、朝ご飯を一緒に食べるのっていいなって思います」

そう言って少し照れくさそうに微笑んだ修に、優斗も口元をほころばせる。

「では、一緒に、違うものを食べましょう」

「はい！」

こうして今朝まで優斗と修の間に高くそびえ立っていた壁はあっさりと崩壊《ほうかい》した。

そしてその夜、いつもの時間に布団に入った優斗は、ある変化に気づいた。

修の部屋から聞こえる生活音が、昨日とは打って変わって、ほとんど気にならないレベルになっていたのだ。

優斗はチラッと修の部屋の方を見て、彼の『気遣い』を感じて微笑む。すると、昨日の夜、寝不足だったせいか、大きなあくびが出た。

優斗はなんだか満たされた気分で、両手を突き出して背中を猫のように伸ばすと「にゃあぁ」と控《ひか》えめに鳴いて目を閉じる。今夜はクロも落ち着いた様子で、優斗のベッドの上で安心して眠りにつくのだった――。

＊＊＊

翌朝、優斗が用意した猫用の朝ご飯を、二人で同時に猫たちの前に差し出した。

今日はクロだけでなくチャーも絶好調といった様子で勢いよく食べ始めたので、優斗はホッと安堵《あんど》して、修と笑い合う。

猫たちに続いて、人間たちも「いただきます」と手を合わせて食べ始めた。

優斗の前には、猫たちと同じ焼き鯖《さば》と、白いご飯と味噌汁に漬け物、といった和食の朝ご飯。向かいに座っている修の前には、食パンとハムエッグという洋風の朝ご飯が並んでいる。が、ポテトサラダとゆでたブロッコリー、ミニトマト、そして今が旬の柿は、二人共通のメニューだ。修は醤油《しょうゆ》を少しかけた半熟の目玉焼きと、端の方がカリッと香ばしく焼けているハムを食パンに載せて、大きな口を開けて頬張った。

「お口に合いますか？」

食べ始めた修に優斗が恐る恐る尋ねると、修はパッと表情を明るくして大きく頷いた。

「はい、すっごくおいしいです！」

お世辞ではないのが伝わってきて、優斗は笑顔になる。

「よかったです」

「ありがとうございます」

「いえ」

そんな、昨日とはちょっとだけ変わった人間たちの様子を、いち早く食べ終わった猫たちは見守るようにしてじっと見つめていたのだった。

そして朝食後、スーツを着こなした修が出勤《しゅっきん》するのを、優斗はクロとともに玄関まで行って見送った。

「では、いってきます！　クロも、いってくるね」

優斗にだけでなく、抱きかかえられたクロにもちゃんと修は挨拶した。昨夜、優斗に言われたことをきちんと実行しようとしてくれていて、優斗はくすぐったい気持ちになる。

「いってらっしゃい」

すると、修が靴《くつ》を履《は》き終えて出かけようとした途端、優斗はあることを思い出し、「そうだ」と慌ててスマホを取りだして声を掛けた。

「メッセージアプリ、やってますか？　友達になっておきましょう？」

自分から誰かを誘《さそ》うなんて、生まれて初めてのことだ。優斗は少し緊張したが、修は笑顔で「いいですね！」となんのためらいもなく即答してくれた。

しかも、まだアプリの操作方法がよくわかっていない優斗が自分のスマホを突き出すと、修はクスッと笑いながらも手際よく登録していく。

「はい、これでＯＫです！」

「ありがとうございます」

そうして今度こそ出勤していった修の姿を、チャーは縁側でひなたぼっこをしつつウトウトしながら見つめているのだった。

＊＊＊

修を見送った後、優斗は再び四つ葉不動産を訪れていた。

昨日とは違う落ち着いた様子で、晴れ晴れとした表情を浮かべている優斗を、有美はホッとした笑みで出迎える。

応接コーナーで向かい合って座ると、優斗はまず深々と頭を下げた。

「昨日はありがとうございました」

「いえ、わたしは何も」

詳《くわ》しい話を聞くまでもなく、優斗の様子からトラブルが解決したことを察しながら、有美は控えめに首を横に振る。

「家族になる覚悟……」

「あっ、そんなこと言いましたね。お恥ずかしいです。でも、修さんと新しい家族になれたみたいですね」

「はい、すでにメッセージアプリで友達にもなりました」

ドヤ顔で言う優斗に、有美は驚きながらも、うれしそうに目を細める。

「ものすごいイノベーションですね！」

「ですかね。猫たちも少しずつですが慣れてきているので、まぁなんとか」

そう話す優斗は昨日の混乱ぶりが嘘のように穏やかだ。報告を受けた有美は心底ホッとして「よかったです」と微笑んだ。

「それにしても、同じ家に住んでいると、色々な音が聞こえてきますね」

幸三と二人で暮らしていた頃は猫が大きな音を嫌うこともあり、また、幸三も優斗も口数が多い方でもなかったので、静かに過ごしてきた。けれど、自分を含めて、人は生活していると大なり小なり音を発しているということに、修がやって来て初めて気がついた。

「音、ですか？」

「はい。最初は耳障《みみざわ》りだった音でも、配慮してくれているのが伝わってくると、その生活音が好きになってきました」

それだけではない。幸三が亡くなってから家の中が以前よりも静かになり、時々心細く感じることがあった。もしかしたら、寂しかったのかもしれない。けれど、いまは――。

「この家に誰かがいる、と思える安心感は悪くないですね」

それを言葉にするのは気恥ずかしさもあったが、有美になら打ち明けてもいい気がした。

「ところで、なんでそんなに親切にしてくれるんですか？」

優斗からすれば、有美は幸三が亡くなってから急に現れた、ただの不動産屋の社員だ。不動産管理を任されていたというだけにしては、有美はやたらと親身になってくれている。

そのことを、ふと不思議に感じたのだ。

問われた有美は何かを思い出すような、どこか遠いまなざしをして、しばし沈黙した。

「……幸三さんには、お世話になりましたから」

それは最初に会ったときにも言っていたことだ。優斗の知らないところで、祖父との交流が多くあったのだろうか──と、優斗はまだ何か釈然としないものを感じながらも「そうですか」とつぶやく。

すると有美は、その話はもうおしまいとばかりに、取り出した書類を優斗に提示した。

「ではさっそく、次の入居希望者についてですが……この方です」

有美から差し出された応募書類を読み進めた優斗は、新たな出会いにほんの少しの不安と期待を膨《ふく》らませる。

猫は何千年も前から、人類と共に色々な変化の中で暮らしてきたという。

優斗が生きてきたのは、それと比べると遥かに短い三十年。まだまだ、これから変化していくのだろう。その変化を自分も猫たちのように素直に楽しんでいけるだろうか──優斗はそんなことを思いながら、有美と次の面接の日程を決め、帰宅したのだった。

＊＊＊

十一月に入ってすぐのある日の夕方、面接の予定時間の五分前──。

優斗は緊張した面持ちでクロを抱きながら、玄関ホールで有美が面接者と共にやって来るのを待っていた。隣には、チャーを抱いた修の姿もある。

「あの、ホントに僕もいた方がいいんでしょうか？」

修に話しかけられて少しだけ気が紛れた優斗は、そっと息を吐《は》いて「はい」と首を縦《たて》に振る。

緊張してきてしまう。


「家族として、立ち会ってください」

そう言われると、修もなんだか責任重大のような気がして、緊張してきてしまう。

「わ、わかりました」

「是非、忌憚《きたん》のない意見を……」

とその時、「お邪魔します」という有美の声が聞こえ、引き戸を開けて玄関に入ってきた。

続いて、派手な柄シャツに身を包んだ、明るめの茶髪でイマドキ風の青年が現れる。

「こんにちはー。紹介しますね。こちら、島袋 毅《しまぶくろつよし》さんです」

「ども、島袋毅です」

初対面にしてはどこかふてぶてしくも感じられる青年の態度に、優斗は修と顔を見合わせてから、困惑げに目を泳がせる。

自分は本当に、猫みたいに変化を楽しめるようになるのだろうかという不安が、優斗の胸に急速に広がっていったのだった——。

第三話

猫を嫌う人には気をつけろ

これまでの面接の時同様、リビングにあるダイニングテーブルを挟んで、有美、優斗、修と新たな入居希望者である青年——島袋毅は向かい合って座った。

進行役は、優斗からの視線を受け、毎度おなじみとなりつつある有美に託される。

「では、改めて、島袋毅さんです。よろしくお願いします」

有美が話し始めた途端、毅は立ち上がると、優斗に向かって笑顔で右手を差し出した。

「どうも、島袋です！」

やや強引ながらも握手を求められた優斗は困惑しながら手を重ねると、強張った笑みのまま「どうも」と会釈する。毅は続いて修とも握手して、着席した。

毅のフランクな態度に、有美は優斗の反応を気にしながらも資料を元に進行する。

「まず、現在のお仕事は？」

「俳優《はいゆう》をやってます」

得意げに答えた毅に対し、修が驚きと尊敬のまなざしを向ける。

「おおっ、俳優の人、初めて見ました」

興奮気味に感想を漏《も》らした修とは対照的に、優斗はあまり興味がないのか無反応だ。

「あ、俳優と言っても、まだそんなに売れてるわけじゃないです」

毅は謙遜《けんそん》しているのか照れているのか、そう言って鼻を掻く。

「どういうのに出てるんですか？」

興味津々といった様子の修の質問に、毅はわずかに目を泳がせながら、今度は頬を掻いた。

「い、いまは、舞台中心にやっていて」

「なんという舞台ですか？」

食いついてくる修に、毅はどこか焦った様子になりながらも続ける。

「んー、今は、『弾丸《だんがん》』っていう劇団によく出てるかな」

修が「なるほど」と、相槌《あいづち》を打ったのを受けて、有美は次の質問を投げかける。

「そのほかの収入としては？」

家賃をきちんと払《はら》えるのかどうかを確認するのは管理者としては当然で、シェアハウス経営にはとても大事なことだ。

すると毅はまた頬を掻いて、ヘラッと軽い雰囲気で笑った。

「時々バイトしてます。まあそのうち辞めますけどね！　いま稽古《けいこ》中の舞台の本番が終われば事務所に入って、そこから映画やドラマにも進出して一気にね！　行こうと思いまして」

「すごいですね！」

目を輝《かがや》かせる修の反応に、毅は気分をよくしたのか、ニヤニヤと口元を緩ませる。

「いやぁ、いま色々オファーがあって、どこにしようか考えてるんですよ。あまり小さい事務所だと嫌じゃないですか。ほら、問題起こしても揉み消してくれない、とか」

そう言っておどけた調子で笑った毅だったが、優斗たちはその発言に一瞬固まった。

その場に流れた気まずい空気をなんとか愛想笑いでごまかした有美だったが、優斗は思いきり引いている。

とりあえず先に進めて、といった目配せを優斗から受けた有美はコホンと咳払《せきばら》いをして質問を再開する。

「では、この家では猫と一緒に暮らすことになりますが、その点はいかがでしょうか？」

優斗はもちろん、修もその返事が気になるのか、わずかに前のめりになる。

この返答次第で『猫審査』に進めるかどうかが決まるといっても過言《かごん》ではない。有美も緊張した様子で、毅の言動を注視した。

「まあ、いいんじゃないっすか？　犬でも猫でも、どちらでも」

毅はチラッとリビングにいる猫たちを見ながら答えた。そのどうでもいいといった雰囲気の回答に、優斗の表情が失望に変わる。

優斗の変化は有美と修もすぐに感じ取り、心の中で「やばい」と警戒する。

しかし、毅だけはそんな優斗の様子に気づく様子はなかった。不意にソファで昼寝していたチャーに視線を向けると、パンパンと大きく手を打ち鳴らした。

「ほら、新しい飼い主だよ、おいで！」

しかし、チャーは気持ちよく眠っているのかまったく反応しない。チャーの隣にいたクロは警戒しているのか耳をピンと立て、ソファから動く素振りをまったく見せなかった。

その様子に、毅はどこか苛立《いらだ》っているような、複雑な表情を浮かべて沈黙する。

「で、では、猫に関しては、そこまで愛着はないって感じなんでしょうか？」

猫に対して毅が見せた少し強引な言動と、優斗から感じる拒絶《きょぜつ》の意思を感じながら、有美は確認するように尋ねる。その声は、優斗からの不機嫌オーラの影響か、わずかに震えていた。

毅は有美たちの反応には気づかず、平然とした態度で首を縦に振る。

「ええ、基本的に家賃に惹かれて来たんで、どちらでも。飼ったこともないし」

その回答に有美はどんどん気まずい雰囲気になっていくのを感じながら、どうにかして話の流れを変えようと、質問を変えることにした。

「では、シェアハウスという環境や、共同生活のご経験は？」

「ないけど、大丈夫です！　ま、皆さんとうまくやっていけると思いますよ」

自信たっぷりに、優斗や修の顔を見ながらそう答えた毅は、そこでキリッと爽やかに微笑み白い歯を見せた。

「これでも俺、役者なんで。それに、あいつらもすぐに懐くと思います」

そう言ってクロとチャーを指さして簡単そうに言った毅だったが、この発言も優斗が判断するに当たってはマイナス要因にしかなっていない。優斗は先ほどから無言で、俯いたままだったが、彼の地雷《じらい》を踏み抜きまくっているのは明らかだ。毅の言動に、修も優斗の反応を隣から黙って窺い、焦りを募らせた進行役の有美は、なんとか面接を続行しようとフォローの言葉を探していた。

「た、ただ、島袋さんは『役者になる』という『大きな夢』をお持ちなんですよね？」

二星ハイツ七箇条のひとつである、夢という点はクリアしていることをアピールしようという有美の機転だったが、それは毅によって意外にも否定《ひてい》される。

「あとは、突っ走る方向を選択するだけなんで、『夢』って感じじゃなくなってるかな？　あ、こういう場所から有名人が出てきたらさ、皆さんも自慢《じまん》できるでしょ？」

微妙に違う方向で自己アピールをしてくる毅だったが、優斗はずっと黙ったままだ。

「ど、どうでしょうか？」

「どうなんですかね？」

有美は困惑気味に二星ハイツの住人である二人に話を振るが、反応したのは修の方だけだ。優斗からはなんのコメントも得られないまま、気まずい雰囲気は続く。

そこで、優斗が何も言わないことにしびれを切らした毅が「じゃあ」と話を切り出した。

「面接は合格ってことで大丈夫ですか？　引っ越しはいつからOKです？」

すっかり住む気満々になっている毅を、有美と修が慌てて止める。

「あっ、それはですね」

「決めるのは、この子たちなんです」

修がリビングで思い思いに寛いでいる二匹に視線を送ると、そのことに気づいたのかクロと目覚めたチャーがじーっと毅のいる方を見つめてきた。ちなみに、猫同士の場合、見つめ合うのは威嚇《いかく》のサインだ。臨戦態勢に入っているともいえる。

そんなこととはつゆ知らず、「へぇ……なにそれ」と、毅は修の説明を小馬鹿《こばか》にしたように笑う。しかし審査ということなら、と席を立った毅はソファに置かれたクッションのところで丸まっていたチャーに遠慮なくスタスタと近づいていった。

過去の面接でも似たような人が優斗の怒りを買い、不合格にされたことを思い出した有美が、これはやばいと腰を浮かせる。しかしそんな過去を知らない毅はチャーの前まで行くと、馴れ馴れしく「猫ちゃーん」と声をかけた。

しかし、チャーの方は警戒するばかりで、その場を動こうとはしない。

「おいでおいで！　お手！　なんで無視すんの？　ほら、新しい飼い主だよ？　どうした？」

毅は何度話しかけてもチャーが心を開かないと見ると、今度はクロに近づいていく。

「ほら、おいで！」

そうして大きな声でクロにも声をかけた瞬間、優斗がスッと立ち上がり、それまでの沈黙を破《やぶ》って叫んだ。

「犬を飼うことはできる。だが、猫の場合は、猫が人を飼う」

優斗の唐突なその言葉に、驚いて振り返った毅は怪訝そうに眉をひそめる。

「えっ、なんすか、それ？」

「思いどおりにならないのが、猫なんです」

「はぁ？」

意味がわからないといった様子の毅に、優斗はとうとう面接結果を告げる。

「不合格です」

優斗が下した判定に、有美が予想どおりとはいえ、がっくりと肩を落とす。

毅は不満そうな表情を露にしながら、猫から離れて玄関へ向かい始める。しかし、去り際に優斗のことを、それから猫の方をじっと見つめた。

「なんだよ、猫が人間を飼うって！」

そんな捨て台詞《ぜりふ》を残して、毅はそのまま玄関から出ていく。

部屋に残った者たちの反応は三者三様だ。

有美は一応、玄関先まで毅を見送ってから残念そうにため息をつき、優斗は無言のまま立ち尽くしている。猫たちは見知らぬ人間が去って安心したのか、警戒を解いて遊び始めた。修は毅の態度に思うところがあるようで、険《けわ》しい表情で何か考え込んでいる。

そうして面接が終わった後、優斗は手間をかけてしまったという申し訳なさからか、有美と修にお茶を淹《い》れて差し出した。

優斗も緊張して喉《のど》が渇《かわ》いたのか、温かいお茶で一服すると、その後はチャーと一緒に猫用のオモチャで遊び始める。クロは、ソファで読書し始めた修の傍らで丸まってウトウトしていた。

「なんか、優斗さんって、おじいさんにそっくりですよね」

唐突な有美の指摘に、優斗は小首を傾げて「そうですか？」と問い返す。

「幸三さんも気に入らないことがあると、顔に出る人だったのを思い出しました」

有美が付け加えたその説明に、優斗は納得した様子で微笑む。

「確かに、そうでしたね」

「でも、いいんですか？　部屋が埋まらないと生活が安定してきませんよ？」

悔しそうに有美が言う。

「やむを得ません」

あっさりと諦《あきら》めた様子で答えた優斗に対し、有美は面接の書類をチラリと見ながら、名残惜しそうに続ける。

「さっきの人、大きな夢をお持ちでしたけど……」

「猫を嫌う人には気をつけろ」

「は？」

「ああいう人とは家族になれません」

「また、家族って……」

優斗の言いたいことは理解しているが、有美は軽く笑う。するとそこで、それまで静かに考えごとにふけっていた修が、「あの」と控えめに手を挙げた。

「はい。どうぞ?」

毅が来る前、面接に際して忌憚のない意見を、とお願いしていたこともあり、優斗が続きを促すと、修はためらいがちに口を開いた。

「あの人、色々と嘘をついている気がしました」

「どういうことですか?」

怪訝そうに問い返したのは有美だ。少なくとも、書類に書いてあった内容と、本人が面接の時に話してくれた内容は合致《がっち》していた。

しかし、修には毅の言動に気になる点があったらしい。

「なんか、犬でも猫でもって言った割に、チラチラと猫たちのことを見ている気がしましたし、あと、あの人、顔をよく触ってたじゃないですか。あれって典型的な嘘をついている人の行動パターンなんです」

弁護士を志望しているだけあって、修は人間を観察する癖が自然と身についたのか、面接の時の毅をそう分析する。

「しかも、あんなに強気だったのに、二星さんが『不合格』って言った途端、妙に落ち込んでいませんでした?　もしかしたら、案外いい人だったりして?」

修の指摘に、優斗は自分の中で浮上した疑問を解決すべく、「はい!」と声を上げた。

「あの、なんのために嘘をつく必要があったのですか？」

「それはわかりませんが、でも、初対面でマウントを取りたがる人っているじゃないですか」

「ここに住みたいのにマウントって、よくわかりませんが」

優斗が抱いた謎《なぞ》は修にも解けないまま、一層深まっていく。

「うーん。でも、なんか気になるんですよね、あの人。でも、決めるのは二星さんなんで」

修の意見に、優斗は自分が下した『不合格』という結果が正しかったのか悩み始める。

するとそこで、優斗と修のやり取りを黙って聞いていた有美が口を開いた。

「島袋さんのこと、知ろうとしてみたらどうでしょうか？　わたしが島袋さんを紹介しようと思ったのは、あの人がここの『家賃』ではなく、『猫』の方に反応していたような気がしたからなんです。人にはいろんな一面がありますから、わからない人に出会ったら、知ろうとしてみることも大事かと、わたしは思います」

そう言い切って、お茶をすすった有美に、優斗がクスッと笑う。

「似てますね。広瀬さんこそ、たまに祖父みたいなこと、言いますよね」

優斗に指摘された有美は「えっ？」と目を瞬かせる。端から聞いていると、女性に対して『祖父みたい』というのは失礼だと怒られそうなものだが、有美はさほど気を悪くした様子もなく、どこか納得したように微笑み返す。

「幸三さんには、長いことお世話になっていたので……」

そう答えると、ぐいっとお茶を飲み干して立ち上がった。

「では、島袋さんのこと、ちょっと考えてみてください。お茶ごちそうさまでした。今日はこれで失礼します」

そうして有美が帰っていった後、優斗はチャーを抱き上げると、まるで意見を求めるように、つぶらで澄《す》んだ瞳をそっと覗き込む。

「知ろうとしてみる……」

好奇心旺盛のチャーならどうするだろうかと考えた優斗は、修が引っ越して来たばかりの頃、修の部屋の様子を窺っていたことを思い出す。

相手を知るためには、毅にもう一度会う必要がありそうだが、どうしたものかと優斗はため息をついたのだった。


その夜、夕食の後片付けを終えた優斗がリビングでチャーと遊んでいると、修がノートパソコンを抱えてやってきた。

「二星さん、見つけましたよ！」

「え、何をですか？」

「島袋さんの劇団のホームページです」

そういえば修は面接の時、毅の職業が俳優と知って、興味津々といった様子であれこれ質問していたことを思い出す。劇団名はなんだったかと、優斗がおぼろげな記憶《きおく》を辿ろうとしていると、修が画面を提示してきた。

白背景のシンプルなトップページに『演劇集団・弾丸　公式ホームページ』というタイトルと、その下に弾丸の写真が貼られている。

サイドバーには『劇団について』『メンバー紹介』『チケット予約』『稽古場日記』といったメニューが並んでおり、修はその中から、メンバー紹介ページをクリックした。

「島袋さんの名前もあったんですけど……」

写真と名前が並んでいるページに飛んでみたが、大きめの写真付きで紹介されているメインメンバーの項目に彼の名前はない。画面をスクロールさせていくと、最下部に、小さめの写真と共に紹介されている『島袋毅』の名前が出てきた。その肩書きは研究生となっている。

「研究生？」

面接の時、毅はいかにも活躍《かつやく》しているように語っていたが、実態はかなり異なるらしい。

「はい。あ、動画もあるみたいですけど、見てみますか？」

トップページに、自主製作ドラマ『藤沢《ふじさわ》探偵の事件簿』絶賛配信中！　と書かれたバナーを見つけた修が尋ね、優斗は「はい」と頷く。

若干手作り感はあるもののドラマのタイトルが表示され、優斗は「おおーっ」と拍手する。その直後、殺人現場に出くわした女性が悲鳴を上げるシーンに切り替わり、優斗は身体をびくつかせた。とそこへ、次々と登場人物たちがフレームインしてくる。

一番最後に写った見覚えのある青年に、優斗は「あっ、いた」と画面を指さした。

「ホントだ。でも、島袋さん、喋りませんね」

とりあえず、このドラマの主人公である探偵役は毅ではないことはすぐにわかった。そして、容疑者役でもなければ、主要な登場人物でもないようで、見続けていても、毅は画面の隅の方に時々映り込む程度で、まったく台詞がない。

内容的にも特段、引き込まれるものではなく、修が次第に飽きてきてしまったときだ。

「あっ、喋った」

そんなに長いものではなかったが、容疑者を追い詰めるのに一役買ったような、よく言えば重要な台詞だ。修も優斗も、毅の演技《えんぎ》を食い入るように見つめた。

しかしその直後、唐突に『完』という文字が表示され、ドラマが終わってしまった。

「えっ、これだけ？　終わっちゃった……」

修はポカンとしながら、片手でノートパソコンの天板を閉じる。

「なんか、島袋さんの印象、面接の時とだいぶ違いますね」

彼の話しぶりから、主演を担うような大物を想像していた修は、拍子抜けしたらしい。

優斗も信じられないといった様子で、修が閉じたパソコンの天板をもう一度開く。

「見逃したかもしれないので、もう一度見てみましょう」

「そ、そうですね」

優斗の言葉に修は同意して、動画を巻き戻してみる。しかし、何度見直してみても毅の台詞は後半のひと言のみだった。

翌朝、出勤する修をチャーとクロとともに見送った優斗は踵《きびす》を返すと、自室に戻って自分のパソコンに向かった。

表示したのは、昨日、修が教えてくれた劇団のホームページだ。いくつかのページを開いていくうちに、優斗は何かを見つけ、メモ帳に書き写す。

そして身支度を整えると、そのメモを頼りに、ある場所へ向かった――。

＊＊＊

その日も『演劇集団・弾丸』は、公民館の貸会議室で舞台の稽古をしていた。

数名の劇団員の芝居《しばい》に、唯一イスに座って見ていた男――ホームページで見た動画で主役を務めていた石毛《いしげ》という名の男だ――が、苛立った様子で立ち上がる。

石毛に芝居のやり直しを指示された劇団員たちは、不満を顔に滲ませながらも演技を再開する。が、納得がいかない様子の石毛の怒号が、それから何度も会議室に響き渡った。

優斗が会議室のドアから顔を覗かせたのはそんなときだった。

「どちら様ですか？」

ドアが開いたことに気づいた石毛が不審そうに眉間に皺を寄せ、優斗に問いかけた。

「あ、失礼します。あの……彼の知り合いです」

優斗が会議室の隅で熱心にメモを取っていた毅を指さして石毛に答えると、劇団員たちの視線が一斉に毅に集まった。

優斗の突然の来訪に、毅は驚いて目を見開く。

「え、何しに来たの？」

困惑している毅に、石毛がどこか呆れた様子で「お前の友達か」とため息をついた。

しかし、毅は「いや、友達では……」と気まずそうに口ごもる。

そこで毅と石毛の会話に、優斗は思いきって割り込んだ。

「家族になるかどうかの瀬戸際《せとぎわ》です」

「はぁ？　家族？」

石毛を含め、劇団員たちは意味がわからず、ポカンとしている。毅も気まずい雰囲気にそれ以上、何も言えなくなる。しかし、優斗はとりあえず見学を許されることになった。

「違うっ！　それじゃバレバレだよ！　お前が殺したって言ってるようなもんだろ！」

「えっ？」

「え、じゃねえよ！　学芸会じゃないんだから、しっかりやってくれよ！」

劇団員の一人が熱心な石毛の指導《しどう》を受けているのを、毅は真剣な表情で見つめている。そしてそんな毅の様子を、優斗は稽古場の隅に置かれたイスに座ってじっと観察していた。

するとその時、石毛が毅の名前を呼んだ。

「じゃあ次のシーン、お前も入れ」

「はい！」

ようやく毅の出番だ、と優斗は少し緊張しつつ、食い入るように見つめる。

芝居が始まると、思いのほか早い段階で毅が喋り始めたので優斗は驚いた。が、毅は台詞を忘れてしまったのか、途中で固まってしまった。

当然ながら、すぐさま石毛から芝居にストップがかかる。

「台詞くらい頭に入れてこいよ！」

「はい、すみません」

やり直しを告げられ、再開した演技はなんとかOKを貰えたようだったが、毅は部屋の隅に退くと、悔しそうに唇《くちびる》を噛《か》み、顔をゆがめている。

そんな毅のことをじっと観察していた優斗は、修の指摘通り、面接の時のどこかおちゃらけた態度が偽りで、こうして本気で芝居に取り組んでいる彼の方が、本当の姿なのではないかと思い始めたのだった。

帰宅した優斗がクロとともに縁側で座禅をしていると、修が気づいてやってきた。

「座禅ですか？」

「はい、こうしていると落ち着くんです」

そう説明して目を閉じると、修は「へぇ」と物めずらしそうにつぶやいて、優斗の隣に腰を下ろす。と、どこからかやって来たチャーが、修の膝の中にすっぽりと収まった。それから縁側で、二人と二匹が並び、静かな時が過ぎていく。

優斗は目を瞑り、幼い頃、幸三に嘘をついてしまったときのことを思い出していた。

「どうだ、気分は落ち着いたか？」

叱《しか》られて泣いてしまった優斗が、幸三に勧められて座禅をして、しばらく経った頃だ。隣で一緒に座禅をしていた祖父に声をかけられ、優斗は目を閉じたまま、「はい」と頷いた。

「おじいちゃん、嘘をついてしまい、ごめんなさい」

きちんと反省して告げた言葉に、幸三は「おお……」と、うれしそうに微笑む。

「素直に謝ることができたなら、もう十分だよ」

幸三に許された優斗はホッとした様子で目を開ける。すると幸三は優斗の頭をポンと優しく撫でてから、話を切り出した。

「嘘は言ってはいけないが、嘘をつく人間にも二種類ある」

「二種類？」

「ああ、そうだ。他人につく人と、自分につく人だ」

幸三の説明に、優斗は首を傾げた。

「どうやって自分に嘘をつくんですか？」

優斗の率直な質問に、幸三は「うーん」と首をひねりながら笑って、話を続ける。

「人間は複雑だからなぁ。厄介《やっかい》なことに、さらに自分自身でより複雑にしてしまう」

幸三はそう答え、優斗のそばで寝そべって寛いでいたケイに、まるで同意を求めるかのように笑いかけたのだった。

思い出を振り返った優斗はある覚悟を決め、目を開いた。

「もう一度、島袋さんと会って、面接をやりたいと思います」

自分を偽っていた彼ではなく、本当の彼ときちんと話す必要性を感じたからだ。

「はい」

優斗の提案に、隣に座った修も、どこかスッキリとした表情で頷く。

二人と二匹が見上げた夜空には、猫の爪《つめ》のような細い三日月が冴え冴えと輝いていた。

＊＊＊

「再びお越しいただき、ありがとうございます」

先日の面接同様、ダイニングテーブルを挟んで一同が座ると、今回も進行役を務める有美が話を切り出した。

有美の言葉に、優斗と修は揃って毅に対してぺこりと頭を下げる。

「なんで呼び出されたのか、気になっただけです。『不合格』って言われたのに」

毅は三人の視線を集め、どこか居心地が悪そうに言う。そんな毅の疑問に、めずらしく優斗が答え始める。

「僕は幼い頃、両親を亡くして、この家で祖父に育てられました。ここにはいつも猫がいて……だから、猫と、この家が好きです」

そう告げて、優斗はまっすぐに毅の目を見つめた。

「ここに住む、ということは、この家の『家族』になることだと考えています」

先日、劇団の稽古場で優斗が問われて答えた『家族になるかどうかの瀬戸際』という言葉の意味が明かされ、毅は黙ったまま理解を示す。

「普通の家族なら、演技なんてしませんよね？　だからもし島袋さんが本当は猫が好きなら、僕たちの前で自分を偽る必要はありません」

優斗の話に、毅はリビングのソファで寛いでいるチャーとクロを、順にじっと見つめてから、視線を正面に戻した。

「恥ずかしながら、修さんに言われるまで僕は気がつきませんでした。でも確かに、あなたがあの子たちを見る目は、猫が好きな人の目です。今ならわかります」

毅は優斗の話に少しだけためらうように目を泳がせて、小さく息を吐く。そして苦い笑みを浮かべて、ポツリ、ポツリと話し始めた。

「小学生の頃、友達の家に呼ばれて……その家にいた猫がかわいくってさ。でも、触ろうとしたら『勝手に触るな！』って言われて。で、とっさに、『猫なんて別に嫌いだからいいよ！』って嘘をついてしまって。その時から、かわいがりたくても、また誰かに止められるんじゃないかって他人の目が気になって、できなくなった」

「そんなことが……」と痛ましい表情でつぶやいた有美に、毅は自分をあざけるように笑った。

「おかしいですよね。なんか自分自身に対して、引っ込みがつかなくなってるのかもしれないです」

自嘲《じちょう》気味に言う毅だったが、そんな彼のことを優斗も修も笑ったりはしなかった。

「それで、役者を目指して上京して一人暮らしをしてるうちに、寂しくなると猫のことばかり考えるようになっちゃって。今までの反動なんですかね？　そんなときに、このシェアハウスのことを知ったんです」

「そうだったんですね」

最初に毅の嘘を見破った修が納得した様子で言い、優斗も同調して首を縦に振る。

「演技のことはわかりませんが、自分の気持ちの全部に嘘をついて演技をしていたら、人に伝わらないのではないでしょうか？」

その言葉に、毅はハッとしたように目を見開いて優斗を見つめ返す。

「猫は、自分に嘘をつきません。だから彼らの気持ちが伝わってくるし、信用できるんだと思います」

優斗はそう言うなり何かを思いついたようで、ソファの上で寛いでいるチャーを見やるとニコニコしながら立ち上がった。

チャーの背を撫でて優しく抱き上げると、そのまま毅の方へ近づいていく。

警戒心の強いクロが、何をしているんだろうと距離を置いて見つめるなか、優斗は毅の前で立ち止まった。

「優しく、お願いしますね」

チャーを差し出した優斗に、毅は少し緊張しながらも微笑んで「はい」と頷く。

もともと人懐こいチャーはリラックスした様子で、少し慣れない手つきながらも猫を丁寧に扱《あつか》おうとしている毅の胸元におさまる。毅が恐る恐る、チャーの額のあたりを指でそっと撫でてやると、チャーは気持ちよさそうに目を細めた。

その様子を眺めながら、優斗と修は顔を見合わせて安堵した様子で微笑む。

「そういえば、島袋さんが稽古で汗をかいている姿、実は羨ましかったです」

「えっ、そうなの？」

意外そうに優斗に笑いかけた毅に、優斗は続ける。

「僕にはできませんし……」

「そりゃあ、いきなりできたら俺が困っちゃうよ」

そうして他愛もなく笑い合った後、優斗はパチパチと手を叩き始めた。

その唐突な行動に首を傾げた毅だったが、有美と修がその意味に気がついて、笑顔で拍手し始める。そこでようやく、毅も理解する。

「合格です」

優斗の正式な宣言を聞き、毅の顔にじわじわと喜びが広がっていった。

「二星ハイツ七箇条、其の七」

リビングに掲げられた七箇条を優斗に示され、毅はその内容をゆっくり読み上げる。

「この家は、夢を持つ人のためにある？」

「はい、頑張《がんば》りましょう」

修にそう声をかけられた毅は、真剣な表情で「はい！」と答える。

こうして、リビングに掛けられているコルクボードに、新たな二星ハイツの住人として、『島袋 毅』というネームプレートが並べられることになったのだった。

＊＊＊

十一月下旬のある日、毅が引っ越してきて迎えた最初の朝のことだ。

一足先に朝食にがっつき始めている猫たちの横、人間たちのテーブルの上には三人分の朝食が用意されている。今日は三人揃って食べる最初の日ということもあってか、修も優斗たちと同じでいいという要望があったため、全員同じメニューだ。

白いご飯に、豆腐とネギの味噌汁。鱈の塩焼きにだし巻き玉子。大根とカイワレのサラダに、こんにゃくと椎茸の甘辛煮《あまからに》、キュウリとカブの浅漬け。

そんな和風の朝食を前に、毅が目を輝かせた。

「では、いただきます」

全員で手を合わせてそう言うと、さっそく食べ始める。優斗と修は毅の口に合うかどうか心配そうに彼を見つめ――。

「うまい！」

驚いた様子で思わず漏らしたその言葉に、二人は安堵した様子で笑い合う。

「朝食なんて、いつぶりだろう！ 朝ご飯って、いいな！」

噛み締めるように言って表情を緩めた毅に「毎日、食べられますよ」と修がちょっぴり先輩《せんぱい》風《かぜ》を吹かせたように言うと、「マジか」と感慨深げに朝食を見つめた。その様子に、優斗は作り手としての喜びを感じて、目尻を下げたのだった。

朝食後、出勤していく修とバイトへ向かう毅を、優斗は猫たちとともに見送るため、玄関に出ていた。

「いってきます！」

靴を履き終えてそう言った毅を、優斗は「あ！」と何かを思い出した様子で慌てて引き止め、ポケットからスマホを取り出す。

「メセージアプリ、やってますか？」

「ああ、やってるけど」

「では、友達になっておきましょう」

「わかった」

　毅が同意してスマホを取り出したのを見て、修も「じゃあ僕も」と二人に交ざってスマホを向け合う。ついこの間までは登録に手間取っていた優斗だったが、だいぶ手慣れた様子で登録を進められるようになっていた。

　そうして手早く登録を終えると、今度こそ優斗は二人を送り出す。

　遠ざかっていく二人の背を見つめながら、優斗はふと「猫を嫌う人には気をつけろ」という祖父の言葉を思い出した。

　優斗はこれまでその言葉を『猫みたいなかわいい生き物を嫌う人間なんてロクなもんじゃない』という意味だと思っていた。けれど、それは違っていたようだ。

　猫はすべて見抜いている。人の複雑な想いや傷を。

　だから、見抜かれたくなくて、猫を遠ざける人がいるのかもしれない。素直に生きていない心を、覗かれたくないから――。

　では、祖父を失い、新たな家族との生活に踏み出した今の自分はクロとチャーの目にはどう映っているのだろう。優斗はふとそんなことを考えながら、足元にすり寄ってきた二匹を抱き上げたのだった。

第四話

猫は敵と味方を瞬時に見分ける

十二月に入ってすぐの日曜日。

弁護士事務所での仕事が休みの修と、バイトも劇団の稽古もない完全オフの毅は、リビングでチャーと遊んでいた。チャーは修が振っている猫じゃらしに飛びついたり、毅の投げるネズミのオモチャを追いかけたりと楽しそうだ。

優斗はチャーの躍動感のあるショットを撮ろうと、視線を猫に合わせて祖父のデジタル一眼レフカメラを構え、何度もシャッターを切っていた。

その時、修が振っていた猫じゃらしの柄が急にパキッと真ん中で折れてしまった。

「あっ、すみません」

「別にいいですよ。それ、もうだいぶ使ってるものでしたから。そろそろ新しいのを通販で買おうと思っていましたし」

優斗がそう言ってノートパソコンを開こうとすると、毅が「待った！」と割り込む。

「俺が作ります」

「え？　作れるんですか？」

驚いて目を瞬かせた修に、毅はニヤリと得意げな笑みをこぼす。

「大道具、小道具、なんでもやってきたんで、このくらい、わけないです！」

「そんな特技があったんですか」

修から尊敬のまなざしを向けられた毅は胸を張った。

「舞台俳優、舐めないでください」

「研究生ですよね？」

鋭《するど》いツッコミを入れた優斗に、「おい！」と笑った毅は、「実は」と続ける。

「初めての猫との生活で、作りたい物のアイデアが溢《あふ》れてるんですよ」

そう言って、壊れた猫じゃらしを修の手から受け取ると、毅はさっそく何か閃いた様子で目をキラキラと輝かせた。

「そうだ！　せっかくなんで、思い切って改造しましょうよ、この部屋！」

「部屋を？」

オモチャの話から一気に話が大きくなり、優斗は修と顔を見合わせて首を傾げる。

毅には何かイメージが湧いているようで、サイズを確認するように、リビングのあちこちを見回しては、ブツブツとつぶやき始めたのだった。

思い立ったが吉日とばかりに、その日の午後、毅と修、優斗の三人は木材や、たくさんの買い物袋を手にホームセンターから帰ってきた。

「こんなに買っちゃって大丈夫ですか？　本当に作れます？」

荷物運びを手伝いながら疑いのまなざしを向ける修に、毅は口を尖《とが》らせる。優斗はワクワクしているようで表情は明るい。

「何度も言わせないでくださいよ～」

「はいはい、舞台俳優、舐めませんよ」

「まだ研究生ですよね？」

「おいっ！」

三人で何度目かわからないやり取りをして笑い合いながら、庭に資材を運び終える。優斗が母屋の裏手にある倉庫から引っ張り出してきた幸三の日曜大工セットも広げると、早速、猫のためのＤＩＹが始まった。

しかし、優斗も修も初めてのことで手順も何もよくわかっていない。

「ああもう、そんなんじゃ一生終わりませんよ！　ほら、どいてください」

優斗が押さえた木材を切ろうとしてがむしゃらにのこぎりを引いていた修に、経験者の毅が見ていられないとばかりに、口と手を挟む。

「こうやって、板を自分の片膝でしっかり押さえて、こうやるんです！」

その手慣れた様子に、優斗と修から「おおー」という感嘆の声が上がる。

結局、修と優斗は何度やってもうまくいかず、毅がすべての木材を切る羽目になった。

そうして切り終えた木材に、今度はインパクトドライバーで次々とビスを留めていく。

優斗と修は、毅の手際のよさに感心しながら、ちまちまと木材にやすりをかけていった。

あらかたのパーツが完成すると、今度は組み立て作業だ。

「こう、猫が寛げるスペースっていうか足場みたいなのがいろんな高さにあるといいんじゃないかなと」

「なるほど、じゃあ、ハシゴから台に飛び乗る感じか？」

「そうですね」

優斗の猫目線の意見を取り入れながら、着々と完成が近づく傍らで、修はホームセンターで買ってきた綺麗なピンク色の羽根を使って新しい猫じゃらしを作っていた。

「修さん、細長い枝、見つけましたよ」

「いいですね！　ありがとうございます。じゃあそれをここに付けて……」

そうして新しい猫のオモチャもどんどんできていき――。

ついに、リビングの壁一面に、立派なキャットタワーが完成したのだった。

高さの違う棚には寛げるようにクッションが置かれた場所や爪研《つめと》ぎができる板、よじ登って遊べるポールなどの様々な仕掛けも施され、かなり凝った作りになっている。

「うわ、本当にすごい！」

「でしょ？」

驚きの感想を漏らした修に、毅はやりきった感満々の笑顔で応えた。

「なんだか、我が家が進化しましたね」

猫仕様にすっかり改造されたリビングを見渡した優斗は、満足そうに目を輝かす。

「気に入りました？」

「はい、とても！」

そう言ってさらに拍手する優斗に、毅はうれしそうにガッツポーズをする。

その隣で修はチラリと猫たちのいる茶の間に視線を向ける。作業中は危ないので離れていてもらったのだ。

「あとは、猫たちも喜んでくれるといいですね」

「ですね」

そうして三人は顔を見合わせると、クロとチャーを呼びに行った。

修が抱きかかえてきたチャーを部屋に放ち、優斗もクロをキャットタワーの横にあるソファに下ろしてやる。

「ほら、チャー、こっちだよ」

「クロも、ここ、登ってごらんよ」

二人が何度か声をかけながら促してみるが、二匹とも一向に興味を示そうとしない。

修が作った新作の猫じゃらしにだけチャーが食いついて遊び始めるのを、毅が複雑な表情で見つめる。

「まあ、そのうち慣れるんじゃない？」

人間の思いどおりには動かないのが猫だ。修はフォローするようにそう言ったが、作り手の毅は苦笑いして、ガックリと肩を落としたのだった。


それから数十分後、玄関から「お邪魔します」という有美の声が聞こえ、三人は次なる入居希望者の面接時間が来たことを思い出した。そもそも今日はキャットタワーを作るための休みではなかったのだ。

一方の有美は、優斗だけでなく、神妙な面持ちの修と毅にも出迎えられて、たじろぐ。

「えっと、皆さんで面接に立ち会うんですか？」

「はい、家族全員で面接します」

代表してそう答えた優斗に、有美は「そうでしたね」とつぶやいて気を取り直す。

「あ、では、こちらへどうぞ」

そう呼ばれて玄関に入ってきたのは、精悍な顔立ちで引き締まった体つきをした青年だった。なぜか赤と黒のサウナスーツに身を包んでいる。

緊張しているのか硬い表情で会釈した青年に、優斗たちも頭を下げる。

そんな青年を引き連れてリビングに入ってきた有美は、ガラリと変わったリビングの状態に「わあ」と驚き、興味津々といった様子で笑顔を見せた。

「どうしたんですか、これ！　本格的に猫仕様になってきましたね！」

「全部、俺が作ったんですよ」

自慢げに話す毅に、有美が「えっ、一人で？」と目を丸くする。

「まぁ、大体？」

「おおーっ！　これは、クロもチャーも大喜びなんじゃないですか？」

有美は素直な感想を述べただけだったのだが、毅は肩を落として目を逸らし、優斗も修も気まずそうに窓の外に視線を向けた。

「あれ？　どうしました？」

凍りついた空気に戸惑う有美に、優斗が「面接、始めましょう」と話題を変える。

「あ、はい……」

そうしてなんだか妙な空気に包まれながらも一同が席につき、面接が始まった。

「矢澤丈《やざわじょう》です。よろしくお願いします」

四対一という、やや圧迫感のある状態ではあったが、丈に怯《ひる》んだ様子はない。

「矢澤さんは現在、ボクシングのプロを目指している、とのことでしたよね」

「はい……」

有美の紹介に、修が「おおっ」と毅の面接時と同じようなリアクションを見せる。

「ボクサーですか。また初めて会いました」

「強そうですね」

毅の感想に丈が無言でいると、優斗がキョトンとして「あの」と小首を傾げた。

「ボクシングって、あの殴《なぐ》り合うやつですか？」

「殴り合いじゃなくてスポーツです」

丈にサッと否定された優斗は、申し訳なさそうに頭を下げる。

「すみません、見たことがないものですから」

その言葉に、有美と毅が信じられない、といった様子で目を丸くする。

「どんな生活をしていたらそうなるんですか⁉」

呆れた様子で突っ込んだ毅に、優斗は答えられず、困ったような表情で小首を傾げた。

すると、毅は何を思ったのか立ち上がると、グッと握り締めた両拳《りょうこぶし》を顔の前に上げ、優斗にボクシングがどんなものかを説明しようと実演し始める。

「こう構えて、左がジャブ、右がストレート。で、これがフック」

毅の動きを見ながら、優斗は真似《まね》をして拳をゆっくりと突き出してみる。しかし、何やらふにゃっとした動きでキレというものがまったく感じられない。それを見た毅が次第に熱くなり始め、先ほどからほとんど黙ったままの丈を巻き込んだ。

「ちょっと、立ってください」

毅は半ば強引に自分の正面に立たせた丈の頬辺りに向かって、左拳を横から弧を描《えが》くようにして突き出す。

「これが、フック。で、下から顎を狙うのがアッパー」

顎の下すれすれのところに向かって繰り出された拳を、丈は面倒くさそうな表情でサッと、軽くあしらうように避けた。

「あ、ちょっと、殴ってきてもいいっすよ」

だんだん調子に乗ってきた毅は、丈に小声でそう言うと、さらに説明を続ける。

「で、相手の拳が来たところで、攻撃をかわしながら打ち返すのが、カウンター」

そう言って毅が右ストレートを出した次の瞬間、丈の素早いカウンターが炸裂した。

「痛っ！」

「あっ、悪い、つい……」

反射的に動いてしまったらしい丈は、頬を押さえて後ろによろけた毅に謝る。

その様子を見ていた優斗が、不思議そうな顔をして話に割り込んだ。

「あの、なんのために痛い思いをするんですか？」

「えっ、それは、世界王者になるために、みんな闘《たたか》っています」

丈の答えに優斗はあまり納得がいかない様子で首を傾げている。その横で、頬を押さえてうずくまったままの毅を、有美と修が心配する。

「島袋さん、大丈夫ですか？」

「うぅ……どうぞ、続けてください」

頬を押さえたままイスに戻った毅がそう言うと、有美は苦笑いしながら頷く。

丈も着席したのを見計らって、面接が再開された。

「では、猫についてはどうでしょう？」

「猫が好きなんで、リラックスできる環境でプロテストに臨みたい、と……」

淡々と答えた丈の言葉には嘘偽りはなさそうだ。

「じゃあ、クロとチャーに聞いてみましょう」

面接する側の四人を代表してそう言ったのは修だ。その言葉に、全員の視線が隣の茶の間でゴロゴロしていた二匹に向けられる。

そこでスッと立ち上がったのは丈だ。四人とも、猫に対して丈がどのような態度で接するのかを心配そうに見つめる。

丈は無理やり近づいたり大声を出したりはせず、両手を広げ、腰を落として猫たちを自然なスタイルで受け入れようとしたのだったが――。

「あ……」

まず警戒心の強いクロが逃げ出すようにシュッと丈の横をすり抜け、チャーも続いた。

茶の間からリビングへ勢いよく駆け込んだ二匹は、先ほどまでは目もくれなかったキャットタワーのてっぺんまで、勢いよく駆け上っていく。

「あっ、上った！」

「やった！」

クロとチャーは、それぞれキャットタワーの違う高さのところに腰を落ち着けると、大きく伸びをして、寛ぐ体勢に入った。

声を上げて喜び、拍手し始めた毅と修、優斗だったが、完全に無視された状態の丈は呆然とした様子で、立ち尽くしている。

「え、どういうこと？」

丈と同じく、その光景をポカンと見つめていた有美が困惑してつぶやいたのだった。


その夜、リビングに集まった優斗と修、そして毅は、ソファに座って猫たちと戯れながら、面接結果をどうするかについての相談をしていた。

丈の猫に対する態度も、猫たちの丈に対する反応も、その場ですぐ合否を決められるようなわかりやすい状態ではなかったため、一旦、回答を保留にしてもらったのだ。

「で、どうしますか？」

修が傍らで寛いでいるチャーの額を優しく撫で続けながら、優斗と毅に尋ねた。

チャーは気持ちよさそうに目を細め、修に体を預けるようにしてお腹を見せて伸びきっている。クロの方はキャットタワー上部に設置したフワフワのクッションが気に入ったようで、まるでつきたてのお餅《もち》のように綺麗に丸まって眠っていた。

優斗はそんなリラックスしている猫たちをぼんやりと見つめながら考え込んでいるようで、先に答えたのは不満そうに口を尖らせている毅だった。

「俺は、反対です」

氷嚢《ひょうのう》を頬に当ててムッとしながら意見を述べた毅に、修が苦笑する。

毅は猫に対する丈の態度がどうだったかよりも、突然カウンターを喰《く》らわされたことを根に持っているらしい。自分の方から殴ってきてもいい、と言ったことも忘れて。

「それ、ちょっと大げさな気もしますが……」

毅が帰ってからずっと冷やし続けているのを見て、修が苦笑する。

「腫《は》れたらどうすんだよ」

「まあそれはそうと、この子たちにはまったく相手にされていませんでしたし、それはそれでストレスがない、ということなのかもしれないですか？」

修の評するとおり、確かに丈の猫に対する態度は無理やりなものではなかったし、チャーとクロも多少の警戒こそすれ、そこまで気にした様子もなく、マイペースに過ごしていた。

「二匹とも、タワーに乗ってましたね」

優斗もそう言って、猫たちの想いを読み取ろうとするかのように二匹をジッと見つめると、修と毅に面接の結果を告げたのだった。

＊＊＊

それから十日ほど経ち、十二月も半ばに差しかかったある日の朝——。

優斗が用意した朝食は四人分になり、リビングの壁に掛けられているコルクボードのネームプレートには『矢澤 丈』が追加されていた。

四人揃っての初めての朝食は、白いご飯にニンジンやキノコ、小松菜などの野菜たっぷりの味噌汁、温泉玉子にもずく酢、鶏《とり》胸肉の塩麹《しおこうじ》焼きというメニューだ。

猫たちは一足先に、細かく切った野菜と、焼いてから丁寧にほぐした鶏肉を混ぜて作られたオリジナル猫飯にがっついている。

丈の入居にまだあまり納得していない様子の毅が不機嫌さを顔に滲ませていることもあり、食卓の雰囲気はなんとなく重たい。

「じゃあ、今日からよろしくお願いします」

そう言って軽く頭を下げた丈に、修と優斗も「よろしくお願いします」と続く。

「では、いただきましょう」

優斗の挨拶に、四人は手を合わせて食べ始めたのだった。

「人も猫も、みんな揃って朝ご飯を食べるんですけど、もし好みの物があれば、リクエストできますから」

修の説明に、丈は「はい」と答えたものの箸《はし》の進みは遅く、いまいち反応も薄い。

「どうですか？　おいしいですか？」

丈の曖昧な態度が気になったのか、修が尋ねると、丈はそこで箸を置いた。

「お口に合わなかったですか？」

食が進まない様子に、優斗もいよいよ不安そうに尋ねる。すると、丈は視線を逸らし、

「減量中なんで……」

そう言って席を立つと、足早に二階の自室へ戻っていってしまった。そのそっけない態度に、毅が苛立たしげに口を尖らす。

「なんだよ、アイツ？」

気まずい雰囲気のなか、猫たちだけはまったく気にした様子もなく綺麗に完食すると、前足を丁寧にペロペロと舐めているのだった——。

修と毅を送り出した後、優斗が庭で洗濯物《せんたくもの》を干していたときだ。

二階の窓から白い煙のようなものが出ていることに気づき、なにごとかと目を見開いた。

慌てて家の中に戻り、階段を駆け上がると、丈の部屋の扉を勢いよく開け放つ。

「丈さん⁉ って、暑っ！」

そこにはサウナスーツに身を包んだ丈が、もがくように床に突っ伏して倒れていた。

部屋の壁に透明《とうめい》なビニールシートを付け、その中でストーブをガンガンに焚《た》いているようで、サウナ状態になっている。窓から漏れ出ていたのは煙ではなく蒸気《じょうき》だったらしい。

「何してるんですかっ⁉」

ビショビショに濡《ぬ》れた額から汗をしたたらせ、荒い息づかいを繰り返している丈に、優斗は驚いて駆け寄る。

「減、量……中……」

そう答えた丈は、そこで力尽きたように目を閉じてしまった。

「あっ、丈さん！」

優斗は慌ててビニールシートを避《よ》けて窓を開けると、キッチンへ氷枕《こおりまくら》を取りに行くため、階段を駆け下りていったのだった。

しばらくして目を覚ました丈に向き合い、優斗は真剣な表情で尋ねた。

「殴り合いをする夢を実現するために、なぜ不健康にならないといけないんですか？」

「殴り合いじゃなくスポーツです。だからルールがある。ルールを守るために体重を落とすんです」

何の迷いもなくそう答えた丈に、優斗は理解できないといった様子で質問を重ねる。

「それは、不健康になってまでやることですか？」

「だから……」と丈は再び同じことを言いかけ、小さくため息をつく。これ以上は話にならないと判断したのか、立ち上がると優斗に背を向けた。

「走ってきます」

「えっ」

まだ顔色のよくない丈がふらつく足取りで玄関から出ていってしまい、優斗は困惑する。

そんな二人のやり取りを、猫たちは不思議そうに見つめていた。

その夜、優斗がキッチンで夕飯の支度をし、修が食器を出す手伝いをしていたところへ、毅が劇団の稽古から帰ってきた。

「ただいまー」

「おかえりなさい」

三人は礼儀正しくも、すっかり馴染《なじ》んだ様子で挨拶を交わして微笑み合う。しかし毅はリビングに入るなり、眉をひそめた。

毅は柱が斜《なな》めに倒れかけているキャットタワーに駆け寄って青ざめる。朝まで寛いでいた猫たちの姿は、ソファに場所を移していた。

「直そうと思ったんですが、僕らじゃできなくて……」

申し訳なさそうにつぶやいた修に、毅は険しい表情になる。

「誰がやったの？」

「それは……」

修が言い淀《よど》んでいると、そこへ、ロードワークを終えた丈がサウナスーツ姿でリビングに入ってきた。丈は誰への挨拶もなく、無言でリビングのネームプレートをひっくり返すと、すぐに踵を返して階段の方へ向かっていく。

修も、もちろん猫たちも何も言わなかったが、毅は気づいた。

「ちょっと待って！」

挨拶もなく立ち去ろうとした丈だったが、毅の声に足を止めて振り返る。

「はい？」

「これ、どういうこと？」

壊れたキャットタワーを示しながら問うと、毅はチラッとそちらに視線を向けた。

「ああ、シャドーしてたら、当たっちゃって」

何食わぬ顔をして答え、そのまま立ち去ろうとした丈に、毅が苛立たしげに進み出る。

「ああ、じゃなくてさ、先に言うことがあるだろ？」

「えっ、なんで？」

「プロテストが終わったら、直しますんで」

「ふざけんなよ、お前！　まずは謝罪だろ？」

悪気がなさそうに淡々と告げた丈の胸ぐらを、毅はぐっと摑《つか》みにかかった。

しかし、丈はいとも簡単にその手をふりほどくと、逆に毅のシャツを摑んで押し返す。

「勝手に触んなよ」

その迫力に、毅はまた殴られるのかと思い、「ちょっ、待っ！」と顔をかばったところで、二人の間に修が慌てて割り込んだ。

「ちょっとやめてください、二人とも！」

突然の修の叫び声に、夕飯の支度をしていた優斗は驚いてキッチンから飛び出した。猫たちも警戒した様子で、じっと毅たちを見つめている。

すると丈は毅のシャツから手を離すと、結局何も言わず、ため息だけをついてリビングから立ち去ってしまった。

丈のその態度に、残された三人の間に重苦しい空気が漂うのだった。


翌日――。

修と毅を送り出した優斗は、その足で商店街にある四つ葉不動産へ向かった。店の出入り口から足早に入ると、自ら応接コーナーのイスに荒々しく座って、喋り始める。

「四人目の募集はストップしてください」

鼻息を荒らげて告げた優斗に、有美が呆れた様子でゆっくりと自席を立つ。

「またですか？」

「家の中が揉めごとで溢れ返っています。これ以上増えたら家が破壊されます！」

「大げさなんですよ、いつも」

有美はそう言いつつも投げ出さない。混乱している優斗の前に落ち着いた様子で腰かけると、小さくため息をついて話を続ける。

「いいですか？　家は揉めるものなんです。人数が増えれば、それだけ事情も増えるんですから。ただ、その場所の居心地がよければ、揉めたことでまた強い家族にもなれます」

諭すような、と同時に励《はげ》ますような有美の言葉に、優斗は感銘《かんめい》を受けた様子で「なるほど」と意見を受け容れる。

「本当に、祖父みたいなこと言いますよね」

感慨深げな優斗のつぶやきに、有美は複雑そうな表情を浮かべる。祖父を慕《した》っていた優斗がいい意味でそう言っていると知りながらも、あんまり何度も言われては、褒《ほ》められている気がしない。

「その、祖父みたいって言うの、やめてもらえません？」

失礼だったかと気づき、優斗は「あ、すみません」と頭を下げる。すると有美は気を取り直した様子で優斗をまっすぐに見つめた。

「とにかく！　困ったときは『初心に返る』ことです」

「初心？」

「猫なら、見分けられるんですよね？　それにあの子たちは、彼のことを受け入れたんじゃないんですか？」

　有美の鋭い指摘に、優斗は面接の時に猫たちが丈に対して無反応だったことをハッと思い出したのだった。

＊＊＊

　帰宅するなり優斗はまた縁側で座禅を組んだ。

　最近の優斗にとって、縁側は頭や心の中を整理したいときの居場所となっている。夕焼け空を眺めながらしばらく深呼吸していると、まるで隣に祖父の幸三が座って相談に乗ってくれているような感覚に陥ることがあった。

　――ここにいると、落ち着くだろう？

　いつだったか、まだ猫との距離感が摑めていなかった頃、幸三にそう問われた。

　座禅をしている幸三の隣で、うたた寝しかけていた優斗は「はい」と頷いた。

「でも本来、家にはいろんな揉めごとがあるものなんだ。やっかいだけど、それを乗り越えるごとに、本当の家族になっていく。猫との関係もそうだ。初めからどっぷり家族になっているんじゃない。だんだん慣れていって、安心していくんだ」

　有美の指摘がきっかけで、幸三のそんな言葉を思い出すことができた。

　長く一緒にいるからすっかり忘れていたが、優斗と猫たちの関係だって最初からすんなり構築できたわけではなかったのだ。すれ違ったり、ケンカしたりして、少しずつ慣れていき、今のちょうどいい距離感を互いに覚えて、仲良く暮らせるようになっていった。

優斗はそのことに思い至ると、パッと目を開けて立ち上がったのだった。

その夜、優斗は帰宅した三人をリビングに集めた。

「話があります」

神妙な面持ちの優斗に、テーブルを挟んで座った修と毅、そして丈は緊張した様子で姿勢を正している。

ソファで寛いでいるクロとチャーもいつもと違う雰囲気を感じたのか、じっと優斗のことを見つめていた。

「僕はこのシェアハウスを始めたとき、夢を叶えようとする人を応援しようと決めました。皆さんはそれぞれ夢を持っています。僕にはそれがない。だから羨ましいのです」

とそこで優斗は黙って聞いている丈に視線を移す。

「ボクシングのことはよくわかりませんが。丈さんの『プロボクサーになりたい』という夢は無条件で応援します。それが家族だからです」

優斗の言葉を、丈は黙って聞いていた。修と毅もだ。

「そして皆さんもそれぞれの夢に敬意《けいい》を持ってください。そうすれば、つまらない争いごとはなくなるはずです」

そこまで真剣な表情で言ってから、優斗は少しだけ照れくさそうに頭を下げる。

「あと、僕がそういう、揉めごとに慣れていないので、本当に困ります」

その正直な発言に、修と毅が申し訳なさそうに苦笑して会釈した。

「この家は、人と猫、みんなで生活しています」

改めてそのことを理解して欲しいと訴えかけた優斗に、丈がようやく反応を示した。

「はい。昨日の朝食の時は、ごめんなさい」

初めての謝罪の言葉に、修と毅の視線が丈に集中する。

「あんなにおいしいご飯を食べたのは初めてで……食欲に負けてしまいそうになりました。それでつい、カッカしちゃって」

「味や量は、考えるようにしますね」

丈は優斗の気遣いに頭を下げてから、毅に向き直る。

「それと、あのタワー、必ず直します。ごめんなさい」

心からの謝罪だと感じたのだろう、毅はようやく表情を和らげた。

「俺さ、結構ボクシングが好きでよく見てるんだよね。特に、パッキャオとハットンの試合がマジで好きでさ！　だから、プロになって、そういう熱い試合、見せてくれよ」

毅からの応援の言葉に、丈は戸惑いながらも、こくりと頷いて微笑んだ。

「では皆さん、それでいいですか？」

とりまとめるように言った優斗に、三人とも「はい」と笑顔で首を縦に振る。

すると優斗は、丈に向かって拍手し始めた。

思えば、丈の入居が決まったときはまだ歓迎ムードにはなっておらず、修や毅が来たときのように拍手していなかった。修と毅もそのことを思い出したのか、優斗に続いて今度こそ歓迎の意味を込めて手を叩き出す。

そんな三人に対して、照れくさそうにしながら、丈の方も心を開いたようだった。

数日後、庭で腕立て伏せをする丈の傍らには真剣な様子でカウントする毅の姿があった。

「十五、十六、十七……しっかり腕曲げて！　立て、立つんだ、丈！」

「立ったら腕立てできないだろ！」

そんな二人のやり取りを、修と優斗は縁側に座って見守っていた。

「あれ、言いたかっただけですよ」

毅の発言にクスッと笑った修に、優斗は不思議そうに「何を？」と返す。

「……いえ、いいです」

優斗に名言が通じなかったことに若干ショックを受けながら、修はつぶやいた。

その後、毅は筋トレに付き合うだけでなく、サウナ状態にした丈の部屋で、サウナスーツを着て一緒にストーブに当たったりもした。

「なんで島袋さんも？」

隣でタオルを頭にかけて汗を流している毅に、丈は真顔で尋ねる。

「俺もちょうど、体を絞ろうと思ってたから……」

「無理しないでくださいよ？」

ふらついている毅にそう言う丈には、以前のようなとげとげしさはない。

その後も丈の自主トレに何かと口を出す毅だったが、二人はあれやこれや言い合いながらも次第にいいコンビになりつつあった。

そんな二人を優斗と修は邪魔しないように、陰ながら応援を続け、いよいよ、プロテスト当日の朝を迎えた。

「では、いってきます」

いつものサウナスーツに身を包み、ボストンバッグを持った丈を、優斗と修、毅、そして、クロとチャー、家族全員で見送る。

「いってらっしゃい！　頑張って！」

優斗たちの応援を一身に受け、丈は力強く頷き返すと、颯爽《さっそう》と出ていったのだった。


その夜――。

リビングでは毅を筆頭に、みんな落ち着かない様子で丈の帰りを今か今かと待っていた。

そこへようやく帰宅した丈が、リビングのイスに力尽きたように腰掛けた。

「ただいま……」

「おかえりなさい、って、どうしたんですか、その顔！」

見れば、丈の額には絆創膏《ばんそうこう》が貼られ、左目のまわりは真っ青《さお》になって腫れている。

優斗はその顔の状態に目を瞠り驚いて尋ねた。その反応に、丈はため息をつき、苦々しさを滲ませてうなだれる。

「筆記問題は解けたんだけど、スパーリング相手がめちゃくちゃ強くてさ。アイツはきっと、世界取るなぁ……」

「結果は、どうだったんですか？」

「明日です」

直球で尋ねる優斗に、丈はもう半分諦めたような落ち込んだ様子で答える。

「そうですか……受かっているといいですね」

「あれだけ頑張ったんですから、きっと受かっていますよ！」

優斗と修の言葉に続いて、練習に付き合っていた毅も励ますように頷いたのだったが――。

翌日の早朝、結果を聞いて戻ってきた丈は残念ながら無言だった。

その表情と様子に、三人は察する。そしてリビングであぐらをかいて座った丈のところに、チャーが慰《なぐさ》めようとするかのようにすり寄っていった。

丈は少し驚きながらも受け入れると、泣きそうな表情になりながら優しい手つきでチャーの背を撫で始める。その様子を見て、優斗と修、毅は笑みを交わし合った。

「またさ、次があるよ！」

毅は暗いムードを払拭《ふっしょく》するように声をかける。

「怪我《けが》の具合は大丈夫ですか？」

毅に続いて、丈の痛々しげな顔の状態を優斗が気遣った。

「大丈夫です」

ぽつりとようやく口を開いた丈だったが、精神的なダメージは大きそうだ。

「それならよかったです。健康が一番ですよ」

慰めるように言った優斗だったが、丈は首を横に振る。

「健康を目指すボクサーなんていません。ボクシングは世界王者になれなければ意味がないんです。それなのに、プロテストで落ちるなんて……」

　丈は自分で自分を責めるように言う。しかし次第に弱々しく小声になっていった丈の言葉を、今度は優斗が強く否定した。

「いいじゃないですか。健康第一のボクサーがいても！　そうじゃないと勝てないなんて誰が決めたんですか？」

　その発言に丈は顔を上げて優斗をじっと見つめる。修と毅も少し意外そうな表情を覗かせながら優斗の話を黙って聞いていた。

「プロテストが終わって、丈さんが無事、健康で、僕は『よかった』と思います」

　もちろん丈にとっては合格することがベストだっただろう。けれど、丈が日々、努力する姿を見守って応援してきた優斗としては、合否よりも丈自身のことが大事だと感じた。

　そしてそんな優斗の、『家族』からのコメントは、丈の心に沁《し》みたようだ。思い詰めていたような顔つきが、安堵した表情へと変わっていく。それを見た修と毅もホッとした様子で丈に温かいまなざしを向ける。

　とそこで、優斗が何かを思い出したように「あっ」と声を上げた。

「あと、サウナスーツを着ても脂肪《しぼう》は減らなくて、長期的な減量には、ジャージの方がいいらしいですよ？」

　この爆弾発言に、三人は揃って目を大きく見開いた。

「それ、テストの前に教えてくださいよぉ」

「あ、すみません」

悔しそうな、呆れたような、複雑な表情でぼやいた丈に、修と毅が声を上げて笑う。

「ホントですよ、なんで今さら！」

「まあまあ、次からはジャージにするということで……」

そんな和やかな雰囲気を感じたのか、丈の懐《ふところ》で撫でられていたチャーも、機嫌よさそうにニャアと甘えるような鳴き声を上げる。クロもつられるようにして、丈の近くに寄ってきて、大きく伸びをしてみせた。

そんな賑《にぎ》やかな光景に、優斗は改めて感じたことがあった。

猫は敵と味方を瞬時に見分けているらしい。だからむだな争いは一切しない。

それに対して人は、複数集まると敵になったり味方になったり、争いが絶えない。けれど、人間は『敵』だった者を『味方』に変えることもできる、地球上唯一の生物なのかもしれない、と。そしてそれは、人の素晴らしい特徴なのではないだろうか——と。

優斗がそんなことをしみじみと考えていたその時だ。

庭の方から、ニャオーンというか細い猫の鳴き声が聞こえ、四人は顔を見合わせた。

「子猫？」

こぞって窓辺に駆け寄って外の様子を窺うと、そこには口の周りと手足の先、お腹が白い、被毛は茶色の綺麗な茶トラの子猫がウロウロしていたのだった——。

第五話

猫は自分に同意のない変化を嫌う

二星ハイツの庭に突如《とつじょ》現れた子猫の姿を、猫好きの住人たちは静かに見守っていた。

赤と青のちょっとオシャレな首輪が付いているので、どこからか迷い込んできたのだろう。子猫特有の、なんにでも興味を示してキョロキョロとしているその無邪気な様子に、優斗をはじめ修も目尻を下げ、毅は目を輝かせ、丈も明るい表情になっていた。

優斗に抱かれたクロと、丈に抱かれたチャーは、同類の登場に、やや警戒している。

本心ではすぐにでも撫でにいきたいと思っているだろう猫好きの面々だったが、全員、猫たちがそれを望まないことを理解しているので家の中から出ようとはしない。

後ろ足で首をカシカシと掻く動作のひとつひとつがかわいくてみんな歓喜していたが、しばらくすると、どこかへ歩き去ってしまった。

「あ、行っちゃった」

立ち去ったのを機に、名残惜しそうに窓を開けて庭に身を乗り出したのは毅だ。

「それにしても、まだ小さかったですね」

「ああ、まだ子猫って感じだった」

「かわいかったですね」

「確かに、かわいかったな！」

修と丈はそう言いながら頬を緩ませっぱなしで、子猫が去っていった方を見つめる。

そこで毅が庭の外をじっと見つめ、眉をひそめた。

「なんかさ、誰かに追われている感じみたいだったけど？」

「まさか」

毅の言い分を丈は鼻で笑う。しかし毅は子猫の現れ方に不自然さを感じたのか、庭の周りを警戒するようにキョロキョロと見まわし続けた。

「逃げてる感じ、しませんでした？」

「首輪を付けていましたし、これから家に帰るところだったのかも？」

同意を求めてくる毅に修はそう返すが、毅はなかなか納得しない。

「でも、なんか外から変な声も聞こえたような気がするんですよね」

「考えすぎだろ」

丈にも言われ、毅は渋々《しぶしぶ》「そうだといいですけど」とつぶやく。するとそこで優斗が不穏な空気を入れ換えるようにみんなに声をかけた。

「とりあえず、ご飯にしましょうか！」

「そうですね」

「あー、腹減った！」

同意した修と、お腹を押さえて空腹を訴えた丈に、優斗は微笑みながら準備してあった朝ご飯を取りにキッチンへ入っていったのだった。

＊＊＊

その頃――二星ハイツの庭の生《い》け垣《がき》をくぐり抜けて、通りに出てきた子猫は、何者かに抱き上げられていた。右手首に数珠《じゅず》をつけ、黒い革ジャンを着た男にだ。男は背後を気にするように何度も振り返りながら、逃げるようにその場から走り去っていく。

その男が遠ざかった後、今度は黒スーツ姿の二人組が中国語で二言三言《ふたことみこと》交わしてから、二星ハイツの前を通り過ぎていったのだった。

＊＊＊

数日後、リビングでは朝から久々にインパクトドライバーの音が響いていた。プロテストを終えて落ち着いた丈が、毅に約束したとおりキャットタワーを直すと言いだしたからだったが、結局、丈もDIY経験に乏しく、毅が仕切る形となっていた。

「これでよし、っと」

元通りになったキャットタワーを前に毅が満足げにつぶやくと、手伝っていた丈が深々と頭を下げる。

「ありがとうございます！」

「もう壊さないでよ？」

「はい！」

そうしてすっかり和解した二人が笑い合っていると、優斗がクロを、修がチャーをそれぞれ抱きかかえてリビングに入ってきた。

「連れてきましたよ。ほら、チャー、直ったって！」

「クロはこっちね」

修がチャーをキャットタワーの中程の、優斗がクロを上段の、クッションの上に乗せてやる。

すると二匹は匂いを確認するように周囲を嗅ぎ回ってから、納得した様子でクッションに身を委《ゆだ》ねた。身体を柔《やわ》らかく伸ばしているのはリラックスしている証拠《しょうこ》だ。

そんな二匹の寛ぎ始めた様子に一同は「おおー！」と歓声を上げた。かと思えば、ポケットからスマホを取り出した優斗が写真を撮り始める。

「ほら、クロ、こっちこっち」

シャッターを切り始めた優斗を見て、「あ、俺も」と毅や修、丈まで続き、キャットタワー前で撮影会が始まった。

「あの、これ見てください」

盛り上がっている途中、不意に修が自分のスマホ画面をみんなに向けた。

そこには、『ねこ物件　二星ハイツ』というアカウント名で登録された、画像投稿サイトが表示されている。静止画だけでなく動画も投稿でき、投稿された画像には気軽にコメントをつけたり、投稿者と交流できたりするのが特徴のＳＮＳだ。

クロとチャーの愛らしい写真が並ぶそのページに「お、いいね！」と丈が、そして毅が興奮気味に「いつの間に⁉」と食いつく。

「先週、試《ため》しに投稿してみたんですけど、一週間でフォロワーが千人超えたんですよ」

「えっ、千人⁉」

誇らしげに語る修に対して、驚いたリアクションをした毅と丈の様子に、話題に乗り遅れた優斗がキョトンと目を丸くして首を傾げた。

「あの、そんなにすごいんですか？」

おずおずと挙手して疑問を口にした優斗に、修と毅が固まる。

「そうっすね、一般人としては、かなりの数字かな？」

丈の回答に、毅が「すごいすごい！」と激しく首を縦に振って同意する。

「ちなみに、毅さんのフォロワーは？」

「……十八人」

「ほら、人間を圧倒的に上回る数になっています！」

修の説明はわかりやすいが、比較対象にされた毅は頬を引きつらせている。そんな毅を、丈が「毅くん、完敗」と慰めた。

「いいの、俺はこれから増える予定なの」

そうして盛り上がっている三人に、優斗はまだ不思議そうな表情のままだ。

「でも、他人の猫を見て、そんなにおもしろいものでしょうか？」

そんな優斗の素朴《そぼく》な疑問に、三人とも「当然！」といった様子で即答する。

「かわいいでしょ、猫だもん」

この家に来るまで『猫は嫌いだ』と自分にすら嘘をついていた毅はどこへやら。毅はなんのためらいもなく猫への好意を示した。

「いいなあ、とか、見てるだけで癒されたりもします」

そう答えたのは丈だ。猫が好きだから、リラックスした環境でプロテストに臨みたいと面接の時に言っていたそのままだ。猫は癒し！

「僕も色々見てますよ」

修は長いこと家で猫が飼えなかったこともあり、昔から『鉄分ならぬ猫分』をそういった媒体で補給していたらしい。

そんな需要があったことを初めて知った優斗は「そういうことなら……」と自分のスマホを三人に指し示す。

「僕、かなりストックありますよ？」

「えっ、そうなんですか⁉」

「見せて、見せて！」

「はい、こんな感じですけど」

カメラフォルダを開いてこれまでに撮り溜めたクロとチャーの画像をスクロールして見せると、三人は我先にと覗き込んだ。

見れば、優斗のように猫との親密度が高いからこそ撮れた、自然な姿の写真が多い。前足をペロペロと舐めて丁寧に毛づくろいしている姿や、お腹を出してゴロンと豪快《ごうかい》に寝ているリラックスした姿など、猫好き垂涎《すいぜん》のショットばかりだ。

「うわぁ、かわいい！」

「これ、めちゃくちゃうまく撮れてますね！　どうやってるんですか？」

「被写界深度《ひしゃかいしんど》を浅くしています」

毅の質問に、優斗は堂々と答えたが、カメラについて素人の三人は目を瞬かせる。

「え？　ひしゃ、しんど？」

「絞りは開けて、猫にフォーカスできるようにしています」

「絞りって？」

結局よく理解できなかった毅たちは、ははっ、と愛想笑いでごまかした。

「あのー、とりあえず、その写真データ、僕にください。アップしましょう！」

「いいねそれ、宣伝になるかも！」

「はい、わかりました。送りますね」

そう言って優斗がスマホを操作していると、ピコンとメッセージアプリの通知音が鳴った。

優斗と友達登録をしているのはこの場にいる三人と、残るは一人だけだ。そのことを知っている一同の頭に、同じ女性の姿が思い浮かんだのだった。


翌日、有美からの連絡を受けて四つ葉不動産にやって来た優斗は、有美やほかの社員にも猫たちの動画を見せていた。修がアップロードした、チャーが猫じゃらしで遊んでいる動画は特に人気があるようで、フォロワー数は刻々《こっこく》と伸び続けていた。

「すごい再生回数ですね！」

「そうみたいですね」

有美の同僚《どうりょう》女性たちは動画に興奮気味だが、優斗はなぜか一人、憮然《ぶぜん》としている。

「うれしくないんですか？」

疑問に思った有美が尋ねると、優斗は小さくため息をついた。

「クロとチャーが褒められるのはうれしいですが、猫ならなんでもかわいい、という風潮《ふうちょう》はどうなんでしょうか？」

有美はその意見に「はあ……」と生返事をする。

「僕は、その猫特有の性質に触れたときに喜びを感じるので」

「なるほど？　わかるような、わからないような？」

その曖昧な返事に、優斗は有美の猫を避けるような反応を思い出しハッとする。

「そういえば、猫は苦手でしたよね？」

「かわいい、とは思うんですけどね。近くに来ると驚いてしまって……」

「何か、原因があるんですか？」

苦笑いする有美に、優斗は興味が湧いたのか、毅のような例を思い出して尋ねた。

しかし有美は、この場で詳しく語る気はないらしい。

「まあ、そういう体質、ですかね」

「体質？」

どこか釈然としない表情を浮かべた優斗だったが、正面に座り直した有美が書類をチラリと見やって話題を転換したので、その話はそこでおしまいになった。

「それよりも、今日は相談があってお呼びしました」

「ああ、そうでしたね」

「はい。実は、新しい入居希望者についてなんですが、少し問題がありまして」

「え、なんでしょう？」

今度はどのような人が来るのだろうと、若干、構えの姿勢になった優斗に、有美は応募書類を提示する。

「外国の方でして、それはいいのですが、自分の飼い猫と一緒に住みたいと言っています」

「我が家に新しい猫ですか」

少し意外な内容だったのか、優斗は驚いて、しかしすぐに悩ましげな表情になる。

「問題、ありますか?」

「うーん、初めてのケースなので、猫たちがなんと言うか」

「でも、猫を飼っている時点で、その人は猫に受け入れられている人、ってことですよね?

すでに、第一段階はクリアです!」

楽観的にそう言う有美だったが、優斗の表情は晴れなかった。

「まあ、それはそうですが……猫同士の方が怖いです」

「怖い?」

「人よりデリケートなところがあるので」

心配そうにしている優斗だったが、有美は強気な姿勢を崩さない。

「とにかく、一度会ってみたらどうですか? まずは面接してみてください」

そう言って少し間を開けて、有美はニヤリと笑う。

「もう少しで満室なんですから、お願いしますよ」

「……はあ」

結局、優斗は有美に押し切られる形で、渋々と面接することを承諾《しょうだく》したのだった。

その夜、優斗は自分の部屋で一通の手紙を読み返していた。

それは、幸三の死後、優斗に届いた手紙だ。この手紙が届いてからというもの、優斗は何かを決断しようとするとき、まるで祖父に意見を求めるようにその手紙を開くようになっていた。ベッドに腰掛け、優斗は文面に目を落としてずっと考え込んでいる。クロはそんな主に寄り添うようにして座りながら、どこか心配そうにじっと見つめているのだった――。

＊＊＊

年が明け、一月上旬のある日のこと。

二星ハイツの玄関ホールでは優斗を筆頭に住人全員で、ある人たちの来訪を待ち構えていた。みんな緊張しているのか、いつもより口数は少ない。クロとチャーもいつもとは違う空気を感じているようで、情報収集するように耳をピンと立てていた。

そこへ「失礼しまーす」と玄関の引き戸が開いて、有美が顔を覗かせた。

「おはようございます！」

四人揃って礼儀正しく挨拶され、有美は思わず圧倒される。

「お、おはようございます」

住人が増える度に、面接する側の人数も当然増えていく。それは有美もわかっていたことなので、その点に関しては何も言わなかった。

「紹介します、ファンさんです」

有美の案内を受けて入ってきたのは、黒い革ジャンと白いパンツ姿で、右手首に数珠を着け、整った顔立ちをした黒い短髪《たんぱつ》の好青年だ。身長は優斗たちより少し高めで、丈と同様、引き締まった体つきをしている。

「おはようございます。王範《ワンファン》です。よろしくお願いします」

意外にも流暢《りゅうちょう》な日本語で自己紹介したファンに少し驚きながら、四人は会釈する。そしていつもどおりテーブルを挟んで向かい合うと、早速面接が始まった。

もちろん進行役は毎度お馴染みとなった有美が務める。

「ファンさんは半年ほど前、台湾《たいわん》から留学生として日本へ来ました」

「はい、そのとおりです」

有美の説明にファンが笑顔で頷くのを、優斗と修の後ろにイスを並べて座っている毅と丈がまじまじと見つめる。その場にいる全員、彼の口から淀みなく出てくる日本語に感心していた。

「日本語、お上手《じょうず》ですね」

誰もが感じたことを修が代表して告げると、ファンは照れくさそうに微笑んだ。

「ありがとうございます。留学する以前も、日本、住んでたことがありました」

「へえ、いつ頃ですか？」

「小学生の頃です。父が国際的なビジネスを展開しているので」

毅の質問にもしっかりと答えるのを聞き、丈がぼそりと「毅くんより、日本語上手？」とボソッとつぶやき、「おい！」と背後の二人が笑い合う。それを無視して、修は質問を続けた。

「ではなぜ、また日本へ来たのですか？」

「それは……このまま、父の会社を手伝って働いている未来が見えたのが、嫌になりました。自分で色々、挑戦《ちょうせん》してみたいな、と」

「立派ですね」

ファンの返答に一同から感嘆の声が上がる。そこで優斗は「あの」と、発言した。一応テーブルにメモ帳は用意されているが、最近の優斗はきちんと自分の口で質問ができるようになっている。そのことに気づいた有美が、隣で密かに口元をほころばせた。

「ここに、自分の猫と一緒に住みたいというのは？」

優斗のいきなり本題ともいえる質問に、ファンは真剣な様子で「はい」と頷く。

「先日、アパートの前に子猫が捨てられていました。アパートで飼育は許されません。でも、諦められなかった。その時、二星ハイツの投稿をたまたま見て、ここのこと知りました」

ファンの説明にSNSのことが出てきたので、修が驚いて「そうなんですか！」と声を上げる。丈は「役に立ってんじゃん」と言って、毅と顔を見合わせて一緒に笑った。

「あの写真や動画で、クロちゃん、チャーちゃん、好きになりました！」

「じゃあさ、その子猫、見せてくれないですか？」

毅がファンの傍らに置いてあるケージを指さした途端、有美がビクリと大きく肩を揺らした。その表情から「なんてことを言い出すんだ」という不満が伝わってくる。しかし、誰も反対しないどころか、全員、毅と同じ意見だったらしい。視線が一斉に子猫の方へ集中する。

「はい、わかりました」

ファンは了承するとキャリーバッグの扉を開け、そっと子猫を抱き上げた。と同時に有美は警戒して座っていた席から少し離れたが、そのことに気を留める者は誰もいなかった。それよりも、子猫を見た優斗たちの間で「あれっ？」という声が次々と上がる。

「この子、この前、庭に来ていましたよね？」

「その首輪、覚えてますよ。どういうことですか？」

赤と青の縞々のふんわりとしたリボンと、真ん中に付いた金色の小さな鈴が特徴的な首輪のことだ。凝ったデザインなので、四人ともなんとなく覚えていた。

優斗と修の言葉に、ファンは恥ずかしそうにうっすらと笑って頷く。

「はい、実は……二人で偵察、しました」

そう言ってファンはミャーンと甘えるように鳴いた子猫の額を撫でてから、「また後でね」と優しい声色でつぶやいてキャリーバッグに戻す。明らかに猫を避けている有美のことを、気遣っているようだった。そして再び全員に向き直ったタイミングで、修が「偵察？」と尋ねた。

「はい、猫たちの写真を見て気になって。どうしても住んでみたい、思って……」

「それは、下見……かな？」

微妙な意味の違いではあるが、毅が突っ込むと、ファンは自信なさそうに首を傾げた。

「偵察、違ってます？」

「いや、間違ってるわけじゃないんだけど……あっ、そういえば、その時、誰かに追われていませんでした？　なんか、その子、逃げている感じがしたんですよね」

毅がしきりに気にしていた子猫の挙動と、外から感じた気配について、ストレートに尋ねる。

すると、ファンは途端に気まずそうな表情になり、俯いてしまった。

その様子に、修は何か聞いてはいけないことを聞いてしまったのではないかと感じ、慌ててフォローする。

「いや、きっとそれは、その子がファンさんのことを探していたんですよ、ね？」

「そうだよ、飼い主と離れちゃったんだからさ」

丈も修に続くが、毅は納得がいかないようだ。

しばらく、気まずい沈黙が続く。ファンの足元に置かれたキャリーバッグの中で、子猫が不安そうにミャウ、ミャウとか細い鳴き声を上げると、キャットタワーの上にいたクロとチャーがそれに反応した。クロは耳を後ろに引き、チャーは水平に伏せた。俗に言うイカ耳状態となり、子猫のことを警戒しているようだった。

しばしの沈黙を破ったのは、ファン本人だった。

「……合っています。わたしたち、逃げています」

「えっ？」

まさかのファンの告白に、一同は驚いて目を瞠る。

「どういうことですか？」

有美もそれは初耳だ、と言わんばかりに問いかけると、ファンは悩ましげな表情を浮かべ、事情を話し始めた。

「あれは『刺客《しきゃく》』です」

「刺客？」

「そう、父からの刺客。わたしを連れ戻そうと探し回っています。実は、ここしばらく大学にも行けていません」

打ち明けられた物騒《ぶっそう》な内容に、一同は戸惑い気味に視線を交わし合う。

「お願いです！　わたしと子猫、助けてください！」

テーブルに額がつきそうなほど、深々と頭を下げて頼まれ、優斗はとっさに返事をすることができなかった。

ミャウ……と先ほどから鳴き続けている子猫の声も、優斗たちには次第に、助けを求めている声のように聞こえてしまう。クロとチャーも、まるで「どうする?」と話し合うように、隣同士に座って、めずらしくチラチラと視線を交わし合っている。

結局、有美が事前に聞いていた事情と少々異なっていたこともあり、ファンには一度、引き取ってもらい、みんなで相談して入居の可否を決めることにしたのだった。

「皆さん、ありがとうございました。それで、どうですか?」

ファンを見送った有美がリビングに戻ってくると、視線は自然と優斗に集まった。

「人柄は問題ないと思いました」

優斗のコメントに、一同は同じ感想を抱いていたようで頷き合う。

「言葉も問題なさそうだな」

毅の発言にも、全員の見解はすんなり合致した。

「ただ、生活習慣とかはどうなんですかね?」

「まあ、それは、暮らしてみないとなんとも言えないよな」

修の挙げた懸念に丈が答え、みんなも「確かに」と首を縦に振る。

「それに、刺客? が迫ってきている?」

「それも確かに気がかりですよね」

毅の意見に修が同意する隣で、丈が不意に拳を握る。

「なんなら、俺が倒してもいいけど？」

ニヤリ、と笑ってシャドーボクシングをしてみせる丈に、速攻で毅が「それはダメだろ」と言い、有美も真顔で「やめてください」と突っ込む。

「うん、普通に警察呼びましょう」

と修がおさめると、丈は「うん」と苦笑いをしながら拳を下ろした。

そこで再び、優斗が口を開く。

「やはり問題は子猫の方ですね」

「ですよね……」

修、毅、丈の三人は声を合わせた。

先ほどまで子猫の鳴き声を警戒していたチャーは、いまは優斗の膝の上で丸まり、首の後ろから背中のあたりを丁寧に撫でられて、すっかりリラックスモードに戻っている。クロの方もキャットタワーの上で、落ち着きを取り戻したようだ。

「刺客の方はファンさんの個人的な問題なので、当人同士で解決してもらうしかありませんが、子猫の移住に関しては、助けてあげたいです」

優斗の意見に、猫を苦手としてはいるものの、子猫のかわいさに魅了《みりょう》されたのか、有美がどこかホッとした様子で頷き返す。

「ただし、ずっと二匹で過ごしてきたクロとチャーが、うまく同居できるかどうか……」

そこで有美が、不安を拭いきれずにいる優斗をフォローするように口を挟む。

「もし、クロとチャーのことで少しでも不安があるのなら、無理はしないでくださいね」

「少し、考えさせてください」

「わかりました。では、失礼します」

そうして有美が帰っていくと、優斗は膝の上にいるチャーを撫でながら、猫たちにとっての最善《さいぜん》を考え続けるのだった。

＊＊＊

その夜、優斗はいつものように縁側で座禅を組んでいた。

目を瞑り、深呼吸を繰り返す。すると有美には昼間、クロとチャーがずっと二匹で過ごしてきたと話したが、それよりも前にこの家にいた猫、ケイのことをふと思い出した。

ケイは幸三のように縁側で日向《ひなた》ぼっこをするのが好きで、穏やかな性格だったが、ある夏のこと、優斗がケイと遊ぼうとして近づいていくと、逃げるように部屋の奥に姿を隠してしまったことがあった。

「ケイ？　ケイちゃーん！」

優斗が何度も名前を呼びながら追いかけていると、縁側に腰を下ろし、うちわで扇《あお》ぎながらその様子を見ていた幸三が「ははっ」と笑う。

「最近、ケイに冷たくされている気がします」

ケイが消えていった方を見ながら肩を落とした優斗に、幸三は微笑む。

「それはな、優斗が悪いんじゃないんだ」

「では、なぜでしょうか？」

「猫は、自分に同意のない変化を嫌う」

「同意？」

「夏休みになって、優斗は家にいる時間が増えただろう？」

幸三の問いに、優斗は「はい」と答える。朝食後、夏休みの宿題を進めた後は庭で遊んだり、猫と遊ぼうと思って広い家の中を走り回ったりするようになった。

「今まで一人だった時間に構われるのは、猫にとってはストレスなんだ」

幸三の言葉に、優斗は思い当たる節があったので反省してしょんぼりする。

「まあ、しばらく放っておけばいいさ。そのうち慣れて、向こうから『遊んでくれ』って、せがんでくるぞ。はっはっは……」

猫のことはなんでもお見通しといった幸三が笑ってそう言ったので、優斗はそうなのかと納得して少し安心する。

「ゆっくり、慣れていけばいいんだ。猫と相談してな？」

そう言って幸三が視線を向けた先にはいつの間にかケイが戻ってきていた。こちらの様子を観察するようにその場でじっとしているケイを、優斗はそっと見つめ返す。

「ゆっくり……」

そうして結局、優斗が幸三に言われたことを守り始めると、すぐに馴染んだケイと、前のように遊べるようになったのだった。

座禅を終えた優斗が目を開けるといつの間にかチャーが隣に来て座っていた。チャーは優斗の方をチラッと見ると、ニャーンと鳴きながら甘えるように頭を擦《こす》りつけてくる。その、何かを語りかけてきているような様子に、優斗は口元を緩めると、小さく頷き返すのだった。

＊＊＊

数日後、二星ハイツのリビングに、ファンと子猫を含めた全員が再び勢揃いしていた。

前回の面接の時同様、子猫のケージを足元に置いて座るファンとテーブルを挟んで、有美と優斗と修が座り、少し離れたところで、毅がクロを、丈がチャーを抱いて待機している。

「先日、ファンさんとお話しさせてもらい、共同生活への問題はないと判断しました」

優斗の説明に、ファンはパッと表情を明るくしてぺこりと頭を下げる。

「ありがとうございます！」

「しかし、問題はその子猫と我が家の猫たちがうまくやっていけるか、の一点です。なので、今日は猫同士の相性を見てみたいと思います」

「なるほど、相性……」

急に不安げな表情になるファンに、優斗は『猫審査』の開始を告げる。

「猫のことは猫が決める。では……」

優斗の目配せを受け、背後で待っていた毅と丈が、クロとチャーをリビングにそっと放つ。

その途端、有美が慌てて部屋の隅に避難しただけでなく、「皆さんこちらへ」という優斗の指示に従って、ほかの人間たちも猫たちから少し距離を取った。

そこへファンが「大丈夫だよ、大丈夫」と優しく声をかけながら、キャリーバッグから出した子猫をリビングに放してやる。

それから人間たちは遠巻きに、三匹の猫たちの動向を、固唾《かたず》を呑《の》んで見守った。

子猫は慣れない場所で怖がっているのか、しばらくじっと動かないまま身体を縮めて尻尾《しっぽ》を下げていた。が、しばらくするとクロとチャーへの好奇心が勝ったのか、ゆっくりと立ち上がり、姿勢を低く保ったまま二匹の方に向かって歩みを進め始める。

子猫同様、クロとチャーも尻尾をぴたりと身体にくっつけて体勢を低くし、じっと子猫の方を見つめて警戒しているようだ。

「クロとチャーが、子猫が近寄るのを許したら、合格です」

優斗が小声でみんなにそう説明すると、みんな猫たちを応援するように、そして祈るように手を握り締めた。

「大丈夫だよ」

クロとチャーが、飛びかかろうと思えば届く範囲《はんい》まで子猫が近づき、脇を通り過ぎようとしているのを見て、修は思わず声に出してしまう。

そうして子猫が少しずつ距離を詰めたところで、クロとチャーのそばで腰を下ろした。が、しばらくその状態で待ってみても、先輩猫たちが子猫を追い払ったり、ちょっかいを出したりする様子は見せない。

どうやら、クロとチャーは子猫のことを受け入れたようだった。

人間たちの間で「おおーっ！」と拍手が湧き起こる。子猫が認められた瞬間だった。

「ありがとうございます、ありがとうございます！」

ファンが大喜びでお礼を言う。するとその時、子猫とチャーが顔を寄せてちょこん、と鼻と鼻をくっつけ合ったので、一同はさらに興奮した。そのしぐさが猫同士では「こんにちは」という挨拶を意味しているからだ。それからすぐにチャーは子猫の身体をペロペロと舐めて、毛づくろいの手伝いをし始めた。もともとクロよりも社交的なチャーなので、きっとすぐに子猫と仲良くなるだろう。

その様子に、一同は心の底からホッとして笑い合うのだった。

＊＊＊

一月中旬のある日、ファンが子猫とともに引っ越してきた。

玄関先で、軽トラに積まれた荷物を下ろすのを、毅が率先して手伝い始める。

「俺、持ってくよ！」

「ありがとうございます、お願いします！」

「毅くん、気合い入ってるなぁ」

そんな毅に刺激されたのか、丈と修もファンに声をかける。男手が増えたこともあり、荷物の運び込みはどんどん進んでいった。

しかし、最初はやる気満々の毅だったが、いつの間にやら荷物運びの手を止め、猫じゃらしを手に子猫と遊び始めてしまっている。

「あっ、毅さん、運び終わってからにしてくださいよ」

修に指摘され、子猫の無邪気でかわいい動きに気を取られていた毅は「あ、ごめん、つい」と笑い返す。

「ほら、毅くん、運ぶ運ぶ！　遊ぶのは後で！」

丈にも突っ込まれ、毅は子猫に後ろ髪を引かれながら立ち上がると、手伝いに戻る。

リビングの壁に掛けられたコルクボードに新たに『王　範』のネームプレートが並び、二星ハイツの住人はこれで五人と猫三匹だ。

ちなみに、優斗と修の部屋は一階、毅と丈の部屋は二階にある。ファンは二階に残っている二部屋のうちのひとつを使うことになった。

「空き部屋は、あと一部屋ですねぇ」

引っ越しの立ち会いに来ていた有美が、一段と賑やかになった二星ハイツの二階で、一番奥に残った空き部屋を見つめ、しみじみとつぶやく。

しかし優斗はそこで首を横に振った。

「いえ、その部屋は貸しません。これで満室です」

その点は譲らないと決めていたのか強めの口調で優斗が言う。

有美は少し驚いたものの、優斗の表情から何か考えがあるように感じて、すぐに「そうですか」と、納得する。残っている部屋についての話はそれでおしまいになったのだった。

夕方、ファンの部屋の片付けが一段落すると、一同はリビングに集まった。引っ越しの立ち会いの後も様子見がてら残っている有美を除き、みんな子猫と遊びたくて仕方がなかったのだ。

それぞれいろんな種類のオモチャを手に持ち、子猫の気を引こうと必死だ。早くもリビングに慣れた子猫は、元気よく走り回り、オモチャにじゃれついて転げ回っている。

クロとチャーは人間たちに遊ばれている子猫を、キャットタワーの上から温かく見守るスタンスのようだ。

「あ、そういえば、この子ってまだ名前ないよね？」

ふと思い出したように言う丈に、ファンが「そうです」と答える。

「じゃあ、まずは名前を決めましょうよ！」

毅がそう言いだし、突然、子猫の命名会議が始まった。

「ファンくんは、こんなのがいいとか、なんか希望ある？」

丈に尋ねられたファンは少し考えてから、みんなのことを見回して微笑む。

「ここで皆さんのお世話になるので、わたしは皆さんがいい、という名前にしたいです」

「なるほど。うーん」

ファンの答えに、毅たちはそれぞれ、自分の付けたい名前を考え始めた。

「さくらは？」

「今、冬ですよ？」

毅の提案に修が突っ込み、ファンは「なぜですか？」とネーミング理由を尋ねる。

「寅《とら》さんが好きだから……」

即答した毅だったが、作品を知らないファンは首を傾げるばかりだった。

「すみません、それわかりません」

「じゃあ、マルちゃんは？」

次に候補を挙げた丈に、今度は優斗が「全然丸くないです」と突っ込む。

「いや、昔、ロッキー・マルシアノっていうボクサーがいて……」

「ボウちゃーん！　こっち向いて！」

丈のまじめな説明を遮る形で子猫に話しかけたのは修だ。それに対して毅が抗議する。

「あっ、勝手に呼ぶなよ！　ってか、なんでボウちゃん？」

しかし、毅の疑問もサラッと流される。

「マルちゃーん！」

「さくら！　ほら、こっち」

いろんな方向から次々と違う名前で呼ばれた子猫は、声に振り向いては飛んだり跳《は》ねたりと忙しない。そんななか、子猫がミャアと誰かの声に反応するように鳴いた。

「あっ、反応してます！」

「え、どれ？　やっぱ、さくらじゃない？」

「違うよ、マルちゃんだよな？」

「ボウちゃんだって！」

三人が名付けで盛り上がるのを、優斗はクロとチャーと同じく静かに、けれども楽しそうに見つめていた。有美も優斗の隣に座り、しかし子猫に近づかれないように大きめのクッションでガードしながら静かに笑っている。その光景は幸三とクロとチャーとだけで過ごしていた頃の優斗からは、まったく想像ができないものだ。

猫は自分に同意のない変化を嫌う。そして優斗も変化が嫌いだった。何も変わらない幸せというものが何よりも尊いと思ってきた。けれど、二星ハイツでの賑やかな生活を知って、優斗は少しずつ、変化を楽しみ始めているのだった。

＊＊＊

命名会議が盛り上がっていた頃、二星ハイツの外では黒スーツの男たちが集結しつつあった。

ひときわ大きな体躯《たいく》の男の手にはスマホが握られている。

その画面には先ほど毅たちが遊びながら投稿したばかりの子猫と住人――ファンの姿の映り込んだ写真が表示されていたのだった――。

第六話

猫は心地よさの鑑定家

リビングの一角に新たに設けられた水飲み場に、毅が作った『タマ専用』と書かれた看板が立てかけられた。それを見守っていた一同の視線が、ファンに抱かれた子猫に注がれる。

「よし、できたぞ」

「はい、タマ、飲んでみましょう！」

ファンはそう言って水飲み場の前にそっとタマを下ろしてやる。先輩猫のクロとチャーも、集まっている人間たちの様子になにごとかとキャットタワーの上から顔を覗かせるなか、タマはさっそくピチャピチャと音を立てながら水を飲み始めた。

「おおーっ！」

思いのほかスムーズに受け入れられ、歓声《かんせい》と拍手が湧き起こる。

「よかったですね、一時はどうなるかと思いましたけど」

ホッとした様子で優斗にそう声を掛けたのは修だ。

「はい」

というのも、時を遡《さかのぼ》ること十二時間前――。子猫の命名会議は混迷を極めていた。

「もう、サクラでいいじゃないっすか！　何がいけないわけ？」

「いや、悪いけどサクラはダサいよ。マルちゃんの方がかわいいだろ！」

「ボウちゃんですって！　ボーッとしてて、似合っているじゃないですか！」

「どこがボーッとしてるよ？　さっきから動き回ってるじゃん！」

「それは猫じゃらしがあるからですよ。なかったら絶対ボーッとしていますって！　そういうサクラはどうなんですか」

「鼻がピンクだから、いいじゃないか」

「いやいやいや、理由が甘いな。やっぱりここはマルちゃんで」

そうして言い争いに発展した三人に、優斗と有美は呆れて何も言えないでいた。

当の子猫は、我関せずといった様子でオモチャに飛びついたりお腹を出して転がったりと、自由気ままだ。クロとチャーも時々煩わしそうに耳をピクピクと動かしてはいるが、キャットタワー上からの傍観《ぼうかん》の姿勢を崩そうとはしない。

「じゃあさぁ、ファンくんはどう思うわけ？　飼い主として」

激しい言い合いの末、急に毅から話を振られたファンは戸惑いを隠せない。

「わたしは、どれもいいと思いますが」

「じゃあここはひとつ、ファンくんがビシッと決めてくれよ！」

曖昧な回答に丈が詰め寄り、ファンは苦笑いして唸ってしまう。

「サクラだよな！」

「マルちゃん！」

「ちょっと二人とも、ファンくんを困らせるの、やめてください！」

毅と丈の言い合いに、修が大きなため息をついて割り込んだ。

「いや、だって、ファンくんが決めるのが筋だろ？」

そうしていつまでも続きそうな気配を感じたファンが「あの！」と声を上げる。

「ここは、優斗さんに決めてもらうのはいかがでしょうか？」

その発言に、ぼんやりしていた優斗はハッと我に返った。

「台湾では英語の授業が始まると各個人に英語名を付けます。決めるのは先生です。ちなみにわたしはロバートです」

「え？」

「ロバート……って、なんで？」

突っ込んだ毅を「それ今は置いといて」とサラッと流して、ファンは続ける。

「優斗さんはこちらのオーナーですから、先生です。こういうときは、先生に決めてもらうのが一番丸く収まると思います」

力説するファンに、毅たちは「なるほど」「確かに」と渋々ながらも納得して顔を見合わせる。

「では、優斗さんに任せましょう」

毅たちの合意を得てファンがそう言うと、一同の視線は優斗に集中した。みんなの期待のまなざしを受け、優斗は目を閉じて熟考する。しばしの沈黙の後、優斗はカッと目を開いた。

「タマで」

自信満々でそう宣言されて、全員が一瞬固まる。てっきり、サクラかボウかマルの、どれかから選んでくれると思っていたのだ。

「タマ⁉」

それまでずっと黙って傍観していた有美も、思わずといった様子で突っ込んだ。

一同も困惑して顔を見合わせるが、優斗はみんなの視線にはまったく動じない。

「ちょっと、古くないですか？」

丈が言いづらそうに指摘するが、優斗の意思は揺るがない。

「迷ったときは、古典的なものに限ります」

そう言いきられ、一同は口々に「タマ」「タマか」「タマね？」と試しに子猫にその名で呼びかけてみる。

「うん。なんか、いいかも？」

最初に態度をやわらげたのは修だ。続いて毅も頷き始める。

「一周回って、あり、かな？」

そこで丈が、改めてファンの方に視線を向けた。

「ファンくんはどう？」

「はい、わたしはいいと思います。タマ、呼びやすいですね」

納得しているファンに、優斗が「ちなみに」と補足情報を加える。

「この家で、祖父が最初に飼った猫の名前でもあります」

「おお、それは素晴らしい！」

しっかりとした由来にも満足したらしいファンが試しに「タマ！」と子猫に呼びかけてみると、タイミングよくミャーンと鳴いた。

いろんな方向から「タマ」と連呼され、子猫はなんだかよくわからなそうではあるが、興奮した様子で駆け回る。

喜んでいるようにも見える子猫の行動に、混迷を極めた命名会議はようやく決着がついたのだった。

修はそんな昨夜のやりとりを思い出しながら、元気に水を飲んでいる子猫に向かって改めて「タマ」と優しく呼びかけてみる。

「いい名前ですね」

「はい」

修の言葉に優斗が満足そうに頷く。

するとそこで、丈がふとリビングを見回して感じた疑問を呈した。

「タマが水を飲んでくれたのはよかったけど、こんなに水飲み場を増やす必要あるんですか？もともと三ヶ所もあったし、別に」

「いえ、必要です」

丈の問いに答えたのは、もちろん猫のことを熟知している優斗だ。

「猫は綺麗好きで、こだわりの強い動物です。置いた場所を気に入らなければ水を飲まなくなってしまうかもしれない。子猫では大事になりかねない。『頭数プラス一ヶ所』は基本中の基本なので、うちは三匹いますのでプラス一ヶ所で四ヶ所ということになります」

突然、饒舌《じょうぜつ》になった優斗に、軽い気持ちでつぶやいた丈は気圧されて頭を下げる。

「そうなんですか。なんか、すみません」

「いえ。あ、あと、トイレの数も同様です。飼っている頭数プラス一ヶ所」

「はい、わかりました」

優斗に諭されて丈は意気消沈しているが、修はむしろ感心した様子だ。

「優斗さんは本当に色々知っていますね」

そこで毅が思い出したように口を開く。

「そうだ。さっきのトイレの話なんですけど、俺、作りたいものがあったんだった」

キャットタワーに続いて、すでに新たなＤＩＹ案件を閃いているらしい毅に、一同は期待のまなざしを向ける。

それからわずか数時間後、窓辺に筆文字で『タマ』と書かれた、小さな暖簾《のれん》のような飾りの付いた木製トイレが置かれた。二重構造になっている白木の箱型トイレだ。

「おおー、囲いのあるトイレですか！」

修がその凝った作りに感嘆の声を上げると、毅は得意げに胸を張る。

「前に雑誌で見てさ、いいなと思ってたんだよね」

「ありがとうございます。タマ、よかったですね！」

ファンもうれしそうな笑顔でお礼を言うと、タマを抱き上げて頬ずりする。そして、タマもくすぐったそうにミャーンと甘え鳴きする。

そんな仲睦まじい様子を、優斗は微笑みながら見守っているのだった。


タマにかかりきりでいつもより遅くなってしまったものの、ほとんど作り終えていた朝食を優斗が出す準備をしていたときだ。

修が手伝いをしていると、ファンが物めずらしそうにキッチンを覗き込んできた。

「猫のものも、人間のものも作っているのですか？」

「はい、いつも朝食は優斗さんの手作りですよ」

修の説明に、ファンは驚いて目を丸くする。

「毎日ですか？」

「そうです」

優斗が頷くと、修はファンをリビングの方へ手招きした。壁に掲げられている『二星ハイツ七箇条』の前に連れて行くと、其の二の部分を指さす。

「原則、朝食は入居者皆で一緒に食べること」

修の説明にファンが「なるほど」と納得していると、優斗が後ろから補足する。

「ファンくんも何かリクエストがあれば言ってください」

「ありがとうございます、とてもうれしいです。でも大変ですね。台湾では、朝は屋台で食べたりします」

「え、朝からですか？」

優斗が驚いたように言うと、ファンは「そうです」と頷いた。

「それもおもしろいですね」

興味を示した修に、ファンはうれしそうに目を輝かせる。

「いつか行きましょう！　あ、でも、今は優斗さんの朝食、早く食べたいです」

そうして笑い合っていると、自室に戻っていた毅が二階から下りてきて、丈も「ただいま」とロードワークから戻ってきた。

みんな揃っての初めての朝食だ。

まずはクロとチャー、タマの前に朝食の器が置かれた。すると、待ってましたとばかりに三匹は並んで食べ始める。

「おおー、タマはよく食べますね」

ファンがうれしそうに見つめる後ろでは、丈と修、毅が猫たちの食事風景の写真をスマホで撮っている。主に撮影対象となっているのは、新入りのタマだ。

「では、僕たちもいただきましょうか」

撮影に盛り上がる面々を優斗が促し、全員が食卓を囲んで着席する。

今日のメニューは白いご飯とワカメの味噌汁、サツマイモの甘煮と小松菜とニンジンの和え物に、メインは鶏ひき肉と豆腐のハンバーグだ。

「いただきます」

一同揃って手を合わせて食べ始めるなり、ファンが目を見開いた。

「すごく、おいしいです」

その言葉に全員が安心した様子でにこやかな表情を浮かべる。

「タマも気に入ってますね」

足元でムシャムシャと食べ進めている様子に、ファンはとてもうれしそうだ。

「うちのオーナー、めっちゃくちゃ料理うまいからな」

「ちょっと薄味だけどな」

「そういう文句を言うと、減量メニュー作ってもらえなくなりますよ」

毅の評価に丈が冗談っぽくつけ加えたのへ、修がピシッと突っ込む。

「わかってるよ」

その会話に、ファンは思い出したように丈に話しかける。

「矢澤丈さんは、ボクシングしてるんでしたっけ？」

「なんでフルネーム？」

唐突にそう呼ばれた丈が驚いていると、ファンは「ああ」と笑い返す。

「台湾では、親しい人はファーストネームか、フルネームで呼んだりします」

「なんで？」

首を傾げた一同を代表して毅が尋ねると、ファンは説明を続ける。

「多分、苗字が少ないんです。日本の百分の一以下って聞いたことあります」

「へえ、そんなに少ないんですか」

「はい。国民の十パーセントは『陳《チェン》さん』です」

「陳さんだらけなわけだ」

毅が言い、みんなが台湾の豆知識に納得しつつ笑って頷き合う。

「じゃあ、タマはオーナーの苗字をもらって、二星タマになるのか」

丈の言葉に、全員再び猫たちに視線を落としたときだ。タマはまだ食べ終えていないのに、リビングの方へ走り去ってしまった。

「あれ？　もういらないのかな？」

毅が言うのと同時に、自分のご飯をすでに完食していたチャーが、タマが食べ残したご飯を食べ始めた。

「あっ、チャー！　もうおしまいだよ」

気づいた優斗がサッと器を取り上げると、チャーは名残惜しそうに見つめて後退する。

「タマにはまだ量が多かったのかな？」

「すみません、量はそんなに気にしていませんでした。残してもそのままだったので」

毅とファンの言葉に、優斗はハッとして申し訳なさそうに肩を落とした。

「うーん、しばらくの間、少量ずつあげて様子を見るようにしましょうか」

「はい」

「皆さんも、タマが残していることに気づいたら、すぐに片付けてください。クロとチャーが食べ過ぎたらいけませんので」

優斗の提案に、一同はしっかりと頷く。猫の健康のためにはとても大事なことだ。

「タマだけ、あげる回数を増やしてみるか……」

そう独りごちる優斗の言葉を聞いていたのかいないのか、チャーはどこか不満げに去っていくのだった。


その夜、タマと一緒に自室へ戻ろうとしたファンを、毅と丈が羨んで引き止めていた。

「いいなぁ、俺も早くタマと一緒に寝たいな」

「そうだよ、ファンくんばっかりさ」

タマを抱いたまま困ってしまっていたファンに、助け船を出したのは修だ。

「まあまあ、もともとファンくんの飼い猫ですし、それに、タマが新しい環境に慣れるまでは安心して寝てもらいましょう」

その方がいいですよね、と確認するように向けられた視線を優斗は受け止めて頷く。

「はい、それでお願いします」

「仕方ないか。タマ、じゃあまた明日な」

「おやすみ、タマ！」

毅と丈はまだ少し名残惜しそうに、タマをそっと撫でて離れる。

「では皆さん、おやすみなさい」

「はい、おやすみなさい」

そうしてオーナーである優斗と就寝の挨拶を交わしたみんなは散り散りに自分の部室へと戻っていく。結局この日、朝から晩まで、二星ハイツではタマの話題一色だったことに気づいている者は誰もおらず、リビングではクロとチャーがどこか寂しそうに小さく鳴いていたのだった――。


翌朝、出かけていく修たち四人を、優斗とタマが見送った後のこと――。優斗がキッチンで朝食の後片付けをしていると、めずらしくクロが足元にすり寄ってきた。

「どうした、クロ？」

優斗が微笑ましく感じながら声をかけると、クロはふっと足元から離れ、何かを探すようにリビングへと戻っていってしまう。まるで何かを伝えようとしているかのような行動に、優斗は一瞬、眉をひそめてクロの後を追う。

リビングに入ると、クロはソファの上にどこか落ち着かない様子で座った。タマはソファの前で、時折、ミャーンと甘えるような鳴き声を上げ、しきりにラグの匂いを嗅ぐように鼻を床に付けてウロウロしている。

そこで優斗は異変に気づいた。最近はいつもキャットタワーの上で寛いでいたチャーの姿がない。

「チャー？」

優斗はキョロキョロと室内を見渡して呼びかけてみるが、チャーが出てくる気配は一向にない。そして縁側の方も見回ってみたところで、優斗はハッと息を呑んだ。

窓が三十センチくらい開いたままになっていた。

「チャー⁉」

優斗はみるみる青ざめると、慌てて玄関から飛び出していったのだった。

＊＊＊

その日は夕方から冷たい雨が降り始めた。小さな折り畳み傘しか持っていなかった毅が肩を濡らして帰宅すると、リビングはシンと静まり返っていた。

「ただいまー。いやぁ、すごい降ってきたよ〜って、どうかしました？」

まるでお通夜のような暗い雰囲気に包まれているリビングを見て、毅が首を傾げる。

毅の疑問に答えたのは丈だ。

「チャーがいなくなった……外に出て行ったみたいで、まだ帰ってこないんだ」

丈の説明を聞いた毅は、縁側で優斗が外を見つめたまま突っ立っていることに気づく。

「え、どうして？　前にもこういうこと、あったりしたんですか？」

「昔、一度だけあったみたいですけど、その時はすぐ帰ってきたって」

修の返事に必死に状況に追いつこうとしている毅が頷いたとき、外がピカッと明るくなり、雷が落ちる激しい音が響いた。雨音も先ほどよりも強くなっている。

「今日は寒いですし、こんな雨ならきっと、どこかで雨宿りしていますよ。とりあえず、今晩は待ちましょう？」

無言のまま立ち尽くしている優斗を励ますように修が言い、丈もそれに同意する。

「そうですよ。あ、みんなで起きていても大変だし、今夜は交代で見張りしましょう」

しかし、優斗はそこで急に振り向くと、「皆さんは……」と首を横に振る。

「先に寝ていてください。僕はやっぱり、もう一度外を見てきます！」

思い詰めた表情で玄関から出て行く優斗に、一同は心配そうに顔を見合わせる。

優斗は激しい雨の中、傘を差して近所を探し回ったが、結局その夜はチャーを見つけることができなかった。

翌朝、優斗は藁《わら》にもすがる思いで、開店前の四つ葉不動産に押しかけた。

「すみません！」

「わあ、ビックリした！　って、優斗さん？」

出勤してきたばかりの有美が驚いて目を丸くしていると、優斗はもういてもたってもいられないといった様子で詰め寄った。

「チャーがいなくなりました。探しても見つかりません、帰ってもきません」

「それは、大変ですね」

「そうなんです、大変なんです。助けてください！」

　優斗は必死の形相で、有美に訴えかける。

「何か、方法はありませんか？」

「そんなこと言われても、うちはただの不動産屋なので……」

　肩を掴まれて困惑しながら答える有美に、優斗は今にも泣きそうな表情になる。

「お願いします」

「えええ、そんな、人探しじゃなくって猫探しって」

　とつぶやいた有美は、そこで何かを思いだしたように「あ！」と声を上げたのだった。


　それから数十分後――。四つ葉不動産の応接コーナーで、優斗と有美は一人の男と向かい合って座っていた。トレンチコートに身を包み、白髪交《しらが》じりで眼鏡を掛けた目つきの鋭い男は、

『猫探偵・佐山覚《さやまさとる》』と書かれた名刺を優斗にスッと差し出してきた。

「猫探偵？」

　キョトンとして首を傾げた優斗に、有美は頷きながら佐山のことを紹介する。

「はい。こちらは佐山さんです。以前、弊社《へいしゃ》で事務所移転のお手伝いをさせていただいたことがありまして。で、こちらが二星ゆ――」

「猫が失踪《しっそう》しました。名前はチャー。縞三毛で雌の八歳です」

有美の紹介を受けて軽く会釈しようとした佐山に、優斗はもう一時《いっとき》も待ちきれないといった様子で割り込むようにして話し始めた。

「ちょ、優斗さん、どうもすみません、佐山さ……」

「いつから？」

有美は先走る優斗を窘《たしな》めるように言ったが、佐山にはまったく気にした様子がない。それどころか、懐からサッと手帳とペンを取り出すと、有美の言葉を遮って優斗に尋ね返した。

「昨日、午前七時から八時の間です」

「写真は？」

「あります」

どんどん話を進める佐山と優斗に、有美はポカンとして、諦めたように黙り込む。

「これです」

優斗がチャーの写真を表示させたスマホを手渡すと、佐山は勝手に画面をスクロールし始める。といっても、スクロールしてもしても出てくるのはチャーとクロの写真ばかりだ。人に見られて困るような画像は入っていないので、優斗はいくら見られても特段気にしない。

「うちにはもともと、二匹の猫がいました。シェアハウスを始めてから同居人が増え、最近になって、さらに子猫も増えました。もしかしたらチャーは戸惑っていたのかもしれません。それなのに僕は……」

チャーの心情を慮れなかったことが不甲斐《ふがい》ないとばかりに唇を噛む優斗に、佐山は難しい顔をしたままスマホを返却する。そして、先ほど優斗に差し出した自分の名刺のメールアドレス部分を指でコツコツと叩いて示しながら口を開いた。

「ここに、一番わかりやすい写真、送ってください」

「はい！」

早速動こうとしてくれそうな佐山の様子に、優斗は頼もしさを感じながらスマホを操作して、写真をメールですぐに送信する。優斗が対応する間にも、佐山はコートの内ポケットから、ハンディタイプの地図帳を取りだした。

「失踪した家猫の多くは、近くにいる。家はどこ？」

佐山の問いに、優斗は差しだされた地図を慌ててめくり、自宅のあるページを探す。

「ここです」

と指さすと、佐山はじっと優斗の顔を見つめる。優斗も佐山のことを見つめ返した。

しばしの沈黙の後、佐山は「よし、行こう」と帽子を被《かぶ》って立ち上がると、さっそく捜索に出てくれることになった。

それから有美も巻き込んで、三人は二星ハイツの周りを中心に、草むらや物陰、井戸の跡《あと》や民家の軒下《のきした》などを順に見て回った。時折、優斗が「チャー！」と呼びかけたりもするが、なかなか足取りは摑めない。

「一度、戻ってみるか」

「はい……」

佐山の言葉にうなだれた優斗が、家に向かって歩き始めたときだ。

公園のフェンスに貼られている『猫を探しています！　名前・チャー』と書かれたチラシが

目に飛び込んできた。駆け寄って見てみると、チャーの写真の横に特徴なども書かれている。

そして、広い公園内から聞き覚えのある声も聞こえてきた。

「すみません！　こういった猫を見ませんでしたか？」

「いや、見てないですね」

ベンチに座って談笑していた女性たちに、貼ってあったのと同じチラシを見せながら尋ねていたのは修だ。

「そうですか。もし見かけたらここに連絡を！」

公園内を見回すと、修だけでなく少し離れたところに毅と丈の姿もあった。どうやら三人とも、通行人に次から次へと声をかけて、チャーの情報を集めているようだ。

その様子に驚いた優斗は、修に駆け寄っていく。

「修さん！　それに、毅さんも」

「あ、優斗さん！　すみません、僕たちいてもたってもいられなくなって……勝手にチラシを作っちゃいました。迷惑《めいわく》でしたか？」

「いえ、そんな……」

「少しでも、手がかりになればと思ってさ」

毅がそう言っていると、女性と話し終えた丈が駆け寄ってきた。

「あっちのお母さんが、似たような猫、見たって！　俺、ちょっと行ってくるから！」

「ありがとうございます」

「あ、家にはファンくんがいるので、もしチャーが戻ってきても大丈夫ですから」

頭を下げた優斗に、丈はそう言うと、俊足で走り去っていく。

「修さんも毅さんも、ありがとうございます」

「いえいえ、じゃあ僕たちは向こうの方で、もう少し人に当たってみます」

そう言って二人もそれぞれ違う方向にわかれていく。

そんな彼らの様子を、佐山は黙ったまま距離を置いて見つめていたのだった。


家に戻る道すがらも捜索したが、結局、チャーを見つけることはできなかった。

佐山と有美をつれて帰宅した優斗をファンがタマと共に出迎えるが、その表情は暗い。

「おかえりなさい。よく観察してましたが、庭の方もキッチン側も、特に異変はありませんでした」

ファンからの報告に、優斗は「ありがとうございます」と答えて肩を落とす。

優斗の後ろからついてきていた佐山は、リビングに入るなり、少し驚いた様子で足を止めた。

部屋の中を見渡し、クロやタマの様子も無言のまま、じっと観察するように見つめた後、何かを悟ったような表情を浮かべた。

「今日はもう、探すのはやめましょう」

佐山のその言葉に、優斗とファンがパッと顔を上げ、有美が悲壮感《ひそうかん》を漂わせる。

「佐山さん、それって……」

「もう打つ手がないということですか？」

しかし優斗の問いに、佐山は否定も肯定もせず、窓の外に視線を向けた。

「庭に彼女が使っていたトイレの砂を少し撒《ま》いておいてください。後のことはこっちでやっておくんで」

佐山はそう言ってそっとため息をつくと、腕組みしたままキャットタワーに近寄る。

「仕事柄、いろんな猫の飼育環境を見てきましたが……これだけ愛されている猫はなかなかいないよ。事故に遭わず無事でいるなら、きっと帰ってくる」

トイレや水飲み場などにもチラリと目を落としてから、キャットタワーの下層にいたクロを見つめて、佐山はさらに続けた。

「今は、帰れない事情が彼女にもあるんでしょう。だから、待つことです」

長年、猫探偵をしている佐山には何か察するところがあったのだろう。詳しくは語らないが、その言葉に、一同は一縷《いちる》の望みを託すことにした。

「猫には記憶がある。戻れるようになったら戻ってくる。そういうもんだ」

そう言って、佐山は手に持っていた帽子をスッと被ると静かに去っていった。

その後、優斗は佐山に言われたとおり、庭に猫砂を撒くと、縁側にチャーのご飯を盛った器と水を用意しておいた。

夕方になり、優斗はチラシを配りながらの捜索から帰ってきた修たちを労《ねぎら》うと、佐山の言葉を伝えた。そして夜の帳《とばり》の下りた庭を見つめ、チャーが戻ってくることを全員で祈る。

優斗は縁側に立ち、物思いにふけっていた。佐山が帰り際に残した言葉をきっかけに、幸三が以前、話してくれたことを思い出したのだ。

ケイはよく、あぐらをかいた幸三の足の間にすっぽりとおさまって気持ちよさそうに眠っていた。優斗はそれが羨ましくて、いじけてしまったことがあった。

「ケイ、いつもおじいちゃんのところにいて、僕のところに来てくれない」

幼い優斗が頬を膨らませてそう言うと、幸三は「ははは」と笑った。

「そんなにふてくされなくても大丈夫だよ」

そう言って表情を和ませた幸三のもとから、気まぐれなケイはふいっとどこかへ遊びに行ってしまう。しかし、幸三はその後を追わない。

「猫は自分の居心地のいい場所をよく知っているんだ。そこが安全だとわかれば、必ず帰ってくる。たとえ、ケンカしたとしても、な」

その言葉どおり、ケイは一匹遊びに飽きると幸三のところへ近寄っていった。それを見て、優斗はやっぱり羨ましいなあと思いながら、いつか自分のところにも来てくれますように、と願ったのだった。

気づけば優斗はテーブルに突っ伏して眠ってしまっていた。目を擦りながら体を起こすと、リビングに朝日が差し込み、すっかり明るくなっている。そして、スーッと足元に冷たい風が当たったので窓辺に視線をやると——。

「……チャー？」

昨夜、優斗が縁側に置いておいた水を、チャーがピチャピチャと元気よく音を立てて飲んでいるではないか。

「チャー！」

その姿を目にして完全に覚醒《かくせい》した優斗は慌てて立ち上がって駆け寄り、チャーを抱き上げる。

するとチャーは甘えるように、優斗の指先をペロッと舐めた。いつもどおりのチャーだ。

優斗はその様子に安心すると、何度も何度も優しく身体を撫でてやった。

チャーは気持ちよさそうに目を細め、ただいまとでも言わんばかりにニャアと鳴く。

その声に、リビングで寝落ちしていた修たちも気づいたのか、起きだしてきた。

「チャーがいる！」

「えっ、チャー⁉」

修に続いて丈も毅もファンも目を覚ますなり、チャーの名前を呼んで一斉に縁側に駆け寄ってきた。

「チャー、無事でよかった！」

ホッとした様子の面々に、優斗は申し訳なさそうにぺこりと頭を下げる。

「皆さん、ありがとうございました。猫のこと、わかった気になっていて僕が一番わかっていませんでした。この度は、ご迷惑をおかけしました」

しかし毅がすぐに「迷惑だなんて思ってないよ！」と優斗の言葉を否定する。

「そうですよ！」

「そうだよ！」

「戻ってきてくれて、よかったです」

修と丈、ファンも毅に続いて笑顔で力強く頷く。そんな一同を見つめ、優斗は照れくさそうに微笑んだ。

「祖父に言われたこと、忘れていました。『先住猫から、かわいがれ』。これは新しいルールになります」

　優斗の言葉に一同は納得した様子で頷き合った。そして優斗はキャットタワーの上で、もぞもぞと動きだしていたクロに近寄っていき、その傍らにチャーを放してやる。

「クロ、チャーが帰ってきたよ」

　そこへファンも、抱いていたタマを合流させる。するとチャーに懐いていたタマは、すぐにチャーに駆け寄ると、ペロペロとその身体を舐めて毛づくろいを手伝い始めた。それはまるで、おかえりなさいと言っているかのように。そしてチャーも、ただいまの挨拶代わりに、タマの背中を丁寧に舐め返す。

　そこへクロも身体をスッと擦りつけるように加わって、三匹はすっかり元どおりだ。

　三匹の猫たちを囲んで、二星ハイツの住人たちが幸せそうな笑顔に包まれているのを見て、優斗は改めて思う。

　猫は心地よさの鑑定家《かんていか》だ、と。気に食わなければいなくなり、気に入ればいつまでもいる。人は自分の心地よさに鈍感で、心地悪さを受け入れながら生きていく。

　でも、優斗たちは今、最高に心地よいと感じていた――。

第七話

猫は道に迷わない

立春が過ぎ、梅の花のつぼみがほころび始めたある日、二星ハイツの住人がリビングで思い思いに寛いでいたときのこと――。

「クチュクチュ……クチュクチュ～」

「え、何それ？」

ファンがしきりにタマの身体をマッサージするように撫でながら、何かつぶやいているのを毅が怪訝な表情になりながら突っ込んだ。

「あ、これは台湾のかわいがり方です」

「クチュクチュって言うの？　へぇ！」

毅は納得すると、おもしろがって何度も「クチュクチュ」とタマに声をかけ、ファンと一緒に笑い合う。

一方、ソファでは、丈があぐらをかいて座りながらシャドーボクシング、その隣では、修が分厚い本を開いて難しい顔をしていた。

「それ、何読んでんの？」

「判例評釈《はんれいひょうしゃく》です」

あまり聞き馴染みのない、思わず噛んでしまいそうな本のタイトルをサッと答えた修に、丈は一瞬、拳を止めて、「なるほどね」と理解した様子で答え、再び拳を突き出す。

修は修で、丈が『判例評釈』がどんなものであるかを、まさか知っていると思わなかったのか、逆に驚いて顔を上げる。

「え、知ってるんですか？」

「ダッキングみたいなことでしょ？」

丈の返事に修は「だっきんぐ？」と困惑する。だが、わからない単語を放っておけない性格なのか、すぐにスマホを取り出して検索し始めた。

「あー、ボクシングの防御《ぼうぎょ》技術のことですね。まあ、そういうことです」

二人は互いに追いかける夢もジャンルも異なるが、意外と話は通じ合っている。

優斗はそんな彼らの会話を聞くともなしに、猫トイレの掃除を一人黙々とこなしている。和やかな雰囲気に包まれていることに安堵感を抱きながら……。

すると、不意に庭の方からニャオーン、ニャオーンと激しい猫の鳴き声が聞こえて、全員の視線が外へ向けられた。

「なんですか？」

ファンと毅は不穏な鳴き声に眉を寄せて、窓辺に歩み寄る。庭の様子を窺う二人に、優斗は作業する手を止めず、平然と答える。

「ケンカでもしているんでしょう」

「ケンカ、ですか？」

それは仲裁《ちゅうさい》した方がいいものなのか、と心配そうな顔になるファンに、優斗は続ける。

「雄猫《おす》同士、雌猫をめぐって、ああやって大きな声を出し合ったりするんです。あ、ちなみに、雌の場合は生後六ヶ月くらいから初めての発情期を迎えて、雌猫特有の低い声で鳴き合います。暖かくなってくる二月のこの時期から始まり、夏頃までがピークですね」

淡々と解説する優斗に、毅とファンは感心しつつも安堵したのか、表情を和らげた。

「へえ、さすが！」

「なるほど。優斗さんは本当に、猫の博士みたいですね」

そこへ、有美が「お邪魔しまーす」と言って玄関から顔を覗かせた。

「あ、こんにちは！」

修が明るく挨拶し、ほかの住人たちもそれぞれ有美に会釈する。

「こんにちはー。皆さん、すっかり慣れたようで」

リビングで全員が揃って過ごしているのを見て、有美はうれしそうに微笑む。

「はい、おかげさまで仲良くやっています。ねっ？」

不意に話を振られた毅が修の方を見て「あ、ああ……うん」と、曖昧な笑みを浮かべた。確かに最近はケンカなどしていないし、住人の間で特に問題も起きていない。『住人同士』の関係は良好だ。しかし、有美がリビングに入ってきてから、毅の挙動がぎこちなくなったことを、丈と修は敏感に察して顔を見合わせる。

そんなことには気づかず、優斗は猫トイレ掃除の手を止めて、有美に問う。

「今日って何かありましたっけ？」

予定にない唐突な来訪に優斗が首を傾げていると、有美は有美でチラッと優斗の方を見ながら、はにかんだ。

「えっと、近くまで来たので寄らせてもらいました。それと……あ、現在の整理状況も一緒に確認できたら、と」

「そうですか、わかりました」

あっさりと納得して淡々と答える優斗だったが、優斗と毅以外の三人には有美の来訪理由の後半部分が、どこか取って付けたように感じられ、もしや、と目配せし合う。

「猫、苦手ですよね？」

有美にそう尋ねたのはファンだ。

「え、ええ、少し……」

ファンが疑問を抱いたのは、猫が苦手なはずの有美が、最近やたらと二星ハイツで過ごしている気がしたからだ。事務所でもできなくはない話をするために、わざわざ自分の苦手な存在である猫のいる場所へ来るものだろうか、と。修と丈も同じことを考えていた。

そして、有美が現れてから、明らかにそわそわと落ち着かない様子の毅……。

「ん？　発情期？」

丈は毅と有美、そして優斗を順に見つめ、ぼそりとつぶやいたのだった。

＊＊＊

その夜、二星ハイツのリビングでは、熱愛ドラマが展開されていた。

「雅昭《まさあき》さん⁉」

台本を手にゆっくりと歩いていた、ファン扮《ふん》する女性の肩に手をかけたのは毅だ。

「やっぱり、来てしまいました！」

毅は思い詰めた表情でそう言うと、ファンの手を取り、両手で包むようにそっと握り締める。

そしてファンのことをまっすぐに見つめた。

「これからも、あなたのそばにいても、いいですか？」

毅の言葉に、ファンは戸惑うような素振りを見せながら、俯く。

「温かい……温かいな、雅昭さんの手……」

とそこで、ソファに座っていた修と丈が、ファンと毅の迫真の演技に堪《こら》えきれなくなったのか「プッ」と、吹き出した。

「おい、笑うなよ！」

横槍《よこやり》を入れられた毅は、一気に冷めてしまったのか、修と丈をジトッと睨《にら》みつける。

「久しぶりにもらったドラマの仕事なんだからさ！　こっちは真剣なの！」

「はい、すんません、つい……」

すぐに謝る修だったが、笑いすぎて涙目《なみだめ》になっている。丈も耐えられないといった様子で
「くくっ」と小刻みに肩を震わせていた。

「つい、ってなんだよ」

「いやぁ、どんなドラマの内容なのかなって、ふふっ」

「流れなんて、見てたら大体わかるでしょ？　恋愛ドラマですよ。で、ここが中盤《ちゅうばん》の大事なシーンなの！　これがうまくいけば、もっと大きな役もらえるかもしれないんだからさ！」

「ごめんごめん」

堪えきれない笑いとまだ闘いながらも修と丈が謝ると、台本読みに付き合っていたファンが不意におずおずと発言する。

「すみません」

「わたしの演技、今ので合ってましたか？」

真顔で尋ねるファンに、毅が笑って頷く。

「あー、うん。ファンくんは大丈夫。これは俺の練習だから」

「でも、あまりに台詞が唐突で凡庸《ぼんよう》だから、手を握り返す気持ちがイマイチ……」

「それを肉付けするのが役者の仕事なの。いちいち文句なんて言ってられないんすよ」

「そういうものなんですか？」

訳知り顔で語る毅に、ファンはまだ釈然としないものを感じているようだが致《いた》し方《かた》ない。

「そう。とにかく、俺はこれに賭《か》けてるの！」

ちなみに毅たちがそんなやり取りをしている間、優斗はリビング隣の茶の間で、明日の朝食の準備のため、一人で黙々と煮干しの頭と腹ワタを取る作業をしている。優斗はたとえ四人が盛り上がっていても、あまり積極的に会話に加わらず少し離れたところから見守っているだけのことが多い。

それは猫たちも同じで、今も我関せずといった様子で、クロはクッションのところで丁寧に毛づくろい中だ。チャーは前足と後ろ足をすべて自分のお腹の下にしまって座る、いわゆる『香箱《こうばこ》座り』で寛いでいる。飼い主を毅に貸し出し中のタマは、ネズミのオモチャ相手に一匹遊びを楽しんでいた。

そんなとき、外からまたミギャーン！　ミャオーウ！　と激しい猫たちの鳴き声が聞こえてきた。

三匹が警戒するように窓の外を見やり、人間たちも「またか……」と顔を見合わせる。

「まだケンカしてるんですか」

「なかなか決着がつかないみたいですね」

純粋《じゅんすい》に心配している様子のファンに対し、修と丈は何かを思いだした様子で、チラリと毅の方を見やる。するとそこで毅は何か覚悟を決めたような顔つきになったかと思うと、茶の間にいた優斗の方へ近寄っていった。

「あの、優斗さん、聞いてもらいたいことがあります」

改まった様子で優斗の前に正座した毅の様子に、修と丈が息を吞む。

優斗もその真剣な様子に、煮干しの頭と腹ワタを取る作業の手を止め、「はい、なんでしょう」と、毅の視線を受け止めた。

「実は、広瀬有美さんのこと、前から気になってるんです！」

唐突な告白に、優斗は小首を傾げる。

「気になっているというのは、好きということですか？」

優斗のストレートな問いかけに、耳をそばだてていた修と丈、ファンが目を見開いた。

「そうなんですか⁉」

思わず声を上げたファンに答える形で、毅は優斗から視線を逸らさぬまま、「はい」と首肯する。毅は両耳をほのかに赤く染め、恥ずかしそうに、体をもじもじと揺らした。

「なので、優斗さん……から、お願い、してもらいたいんです」

恐る恐る告げる毅に、優斗は目を瞬かせる。

「何をですか？」

そう尋ねる優斗に、毅は照れくさそうにしながら、『お願い』の内容を伝えたのだった。

＊＊＊

翌日――。

四つ葉不動産を訪れた優斗は、いつもの応接コーナーで有美と向かい合って座っていた。

「こちらが、昨日お話しした権利書になります。お確かめください」

有美が説明するが、今日の優斗は何か思い悩んでいるようで、まったく話を聞いていない様子だ。そのことに気づいた有美が「あの～、優斗さん？」と首を傾げると、優斗はハッとして口を開いた。

「あ、はい。島袋さんについてですが、ご相談があります」

「はい、何かありました？」

また住人同士でトラブルでも起きたのだろうかと、有美は心配したのだったが――。

「あなたと食事へ行きたがっています」

その爆弾発言に有美は沈黙し、事務所内にいた社員の視線が集まるのを感じた。

「食事？」

「はい、あなたのことが好きなようです」

「……!?」

なんのためらいもなく、感情のこもっていない口調で打ち明けられ、有美は固まった。

ポカンと口を開けたまま動かなくなってしまった有美に、優斗が再び問いかける。

「いかがでしょうか？」

「いかが、というのは、わたしの気持ちを聞いていますか？　それとも、食事へ行くかどうか、ですか？」

問い返された優斗は、毅から頼まれた内容を思い出すように考え込んで回答する。

「まずは、食事へ行く意思があるかどうか、です」

「その伝令を、なぜ優斗さんが？」

少しずつ冷静さを取り戻してきた有美が疑問をぶつけると、優斗はまた考え込む。

「そうですねぇ。今、島袋さんはドラマの仕事が入り、情熱を燃やしています。その成果に関わることなので、『応援』してみようと思っています」

後半は自分の考えがハッキリした様子で、自信を持った笑顔で告げた。

「『夢の』応援、ですか……」

「はい。お願い、できませんか？」

有美は優斗の言葉に納得したような、それでいてわずかに安心したような、曖昧な笑みを浮かべたのだった――。

＊＊＊

その夜、リビングで修と丈、ファンとともに優斗がみかんを食べていると、稽古を終えた毅が帰ってきた。疲れた様子の毅に、優斗はなんの前置きもなく唐突に告げる。

「食事ですが、ＯＫ貰いました」

「えっ⁉」

と、毅だけでなく全員が驚いて前のめりに食いつく。

「本当に？」

半信半疑で尋ねる毅に、優斗はしっかりと頷き返す。するとパッと毅の表情が明るくなり、

「マジか！」と喜びを爆発《ばくはつ》させてガッツポーズをした。

「やったぁ！　優斗さん、ありがとうございます！」

「僕も、断られなくてホッとしました」

全身でうれしさを表す毅に、優斗や修、丈とファンも我がことのように笑って祝福する。

「よかったですね！」

「やったな、毅くん！」

口々にそう言われ、すっかり舞い上がった毅はやる気がみなぎってきたらしい。

「よし、ファンくん！　リハーサルしよう！」

「え、またあのシーンの練習ですか？　飽きました。違うシーンがいいです」

「いや、あのシーンしか出てないの！　ほら、早く早く！」

そうして面倒くさそうにしながらも立ち上がったファンとともに、リビングで練習を始めようとする毅を、丈がニヤニヤしながら止めに入る。

「毅くんさ、俺たち笑っちゃうから、自分の部屋でやってくれない？」

「だってこっちの部屋の方が広くてやりやすいから。ほら、ファンくんやるよ！」

渋々といった様子で毅についていったファンは、位置につく。

「はい、じゃあファンくんはここね。よーい、スタート！」

意気揚々《ようよう》と芝居を始める毅に、夢を応援している優斗は温かいまなざしを向けた。

毅はリビングでの練習を終えると、自室に戻っても夜遅くまで台本を読み込んだり、動作を確認したり、準備に余念がない。有美との約束がやる気の原動力になっているのか、翌日以降《いこう》も早朝から発声練習をするなど、目に見えて張りきっていた。

そんな、夢に向かって粉骨砕身《ふんこつさいしん》する様子を毎日見ていた二星ハイツの面々は、次第に見守るだけでなく、協力し始めた。

修がスマホを持ってカメラマン役を務め、撮影した動画を何度も見返してカメラ越しの見え方の研究をする手伝いをし、時に、ああでもない、こうでもないと意見を交わし合ったりもした。猫たちも、そんな人間たちの様子に興味津々だ。

疲れたら、みんなで猫たちと遊んで、ほどよくリフレッシュすることもできた。

そうして迎えた撮影当日。

毅は優斗が用意した朝食の豚《ぶた》の生姜《しょうが》焼きをモリモリ食べ、ご飯もおかわりして、気力も体力も満タン、準備万端、整えることができたのだった。

靴紐《ひも》をしっかり結んで立ち上がった毅に、丈がリュックを手渡す。

見送りはもちろん、二星ハイツ全員でだ。チャーは修に、クロは丈に、そしてタマはもちろんファンに抱かれている。

「台本は持ちましたか？」

屋根屋
村田喜代子

雨漏りの修理にきた屋根屋の永瀬は、夢を自在に操れるという。永瀬に導かれ、「私」は夢の中で彼とともに旅を重ねるようになるが……。〈解説〉池澤夏樹

●924円

ねこ物件
猫がいるシェアハウス

柳　雪花　綾部真弥 原案

ねこ×イケメン×シェアハウス!?　入居条件は「猫に気に入られること」。古川雄輝主演の人気ドラマ原作本が登場です。八月五日劇場版も公開決定！

●770円

わたしたちの秘密
中江有里

派遣社員として空虚な毎日を送る三〇歳の大倉玉青は、五年前の自らの選択に端を発する、ある「秘密」を抱えていた――。〈巻末対談〉松井五郎×中江有里

●858円

新装版　在原業平殺人事件

平安文学の研究者が、次々と服毒死……。山村美紗の遺作を西村京太郎が書き継いだ、ミステリー界二大巨頭による伝説の

●836円

ロシア的人間 新版
井筒俊彦
●12

文と本と旅と 上林曉精選随筆集
上林 曉 山本善行 編
〈文庫オリジナル〉●11

生
120

悪霊列伝
永井路子
●13

橘外男日本怪談集 蒲 団
橘 外男
〈文庫オリジナル〉●11

八代目正蔵戦中日記
八代目 林家正蔵 瀧口雅仁 編
●14

疎開日記 谷崎潤一郎終戦日記
谷崎潤一郎
●11

統帥乱れて 北部仏印進駐事件の回想
大井 篤
●1

「うん、大丈夫、入れたよ。まあ、台詞は全部、完璧《かんぺき》に覚えたけどな！」

優斗の問いに、リュックを示しながら親指を立てた毅に、一同は微笑み返す。

「頑張ってください。今日の撮影が成功したら、明日はデート、ですよ」

そう言ってウインクしたファンに、毅は照れくさそうに笑う。

「ああ。では、いってきます！」

毅はみんなのことを見回し、これまでの協力と応援に感謝の意を込めて言う。

「いってらっしゃい！」

みんなも毅の日々の努力が報われることを願って、送り出したのだった。


毅が出ていった後、優斗がキッチンで朝食の後片付けをしていると、修がやって来た。

「毅さん、うまくいくといいですね」

そう言う修に、優斗は手を止めて微笑み返す。

「演技のことはわかりませんが、あれだけ練習したんだから、大丈夫でしょう」

「そうですね。そして明日は、有美さんと念願の……」

修はそこまで言って、物憂《ものう》げに優斗の背をじっと見つめた。

「本当に、よかったんですか？」

二星ハイツの最初の住人である修は、人付き合いの苦手な優斗が、有美のことを信頼している様子を誰よりも多く見てきて知っている。それがただの信頼の域を超え、特別な好意へと変わってきているのではないかと感じているのだ。

しかし、優斗は修の問いに首を傾げる。

「何がですか？」

自覚のない優斗に、修はそれ以上何も言えなくなり、「いえ……」とつぶやいてキッチンを後にする。そして優斗はなにごともなかったかのように、朝食の後片付けに戻るのだった。

＊＊＊

夜、いつもより遅めの時間に帰宅した毅は、持ち帰ったロケ弁に舌鼓《したつづみ》を打ちながら、今日の報告をしていた。明るい表情がその結果を物語っている。

「いやー、よかったわ。全部一発ＯＫ！」

「すごいですね！　セリフ、しっかり言えたんですね！」

ファンの言葉を、毅は「当たり前だよ」と笑い飛ばす。

「できなきゃＯＫにならないって」

「ファンくんとの特訓の成果ですね」

そう評する修に、丈が大人げなく割り込む。

「いや、俺たちのアドバイスのおかげだろ？」

「それはどうかな？」

「おい！」

冗談っぽく笑う毅だったが、本音ではみんなに感謝していた。

「それにさ、監督が気に入ってくれたみたいで、また呼ばれるかも？」

得意げに笑う毅に、一同は「おおーっ！」と盛り上がる。

「完璧じゃないですか！」

修たちに褒め称えられながら弁当を食べ終えたタイミングで、キッチンから出てきた優斗が毅の前に熱いお茶をそっと置く。毅は優斗にお礼を言って、深呼吸した。

「次は、明日！」

「決戦が続きますね」

ファンの言葉に一同が頷いていると、唐突に優斗が「あの」と話を切り出した。

「どうしました？」

修の問いに、優斗はわずかに躊躇《ちゅうちょ》するように一同を見回して、毅の方を向く。

「明日なんですが、有美さんから要望を預かっています」

「え、どういうこと？」

不穏な雰囲気に、皆の間に緊張が走る。不安そうな表情になった毅に、優斗は告げる。

「明日の条件ですが、二人で話すのはＯＫですが、場所はここ……二星ハイツにして欲しい、とのことです」

「えっ、ここ⁉」

デートの色々なパターンを計画していた毅は、意表を突かれて目を瞬かせる。

「はい。なお、その際、僕らは近くで見ていて欲しい、とのことです」

その言葉に、修と丈、ファンは考え込み、毅は深いため息をついて脱力した。

「それ、先に言ってくださいよぉ」

「約束の前日、つまり、今日伝えてくれ、と言われました」

毅の責めるようなまなざしに、優斗はそう事情を打ち明ける。

「なんで、みんなで……」と先ほどまでとは打って変わって、すっかり意気消沈してしまった毅だったが、不意に「あっ！」と何かを思いついた様子で声を上げた。

「どうしました？」

「それいいかも！」

「どうして？」

ファンと丈の問いかけに、毅はニヤリと意味深に笑うと、わずかに声をひそめる。

「明日、告白するつもりだから」

「おおっ、急に積極的ですね！」

驚く修に、毅は開き直った調子で続ける。

「まあ、そのために仕事頑張ってきたし。ほら、もしうまくいったらみんなで喜べるし、ダメだったら、ほら、その、気持ちが楽になるかなぁって？」

毅の考え方に、丈が「変わってるな」と笑いかける。

全員の前で振られるほうが恥ずかしい、見られたくない、と思う人のほうが一般的には多いのではないか、と。しかし――。

「僕もいいアイデアだと思います」

「でしょ？」

意外にもファンが同意してくれたので毅は笑顔になり、二人は笑い合うのだった。

＊＊＊

翌日、優斗と修、丈とファンの四人は、庭から毅と有美のことを見守っていた。ちなみに、猫たちは有美のために、一時的に優斗の部屋で過ごしてもらっている。

「……なんで外ですか？」

「暦《こよみ》の上では春とはいえ、今日は曇っているので結構寒いですね……」

ぼやくファンと修に、優斗も冷たくなった手を擦り合わせながら、「仕方がありません」と答える。四人の視線の先――リビングでは、毅と有美がテーブルに向かい合って座っているが、どう見ても雰囲気はぎこちない。

会話の内容は外まで聞こえないが、話が盛り上がっていないことは確かだった。

「あの、今日はありがとうございます」

「いえ」

「あの、有美さん、いえ、広瀬さんはお休みの日とか何されてるんですか？」

「え、お休みの日は、休んでいます」

「あ、ですよね。なんか、すみません」

それ以上の会話が続かず、沈黙が落ちる。しかし、毅は不意に背筋を伸ばすと、意を決した様子で有美を見据えた。

「あの！　もし、よろしければ、俺と……付き合っていただけませんか？」

ついに想いを告げて深々と頭を下げたように見える毅に、庭にいた一同が息を呑む。長い間があって、有美はとても申し訳なさそうな表情を浮かべ、毅よりもさらに深々と頭を下げた。

「ごめんなさい！」

その様子に、庭から見守っていた面々は告白の結果を悟る。丈が「ダメか……」とつぶやき、ファンと修も残念そうにため息を漏らす。

しかしその時、優斗は自分の胸が不自然にドキンと跳ねたことに気づき、胸を押さえて目を見開いた。

「あれ？」

毅が振られたことに対して残念がるのとは違う感情が湧いた気がしたのだ。けれども、その理由がわからず、優斗はうろたえる。その様子に気づいたのは修だ。

「どうしました？」

しかし優斗はとっさに「いえ、なんでもないです」と平静を装うのだった。

その後、傷心の毅は自室へ籠もり、残りのメンバーはリビングでコーヒーを飲んでいた。そこへ、丈が毅のフォローから戻ってきた。

「大丈夫、大丈夫」

心配させまいとそう言った丈に、有美は改めて申し訳なさそうに頭を下げる。

「ご期待に添えなくて、すみません」

「いえ、こちらこそ、すみません」

　謝る二人に、丈と修が割って入る。

「これぱっかりはね……有美さんは悪くないっすよ」

「そうですよ！」

　なんとか暗いムードを払拭しようとする二人に続き、ソファの前のラグに座ってタマを撫でていたファンも同意する。

「毅さん、仕事頑張れたし……」

　とその時、ファンが何気なくタマの尻尾を撫でていることに気がついた優斗が「あっ！」と慌てた様子で大きな声を上げた。

「あの、尻尾を触るときは気をつけてください」

　優斗の指摘に、ファンは驚いて、タマの尻尾からサッと手を離す。

「猫の尻尾は脊髄《せきずい》に繋がっているデリケートな場所なので、触るとしても優しくお願いします」

　優斗の指摘にファンは「はい」と答えて、タマに「ごめんね」と謝る。

「尻尾は感情を表します。ピンと立っているのはうれしいとき、だらんと下がっているときは元気がなくて、近づかないで欲しいサインです」

　丁寧にそう解説する優斗に、ファンは納得した様子で頷く。しかしそこで不意に、有美が猫を見つめながら口を開いた。

「人にも、尻尾があったらいいですね……」

有美の意味深な言葉に一同が沈黙するなか、言葉どおりに受け取った優斗は、自分に尻尾があるのを想像したらしい。お茶をすすりながら「うーん」と唸る。

「人に尻尾はどうでしょう。邪魔な気がしますけどね」

そんな優斗の発言に対して、修と丈は何か言いたそうだが、何も言えずに黙り込んでしまう。

猫たちは、複雑な人間関係にはまったく興味がなさそうで、ペロペロと毛づくろいをしているのだった――。

＊＊＊

「いよいよですね！」

三月に入ったある日の夜のこと――。リビングに集まった一同は落ち着かない様子でテレビ画面を食い入るように見つめていた。

ファンの言葉どおり、今日は毅が出演するドラマの放送日だ。毅を中心に、全員、緊張した面持ちで今か今かと毅の登場シーンを待っている。

「ちゃんと出てくるんだよね？」

不安そうに尋ねる丈に、毅は「カットされていなければね」と自信なさそうに答える。

「きっと大丈夫ですよ！」

励ますように修が言った次の瞬間、一番、練習に付き合っていたファンが告げる。

「あ、もう少しで毅さんのシーンです」

固唾を呑む一同だったが、優斗だけは不意に胸がドキンとするのを感じ、テレビから目を逸らし、自らの胸に両手を当てた。と同時に、あることを思い出す。

　あれは、優斗が小学生の頃――。気持ちよさそうにお腹を見せて寝転がっているケイの隣で、体操服姿の優斗は膝を抱えて座っていた。

「おじいちゃんも、運動会は嫌いだった。気にすることはないさ」

　そう、優斗は運動会の徒競走《ときょうそう》でビリになってしまったのだ。組体操も練習の時は平気だったのに、本番になった途端、失敗してクラスメイトに迷惑をかけてしまった。

「みんなが僕を見ていて、どうしたらいいかわからなくて……なんだかとても胸がドキドキしました」

「そうか、ドキドキしたか」

　お腹を撫でてと言わんばかりの無防備な体勢で眠っているケイを見つめながら、優斗はふと思う。

「猫も、同じようにドキドキするのでしょうか？」

　優斗が投げかけた問いに、幸三は優しげに目を細めた。

「猫はあれこれ考えないから、シンプルに生きられる。だから道に迷わない。おじいちゃんはそれが羨ましい」

　ケイの方を見やって、ふと笑って幸三は続ける。

「猫に比べたら人は複雑だ。道に迷う。でもそこがいいところでもあるんだ。ドキドキしたり、ワクワクしたり、感動したり。人間はそういう生き物なんだな」

幸三はそう言ってお茶をすすっていたが、優斗にはまだよくわからなくて、首を傾げたのだった——。

そして今、優斗は改めて、感じている胸のドキドキがどういう類《たぐ》いのものなのかを考える。

物思いにふけっていると、隣に座っていたファンが「出た！」と声を上げた。

「おおーっ！」

一同は歓声を上げ、すぐに画面に集中する。優斗もドラマに意識を戻すと、家での練習で何度も聞いた台詞が聞こえてきた。

「雅昭さん……」

「美優《みゆ》さん、やっぱり、来てしまいました」

毅が演じている雅昭が、儚《はかな》げな雰囲気の女性——美優を後ろからそっと抱き締める。美優は雅昭の行動に戸惑いの色を浮かべていた。

「これからも、あなたのそばにいても、いいですか？」

雅昭の問いに、美優は彼の手を包み込むように重ねて、泣き出しそうに目を伏せる。

「温かい……温かいな、雅昭さんの手……」

「美優さん」

そこで美優は涙を堪えながら雅昭の手をゆっくりと振り解いた。

「でもわたし、やっぱり彼のことが……。ごめんなさい！」

「謝らないでください。謝られると惨《みじ》めになるから。あなたのことを好きになってよかった。

さようなら……」

　美優にそう告げ、名残惜しそうにしながらも雅昭は立ち去っていく――。毅の出番はそこで終わったが、すっかりドラマに入り込んでいた一同は、しんみりしていた。

「やはり振られたんですね」

「いや、そこじゃないでしょ！　台本読んで知ってたでしょ」

　しみじみと感想をつぶやいたファンに、丈が突っ込んだ。

「わかっていても、悲しくなりました」

「そうですね。毅さんの演技、なんかいいんですよね。この家で何度も見ていたはずなのに、こうやって画面に映ると、全然違う感じに見えました」

「はい、彼女が手を握り返す気持ち、やっとわかった気がします」

　ファンと修のまじめな感想に、毅は照れくさそうに笑ってもじもじしている。

「ちょっとしか出てないけどな！」

「いや、俺も泣きそうになったわ」

　丈も少し恥ずかしそうに白状すると、修もファンも同意する。

「こういうのを、迫真の演技と言うのでしょうか……僕はうれしいです！」

　練習に付き合ってきたファンがそうまとめると、毅は顔を赤らめて鼻を掻いた。

「そんなに褒められると、照れるって！」

　そこで四人の会話を聞いていた優斗は黙ったまま笑顔で毅に拍手を送る。

　みんなも続き、リビングは毅への労いの拍手で溢れたが、猫たちはマイペースを崩さない。

眠そうにあくびしたり、毛づくろいをしたり――。

そんな幸せな雰囲気に包まれ、優斗は改めて、猫と人の違いを悟る。

幸三が言っていたとおり、猫は道に迷わない。しかし人は道に迷うし、クヨクヨもする。けれど、だからおもしろい。道に迷うから見えてくるものがあるのだ、と――。


そんな祝賀ムードが漂う二星ハイツの玄関の扉が、唐突に激しく叩かれた。

こんな夜更けに誰だろうと一同は顔を見合わせ、優斗が代表して玄関に出ていくと、そこには黒スーツに身を包んだ大柄の男たちの姿があった。

「どちら様でしょうか？」

しかし優斗の誰何《すいか》を無視し、男たちは半ば強引に玄関に足を踏み入れてくる。

「ちょ、ちょっと⁉」

優斗の声にリビングにいた面々も慌てて玄関に出てきた。そして、黒スーツの男たちの後ろから、険しい表情の男が現れたかと思うと、中国語で何かを喋り始める。

唯一、彼の言葉を理解して反応したのは、驚いた様子で出てきたファンだった――。

第八話

猫は嫉妬しない

夜遅くに二星ハイツに現れた黒スーツの男たちと、その中心から進み出た、グレーのスーツに黒いコートを羽織った一人の男の姿に、リビングから出てきたファンは目を見開いた。

「お父さん！」

「えっ、そうなの⁉」

ファンのその呼びかけに、刺客に追われているという事情を思い出した優斗たちは、一様に警戒しつつも驚いて、二人を交互に見やる。

「はい、彼はわたしの父、王金龍《ワンジンロン》です」

ファンの説明に、どう反応していいやらわからず、優斗たちは顔を見合わせる。

『寂しかったぞ、ファン』

と、困惑している優斗たちを完全に無視し、ファンの父親、ジンロンが中国語で何かをつぶやいた。かと思うと、靴を脱いで上がってきて、唐突にファンのことを強く抱き締める。

対するファンはその場に立ち尽くし、されるがままになっていた。

その様子に、優斗たちは何がなんだかわからず呆気《あっけ》にとられることしばし——。ジンロンはファンをそっと離すと、リビングの方をチラッと見やる。

『ファン、そこに座りなさい』

怒っているような厳《きび》しい表情のまま中国語で言ったジンロンに、ファンは黙って頷くと、リビングのテーブルを挟んで、向かい合わせに腰掛けた。ジンロンの後ろには、黒スーツの二人の強面《こわもて》の男が控えるように立っている。

そして会話内容を二人の動作からなんとなく把握した優斗たちは、目配せし合ってから、ファンが座ったイスの背後に立ち並ぶ。まるで黒スーツの男たちに対峙《たいじ》するかのように。

するとジンロンが背後の二人に中国語で短く指示したかと思うと、ファンの後ろにいた優斗たちを強引に部屋から追い出そうとし始めた。

『やめてください！』

手荒な二人の態度に、ファンが怒り、慌てて中国語で叫ぶ。

「その人たちは家族です、一緒に話を聞いてもらいます」

優斗たちにもわかるようにという配慮か、ファンが日本語に切り替えてそう宣言する。

するとジンロンは日本語のファンの言葉をしっかり理解しているのか、ため息をつき、部下たちに手を引くよう顎で指示した。男たちが引き下がったのを確認して、ファンはホッと胸を撫でおろす。

「皆さんも、座ってください」

ファンにそう言われ、優斗たちは無言で了承すると、それぞれイスに腰をかけた。

『なぜ、ここがわかったんです？』

ファンがジンロンに尋ねると、黒スーツの男が取り出したスマホをサッとテーブルの中央に置いた。その画面には修たちが猫の画像や動画を投稿している、二星ハイツのサイトが表示されている。しかも、その写真の中の一枚に、タマを抱いて微笑んでいるファンの姿があった。

「あ、映ってる……」

毅が気まずそうにつぶやき、他の住人たちも同様に「あ……」と苦笑いする。

『ファン、こんなところで遊んでるんじゃない。国に帰れば、やることがたくさんあるだろう？　すぐにわたしの会社で働きなさい。今後、ビジネスはすべてお前に任せると言うのに、なんの不満があると言うんだ？』

『不満はありません』

『ではなぜ、いつまでも日本にいる？』

『ここが僕の居場所ですし、お父さんだって昔、日本に留学していたじゃないですか！』

延々と中国語で会話を続けているファン親子の後ろで、丈が修と顔を見合わせる。

「何言ってんのか全然わからないんだけど……」

「とりあえず、なんか言い争っていますよね」

「え、修さん、内容わかるの⁉」

「いいえ、わからないですけど」

苦笑した修に、優斗が「でも」と割って入る。

「さっき、お父さんはファンくんの日本語を理解していませんでしたか？」

その指摘に毅たちは「あ、確かに」と思い返して頷き合う。とその瞬間、ジンロンがバン！と強く机を叩いたので、優斗たちは揃って肩をビクリと震わせる。

『いいから、帰ってきなさい！』

『いやです！』

大声で言い合った直後、ジンロンが不意に何かに気づいて立ち上がる。

『こいつらをどけろ！　早く！』

不機嫌そうに叫んで指さしたのは、テーブルの近くを通りすぎようとした、チャーとタマのことだ。その途端、黒スーツの男たちが慌てた様子で、ソファの方にいたクロも含めて、猫たちを掴まえようと動き出した。

一方、驚いた猫たちはリビングの隅やキャットタワーの上に素早く避難するが、その状況を見た優斗がすぐに立ち上がる。

「猫を追いかけ回さないでください」

『この人たちが猫の面倒を見るので、やめてください！』

優斗に続いてファンが男たちに向かって中国語で叫ぶ。すると、なんとか男たちは猫を追うのをやめてくれたのだった。

優斗たちはすっかり警戒してしまった猫たちをそれぞれ落ち着かせるように抱き上げると、ソファに移動する。

「大丈夫だよ、タマ」

「ごめんな、クロ、怖かったよな」

ミャオ……と何度も不安そうな鳴き声を上げているタマを毅が撫で、優斗の膝の上で丸まったクロに丈が謝る。チャーも修の膝の上で撫でられて、少しずつ落ち着きを取り戻していった。

「これで、いいですか？」

優斗がやや腹立たしげにジンロンに日本語で尋ねる。

「それであの、僕たち完全に置いてけぼりなんですけど、どうされたんですか？」

優斗に続いて修が尋ねると、ジンロンの代わりにファンが深々と頭を下げた。

「ごめんなさい……。父が、台湾に今すぐ帰れと言い出して、頭にきてしまって……」

いた。

「え、なんで⁉　来たばっかりじゃん！」

毅の言葉に、全員頷いてファンを見つめる。すると、ファンは父親の方を向いてため息をつ
「あと、お父さん、日本語話せるんだから、日本語で会話してください」

「えっ、そうなんですか⁉」

ファンの言葉に修たちがやっぱり、と目配せし合うが、父親は不機嫌そうにムッと口を引き結んだまま、視線を逸らしている。

「はい、父は以前、ビジネスでわたしを連れて日本に滞在《たいざい》していました」

「じゃあ、日本語で話してください」

丈が改めてそう告げるが、ジンロンは中国語で『不要《ブーイヤオ》』と短く返事をした。その口調から、日本語で話すことを拒否《きょひ》する、という意味の言葉だったのを全員なんとなく理解する。

「いえ、日本語でお願いします。この人たちも、そして猫も、わたしにとっての家族です。一緒に話を聞いてもらいたいです」

再びのファンの反論に、父親がピクリと片方の眉を動かした。

「家族？」

父親は日本語でつぶやき、優斗たちや猫たちのことをジロッと見やる。それからうんざりしたような表情を浮かべて、続けた。

「そんなに猫がかわいいのか？」

「はい。猫が好きです。猫と暮らすために、この家を選びました」

即答するファンに、ジンロンは猫たちに冷ややかな視線を向け、そして目を伏せる。

「猫なんかのどこがいいんだ」

「お父さんにはわからないだけです」

「あんなもの飼って、なんになる⁉」

チャーたちを指さして荒々しく言い放たれたジンロンの言葉に、二星ハイツの面々が表情を曇らせる。その不穏な雰囲気のなか、優斗は意を決した様子で立ち上がった。

「猫科の一番小さな動物、つまり猫は最高傑作である――。レオナルド・ダ・ヴィンチの名言だと言われています」

突然の優斗の発言に、ジンロンが怪訝そうに見つめ返す。

「なんだ、キミは？」

「僕はこの家のオーナーでこの子たち、そしてここにいる皆さん全員の家族です。猫と暮らすというのはとても素晴らしいことですよ」

優斗の自信を持ったその言い方に、ファンは満足そうに微笑む。しかし、ジンロンの方は話にならないと判断したのか、優斗の言葉には何も返さず、苛立たしげに立ち上がる。

『行くぞ！』

中国語で男たちに声をかけると、もう話すことはないとばかりに出て行ってしまった。

ジンロンが退出した後、優斗とファン以外の面々はそれぞれ自室へ戻っていった。茶の間に残ったファンはタマを抱いて座ったまま、ぼんやりしている。

「クロも、おいで」

ファンがそう声をかけると、クロはキャットタワーの上からスッと床に着地し、近寄ってきた。まるで、ファンのことを慰めようとするかのようだ。

「こういうときの猫はいいですよね」

不意に声をかけてきたのは、朝食の仕込みを終えてキッチンから出てきた優斗だ。エプロンをはずして、ファンの隣に腰を下ろす。

「どうして猫は、寂しいときや物思いに耽《ふけ》っているのがわかるのでしょうね」

「……はい」

ファンは優斗の言葉に頷き、抱いていたタマの額を指でそっと撫でると、離してやる。

「わたしは子どもの頃から猫が好きで、飼いたかった。うちは裕福でした。なんでも買い与えてくれましたが、猫の飼育だけは、父に認められなかった」

ファンはぽつり、ぽつりとこれまでの経緯《けいい》を話し出す。

「お母さんは？」

「わたしの母も大の猫好きでしたので、父に掛け合ってくれましたが、ダメでした」

優斗の問いに、ファンはその時のことを思い出したのか苦笑いする。

「そして、母はわたしが小さいときに亡くなってしまいました」

「そうだったんですね……」

幼い頃に両親を亡くしている優斗には、共感できる部分がある。悲しそうに目を伏せると、ファンに話の続きを促した。

「『将来は、猫を飼える家になるといいわね』と、母がよく言っていました。だから、日本に来て一人で生活して猫を飼うというのが、わたしの夢だったんです」

ファンはそう言って、タマやクロ、チャーの寛いでいる様子を見つめて優しい表情になる。

「夢、叶いましたね」

「はい。この家はとても楽しいです！」

白い歯をこぼすファンに、優斗もうれしくなって微笑み返す。そして、ジンロンとファンの関係について気になっていた優斗は、ファンに正面から向き合った。

「ファンくん、本当はお父さんのこと、好きですよね？」

優斗の問いに、少し驚いたように目を見開いて、ゆっくりと首を縦に振る。

「日本の教えで、『子を持って知る、親の恩』という言葉を思い出しました。タマを飼い始めてから、あの子が心配で心配で……。チャーがいなくなったときも、うちの子だけはいなくならないで、と思いました。これが、親の気持ちなのか、と……」

少し照れくさそうに語るファンに、優斗は優しいまなざしを向ける。

「うまく……猫とお父さんと、暮らせるようになるといいですね」

「はい……」

「ところで、なんでお父さんはあんなに猫が嫌いなんですか？」

「さあ、考えたこともありませんでした」

優斗の何気ない問いに、ファンは首を傾げた。

「では、そこを話し合った方がいい気がします」

優斗の指摘に、ファンは「なるほど」と納得した様子で頷く。

「そういえば、有美さんも猫が苦手ですよね？」

「そうですね……」

「なぜでしょうか？」

ファンからの逆質問に、今度は優斗が小首を傾げる。以前尋ねたが曖昧な答えしか返ってこなかったからだ。

「さあ、僕にはわかりません」

優斗の返事に、ファンは何かを思いついたらしい。

「猫好き同士で気が合うように、猫嫌い同士だと話が合うんでしょうか？」

「……あり得ますね！」

ファンの言葉に優斗はハッとして、それは妙案だと表情を明るくする。その反応にファンはニヤリと笑った。

「では優斗さん、お願いできませんか？」

「はい！」

そんな二人の企みを知ってか知らずか、チャーが優斗の背に身体を擦り付け、甘えるように鳴いたのだった。

＊＊＊

「えっ、だからなんで、わたしがファンくんのお父さんと話すんですか⁉」

翌日、四つ葉不動産の応接コーナーで、有美は優斗から聞かされた提案に目を丸くしていた。

「猫嫌い同士なので」

「いや、意味がわからないです！」

「我々、二星ハイツの猫好き同士が共鳴し合うように、猫嫌い同士もわかり合えるんじゃないか、と思うんです」

　優斗の力説は伝わらなかったようで、有美はすっかり呆れた顔でため息をつく。

「随分、強引な論法ですね」

「そうでしょうか？」

　優斗は自分の考えに自信を持っているのか、有美がこの話に乗ってこないことの方が不思議だと言わんばかりだ。

「前に、有美さんは『猫が苦手な体質』と仰《おっしゃ》っていました。今回は、ぜひその体質を活用して欲しいんです」

　改めてハッキリと依頼され、有美は思わず鼻で笑ってしまう。

「変なところで記憶力がいいんですね！」

「はい！」

　嫌みに対して自信満々の笑みで答えた優斗に、有美はとうとう我慢《がまん》ができなくなる。

「わ、た、し、は、なんでも屋ではないんですけど！」

「でも、有美さんが担当の物件のトラブルです。決して、他人事ではないはずです」

　それを言われると、有美には反論のしようがない。つい目を泳がせる。

「一度だけ、お願いできませんか？」

優斗に笑みを向けられ、有美は白旗《しらはた》を掲《かか》げて深いため息をつくのだった。

数日後――。

二星ハイツのリビングに再びジンロンがやってきていた。黒スーツの二人の部下も一緒だ。修と毅、そして丈は、それぞれチャーとクロ、タマを抱いて、隣にある茶の間でジンロンの部下のうちの一人とともに待機させられている。猫を避けたがる有美とジンロンのためなので、仕方ないとはいえ、猫を抱いた三人が三人とも不満そうだ。

ファンとジンロンが向かい合って座り、ファンの隣には、半ば強引に引っ張り出された有美と今回の話し合いの発起人でもある優斗、そしてジンロンの後ろにはもう一人の部下が控えている。

「今日は、お題に沿って討論していただこうと思います。テーマは『なぜ猫が嫌いか』です」

めずらしく、その場を仕切るのは優斗だ。高らかに議題が宣言されたかと思うと、ジンロンが呆れた表情で口を開く。

「意味がわからない。大体、キミは誰なんだ」

不躾《ぶしつけ》な態度のジンロンに指さされ、日本語で問われた有美は、ジンロンに会釈する。

「この物件をファンさんに紹介した、広瀬と申します」

「不動産屋がなぜ、わたしと猫嫌いについて話をするんだ？」

「それは、わたしも理解しかねることではあります」

有美はジンロンの問いに苦笑を返すと、発起人の優斗に恨めしげな視線を向けた。その様子に、ジンロンが馬鹿馬鹿しいとでも思ったのか、冷ややかな笑い声を投げる。

「ロクな会社じゃないな！」

「っ！　弊社の企画が意に添わないからと言って、その言い方はいかがなものでしょうか！」

ジンロンの失礼な物言いに、有美はカチンときたのか、微笑みながら反論するが、その目はまったく笑っていない。ファンも「そうですよ、お父さん！」と有美の言葉に追撃する。

しかし、ジンロンも黙ってはいなかった。

「こんな家に住みたいという人間がわからない。しかも、あなたは猫嫌いだ。ということは、猫はただのビジネスなんだろう？」

その指摘にとっさに反論できず、有美がぐっと押し黙る。不穏な雰囲気を感じたのか、隣の部屋で丈に抱かれているタマが、心配そうに、小さくミャーンと鳴いた。

「お父さん、今日は『なぜ猫が嫌いか』、その理由を探るための話し合いの場です。そういうのは……」

優斗が宥めようと口を挟むが、ジンロンはそれを鼻で笑う。

「こんな女に、わたしの気持ちなどわからない！」

ジンロンにそう断言され、『こんな女』扱いをされた有美が怒りも露に、片方の眉を吊り上げた。

「たかが猫嫌いというだけで息子《むすこ》に逃げられといて、ずいぶんな言い方ですねぇ」

有美の反撃に、ジンロンの顔がサッと強張る。しかし、有美は怯まず続けた。

「大切な一人息子のためなら、猫ぐらいお好きになったらいかがですか？」

「じゃあ、なんでキミは猫が嫌いなんだ？」

「わたしのことはいいんです」

「よくない！」

「いえ、今問題なのは、ジンロンさんがなぜ猫が嫌いか、ということです」

睨み合いと舌戦が続く有美とジンロンを見て、優斗とファンは困ったように顔を見合わせる。

しかし、形勢は有美の方が若干、有利だったようだ
「亡くなった奥様は猫が大好きだったと伺いました。それなのになぜ飼わせてあげなかったんですか？　ファンさんはそのことを、真剣に悩んでいるんですよ」

有美のその言葉にジンロンは悩ましげに眉間に皺を寄せ、ファンの方をじっと見つめて黙り込んだ。その様子にファンがチラリと優斗を見て、ため息をつく。

「話し合いは失敗ですね……」

優斗もファンを見つめ返して「はい」と肩を落とす。しかしその時、重い沈黙を破り、ジンロンが口を開いた。

「……嫉妬だ」

ぽつりとつぶやかれたその言葉に、ファンと優斗、有美が驚いて顔を上げる。

「妻は、とにかく猫が好きだった。そして昔、うちは猫を一匹飼っていた」

突然始まった告白に、ファンが思わず「えっ」と声を上げる。

「ファンは小さかったから覚えていないだろう」

そう補足して、ジンロンは話を続けた。

「わたしは妻を愛していた。でも、妻はわたしより猫を愛していた。猫が死んだ時、わたしは少しホッとした。妻がまたわたしを好きになる、と思った。でも違った！　妻はわたしを見てくれなかった。死んだ猫のことばかり考えていた。猫は魔物だ。そう思った……」

「そんな……」

打ち明けられたジンロンの本音のつぶやきが、シンとしたリビングに溶けていく。

「すべての原因は、わたしの嫉妬なのだ」

ジンロンの告白に一同は言葉を失った。隣の部屋で会話を聞いていたジンロンの部下の一人は、夫婦のことをよく知っていたのだろう、思うところがあるのか涙ぐんでいる。そしてその様子に、猫を抱いていた修たちは意外そうに目を瞬かせた。

「全然、知らなかった……」

そう言ってうなだれたのはファンだ。と、そこで不意に有美が「あの」と再び口を開く。

「ジンロンさんの気持ち、わかります」

その言葉に、優斗とファンは思いがけないといった様子で有美に視線を向けた。

「わたしも、近い気持ちがあります。愛する人に、愛されない不安……でも、奥様は本当に虚《うつ》ろだったんでしょうか？　あなた自身の負い目でそう見えてしまっていただけで、本当は奥様は、あなたときちんと向き合っていたんじゃないですか？」

そう言われ、ジンロンは「まさか」と記憶を辿るように目を閉じる。

「あなたが孤独だったように、奥様もファンさんも、孤独を感じていたのではないですか？」

ジンロンとファンはじっと見つめ合い、しばしの沈黙が落ちる。

それからしばらくして、ジンロンは「失礼する」と弱々しくつぶやいたかと思うと立ち上がり、玄関へ向かった。

帰り際、ジンロンは修たちが抱いている猫をチラリと見やったが、そのまなざしは来たときとは打って変わって、柔らかいものになっていたのだった。

＊＊＊

「お疲れ様でした。なんか、聞いているこっちが緊張しました」

ジンロンが帰っていき、リビングに入ってきた修のそんな言葉を受けて、有美がふとファンに頭を下げる。

「あの、大丈夫でしたかね？　わたし、言い過ぎてしまったかなって……」

「そんなことはないと思います。きっと父も、有美さんの話に、何か感じていたのではないでしょうか」

「そうだといいのですが」

恐縮する有美に、一同も納得した様子で頷き合う。

「ファンくんも、これまでわからなかったお父さんの猫嫌いの理由、聞き出せたのすごいじゃないですか！」

「だよな！　あんな頑固親父《おやじ》から！」

修と丈がそう言って笑い合い、毅から「おい」と肘鉄《ひじてつ》を喰らう。

「あ、ごめんね、ファンくん」

「いえ、本当に頑固ですから」

ファンが丈の謝罪に笑い返していると、優斗がふと微笑み、有美に話を振る。

「あんなにムキになる有美さん、初めて見た気がします」

「お恥ずかしい……」

「いえ、人が本気で何かを伝える姿って、すてきだなって思いました」

優斗の感想に、有美は一瞬固まったかと思うと、目を逸らして立ち上がった。

「で、では、わたしもこれで失礼します」

「あ、今日は本当にありがとうございました！」

「い、いえ！」

優斗とファンが改めて頭を下げ、有美はそそくさと退室するのだった。

＊＊＊

その日の夕方、優斗は縁側で一人座って、フォトフレームに収められている幸三と自分とのツーショット写真を手に、遠くを見つめながらぼんやりしていた。

いつだったか、こうして縁側で夕焼け空を眺めていたときの祖父との会話が蘇《よみがえ》る。

「どうした、優斗。一人でボーッとして？」

「太陽が沈む頃になると、時々、寂しい気持ちになります。おじいちゃんもケイもいるのに、なんだか嫌な夢を見そうで、夜が来るのが怖くて。僕は一人ぼっちなのかなって気分になるんです。僕は……一人ぼっちなんでしょうか？」

そう問いかけると、幸三は「ふーむ」と唸って、優斗の隣に腰を下ろした。

「そうだなぁ。優斗は一人だ。おじいちゃんも一人。そしてあの子も一人だ」

と、縁側を通りかかったケイを指さして、幸三は微笑んだ。

「猫でさえ孤独は募るんだ。逆に言えば、一人で寂しいのは自分だけじゃないってことだよ」

「僕だけじゃない？」

「そうだ。でも……」

幸三は不意に優斗の手を取って、両手で包み込んだ。

「こうすると、温かくて……いいだろう？」

優斗は少しだけ照れくさそうに、けれどうれしそうに「はい！」と目を細める。

「おじいちゃんも、こうすると落ち着く」

そうしてしばらくの間、手を握り合っていたのを思い出し、優斗は微笑《びしょう》する。

フォトフレームを傍らに置き、自分の手と手を重ねて自身の体温を感じながら、温かい色をした夕空《ゆうぞら》を見上げるのだった。

＊＊＊

翌朝、優斗が朝食の支度をしているとき、リビングでは修たちがそれぞれ猫たちを愛《め》でながら、ファンの父親のことを話していた。

「ジンロンさん、これからどうするんでしょうね」

「実はもう台湾に帰っちゃってたりしてないか？」

修の疑問に、丈がそう言い、毅が「いや」と否定する。

「まだファンくんのこと、諦めたようには見えなかったけどなぁ」

「ですよね。仲直り、できるといいですけど……」

そんな三人の会話を、当のファンはタマの背中を繰り返し撫でながら、俯いて聞いていた。

その時、呼び鈴が鳴り、優斗が「はーい」と玄関に出ていった。

「おはようございます」

優斗が扉を開けるなり、黒スーツの男たちと、その中央に立ったジンロンが笑顔で挨拶した。全員これまでに見たこともないほど、穏やかな雰囲気を纏《まと》わせている。

優斗はその様子に逆に気圧されながら、リビングへ案内する。

するとジンロンは優斗から勧められたイスに座るのを断り、立ったまま、二星ハイツの面々とファンに対して、爽やかな笑みを向けて会釈した。

「台湾に帰ることにしました」

「えっ⁉」

ジンロンの言葉に、ファンが驚きの声を漏らす。

「お恥ずかしい話ですが、昨日、猫と妻の話を打ち明けたら、心が少し楽になりました」

「そうですか、それはよかったです！」

ホッとした様子で言う優斗にジンロンは微笑み返して、ファンとその腕に抱かれているタマに視線をやる。

「わたしが日本に留学していた頃、希望がいっぱいありました。勉強して、大勢の友達もいて、とても幸せな時間でした。ファンにとっても、ここが希望になるといい、と思います」

「お父さん……」

ジンロンのその話に、ファンは口元を緩め、目を細める。

すると、ジンロンは優斗の前に自ら進み出たかと思うと、スッと右手を差し出した。

「息子のこと、よろしくお願いします」

「はい！」

優斗はジンロンの手を両手で包むように握り返すと、笑顔でそう答える。それから「あっ、そうだ」と思いついたように、ファンに抱かれているタマに目を向ける。

「猫、触ってみませんか？」

優斗の唐突な提案にジンロンは慌てた様子になるが、ファンが「それはいいですね」と笑顔で一歩進み出る。そうして、おとなしくしているタマをジンロンに抱かせると、二人は見つめ合ってからタマに視線を落とした。

「どうですか？」

「ああ、ファン……」

ジンロンはタマの温もりと柔らかい感触に少なからず衝撃を受けたようだ。恐る恐る、タマの背中を撫でると、うっとりとした表情になる。

「これなんだな」

納得した様子で猫を堪能するジンロンに、ファンは「そうです、お父さん」と強く頷き返す。

「ここに、来てよかった……」

しみじみとつぶやいたジンロンの言葉に、優斗を始め、修、毅、丈、みんなの表情が明るくなる。ジンロンに付き添ってきていた二人の部下たちも、和解した親子の姿に感激しているのか、袖口で目元を拭っている。

そんな一同の様子に、優斗も満足そうに口元をほころばせたのだった。

人は嫉妬する生き物で、自分より優れた者を羨んだり妬《ねた》んだりする。猫は嫉妬しない。なぜなら自分と自分以外を比較したりしないから。

人も猫のように暮らせたら、どんなに幸せだろうか――優斗はそう思いながら、住人たちに、そして猫たちに穏やかな視線を向けるのだった。

第九話

猫はいつも冒険家だ

三月中旬になり、暖かい日が増えてきたある日、優斗が修とともに朝食をテーブルに並べているときのこと――。

「おはようございます……」

「おはようございます、って、毅さんどうしたんですか？　顔色悪いですよ」

頬を押さえながらリビングにやってきた毅に、修はお皿を並べる手を止めて尋ねた。

「昨日の夜からなんか歯が痛くて、眠れなかったんすよ」

もごもごと口ごもりながら答えた毅に、リビングでストレッチをしていた丈と、ストレッチを手伝っていたファンも振り返って、毅の方を見る。

「歯医者に行った方がいいですよ。人も猫も、歯は大事です」

「そうだよ。歯が悪いボクサーは勝てないし、芸能人も『歯が命』って言うじゃん」

優斗と丈にピシリと言われ、毅は思いきり顔をしかめる。

「わかってるよ。ずっとケアはしてたのに……」

するとそこで「よし、見せてみな」と言ってストレッチを終えた丈が立ち上がると、茶の間で腰を下ろしていた毅のところに近寄っていき、口元を覗き込もうとする。

「いや、いいよ……」

「よくないだろ、ほら、口開けて！　どこだ？」

丈が本気で心配しているのが伝わったのか、毅は渋々「ここ」と口を開けてみせる。しかし、すぐに「うわっ、痛い！」と口を閉じて頬を押さえると、涙目になってしまった。

「あ、やっぱり虫歯だな」

「はぁ……俺、歯医者嫌いなんだよな」

そこでふと、一連の会話を聞いていたファンが、タマの額を撫でながら何かに気づく。

「あ、タマは大丈夫かな？」

タマの口元を覗き込むようにして言ったファンの言葉に、修が「あっ」と声を上げる。

「修さん、どうしました？」

「猫たちの歯もチェックしましょう」

その言葉に、ファンだけでなく、優斗や丈、毅の視線が修に集中する。

「実は先日、買っておいたんです。猫の歯ブラシグッズ」

「そんなのがあるんですか？」

興味津々といったファンに、修はお皿を並べる手を動かしながら頷く。

「最近、猫の口腔《こうくう》ケアが流行ってるっていうネットの記事を読んで、やってみようかなと」

「へー、見てみたい！」

「どんなのですか？」

「じゃあ、朝ご飯の後で試してみましょう」

興味を示した丈と優斗に修がそう答えると、一同は了承し、朝食の並んだテーブルに着席していく。

足元では、クロとチャー、タマが人間たちよりも先に、優斗お手製の朝食にがっつき始めていた。

「では、いただきましょうか」

優斗に促され、全員手を合わせて食べ始める。今日のメニューは、スパニッシュオムレッとアスパラのベーコン巻き、野菜たっぷりのクリームスープとグリーンサラダ、そしてカリッとトーストされたフランスパンだ。

毅以外のみんなはそれらを食べながら猫の口腔ケアグッズの話で盛り上がったが、毅だけは歯の痛みを気にするあまり、ほとんど箸が進まないのだった。


朝食後、修が自室から持ってきた猫の歯磨きグッズを一人一人に手渡した。

ファンはタマ、丈はクロ、修はチャーをそれぞれ膝に乗せて歯磨きし始める。その様子を毅は頬を押さえながら、憮然とした表情で眺めていた。

「チャー、偉《えら》いね。綺麗になったよ」

修がおとなしく歯を磨かせてくれたチャーを褒めている隣で、ファンもにこやかな表情で歯ブラシしていた手を止める。

「タマも大丈夫です」

「クロもバッチリだな。で、毅くんも早く歯医者に行った方がいいんじゃない？」

不意に話を振られた毅が「わかってるよ」と不機嫌そうな表情で丈を睨み、チラッと壁掛け時計を見やる。

「丈も、そろそろバイトの時間だろ」

そう返した途端、丈はクロを撫でる手を止め、沈黙して頬を引きつらせた。その様子に、毅が「えっ？　どした？」と心配そうに首を傾げる。

「実は……バイト、クビになった」

「えっ⁉」

　唐突な告白に、毅だけでなく、修、ファン、優斗の視線も丈に集まった。

「何かあったんですか？」

　修が膝の上のチャーを撫でながら尋ねると、丈は苦笑いして言った。

「またプロテストが近づいてきてるから、バイトの量を少し減らしたんだ。そしたらシフトが足りなくなったみたいで、新しく募集かけたらしくてさ。お前はもう来なくて大丈夫とか言われちゃって……」

「そっか……」

「あ、でも、もともとよく揉めてたし、仕方ないかな」

「なかなかうまくいきませんよねぇ」

　毅と修、ファンが納得した顔になるなか、優斗だけは不思議そうな表情を浮かべている。

「あの、バイトには定員があるということですか？」

「そうですね、モノによりますけど、どこも適した人数というのがあるので、多くても人件費がかかるし、少ないとお店が回らない、みたいな感じです」

　修が丁寧に説明すると、優斗は「なるほど」とつぶやく。その様子に、毅が何かに気づいて、希有《けう》な者を見るような視線を優斗に向けた。

「もしかして、優斗さんって、バイトしたことないんですか？」

「はい、ありません」

淡々と答えた優斗に、質問をした毅だけでなく、ファンも一緒に驚いた表情になる。

「めずらしい人ですね」

「あ、でも、クビになったら大変だっていうのはわかります」

「だから、今日は午後から新しいバイトの面接なんです。でも苦手なんだよな、面接って」

渋い顔をした丈に、修は励ますようにポンと肩を叩いた。

「まあでも、気を落とさず、頑張ってください」

「ああ、ありがとう」

「面接も、次のプロテストも、受かるといいですね」

ファンがそう言った途端、毅が再び「痛た……」と顔をしかめた。

「んじゃ、一緒に出かけるか！」

丈はランニングしに行くのか、首にタオルをかけながらそう言うと、渋い顔をしている毅を引っ張るようにして立ち上がったのだった。

＊＊＊

優斗はその日の午後、四つ葉不動産を訪れた。ファンとジンロンがその後どうなったのか、説明するためだ。

いつものように応接コーナーで有美と向かい合わせに座ると、話を切り出した。

「先日のファンくんの件ですが、うまくいきました。ありがとうございます」

改めて頭を下げる優斗に、有美は自分の言動を思い出したのか照れくさそうに笑う。

「いえ、わたしも怒ってしまったので、どうなったか心配でした。解決してよかったです」

ホッとした表情になる有美だったが、優斗の続く言葉を聞き、すぐに顔を引きつらせた。

「それで、今日の相談なんですが」

「なんでしょう？」

次なる相談事に対し、警戒心も露に尋ねる有美に、優斗は特に気にした風もなく続ける。

「うちの丈さんがバイトをクビになってしまいました。どうやらシフトの関係らしいのですが、とても困っています」

「それで？」

「何かいいバイトはありませんか？」

優斗の問いに、有美は「はぁ」とこれ見よがしに深いため息をつく。

「優斗さん、何度も言ってますが、うちは不動産屋で、なんでも屋ではないんですよ」

「でも、今まで、なんでも解決してきてると思いますが」

「それは、弊社の本業ではないんです！」

きっぱりと言いきられてしまった優斗は、肩を落として「そうですか」としょんぼりする。

しかし、そこで諦めるつもりはなかったらしい。

「バイトって、したことないなぁ……」

どこか遠くを見るようなまなざしでそうつぶやいた優斗に、有美は怪訝そうな表情になる。

「え、バイトしてみたいんですか？」

「僕以外みんなバイトをしたことがあるらしいので……あ、でも、僕には二星ハイツがあるか」

ふと気づいたように言う優斗に、有美は何か思うところがあるのか少し間があいたが、同意する。

「そうですよ。やりたいことがあって、それができているならいいじゃないですか。そもそもアルバイトというのはお金を稼ぐ必要のある人がします。学生のお小遣い稼ぎや、本業でやりたいことがあるのに、まだその仕事だけでは食べていけない場合などがそうです」

「それ以外は？」

「うーん、純粋に楽しむ、というのもあるかもしれません」

優斗は「なるほど」と、納得した様子で頷く。

「そんな楽しいバイトがあればいいですね」

優斗はそう言いながら出されたお茶をすすり、ジーッと、物言いたげに有美を見つめる。

その視線の意図を感じ取り、有美は呆れたように小さくため息をつく。

「わかりました。もし、丈さんの生活にあったバイトの情報を見つけたら、すぐにお知らせします」

なんだかんだで、有美は優斗に頼られると断ることができないらしい。

「ありがとうございます」

優斗はニッコリと笑って有美に頭を下げると、四つ葉不動産を後にしたのだった。

その夜、優斗が修やファンとともに猫たちと寛いでいると、毅が部屋から出てきた。

「どうですか？　治りました？」

　結局、丈と一緒に家を出て、近所の歯科医院に行ってきた毅の表情は、朝と比較すると少しだけ穏やかになっている。

「んー、治療はまだ続くんだけど、とりあえず痛みは引いてきた」

「それはよかったですね」

　堅焼《かたや》きせんべいを頬張りながら言うファンに、修と毅は顔を見合わせて苦々しく笑う。そこへ、玄関が開く音がして丈が帰ってきた。しかし、リビングに入ってきた丈の顔に大きな青痣《あおあざ》ができているのを見た一同は、驚いて息を呑む。

「うわっ、どうしたんですか、その顔」

「スパーリングでやられちゃってさ。まあ、たいしたことないから」

「俺が歯医者でもらった痛み止めならあるけど？」

　修の問いに腰を下ろしながら平然と答えた丈に、朝より余裕《よゆう》を取り戻した毅が心配そうに話しかける。

「いや、それはダメでしょ」

　修がすかさずツッコミを入れ、毅が「ですよね」と苦笑する。処方された薬を他人に渡すのはもちろんしてはいけないことだ。

「ありがとう、でも本当にたいしたことないから……」

「それにしても、ど真ん中ですね」

　優斗のコメントに、丈は苦々しげに頷くと、拳を構えて再現するように動く。

「殴りにいったところを、正面からカウンターでガツン！　です」

その説明に、優斗は丈を見つめて微笑みかけた。

「猫が顔の正面に傷を作るのは、勇敢《ゆうかん》な証拠なんです」

「そうなんですか？」

拳を下ろして首を傾げた丈に、優斗は頷いて続ける。

「猫の背中の傷は、背を見せて逃げたときに付けられたものだと言われています。だから、顔の傷は勲章《くんしょう》なんです」

「勇敢な証拠かぁ……」

優斗の説明にぼんやりと何かを考え込んだ丈に、「そういえば」とファンが思い出したように口を開く。

「バイトの面接はどうでしたか？」

その問いに丈は表情を曇らせる。が、すぐに何か吹っきれたかのように顔を上げた。

「バイトは、しばらくいい。中途半端はやめた！」

「だって、それじゃ」

心配そうにつぶやくファンだったが、優斗が突然、丈に拍手を送った。

「素晴らしい！　丈さんにはボクシング、僕にはハイツがある、ということですね」

「はい？」

みんな、唐突な発言に呆気にとられた様子で優斗を見つめる。しかし、優斗は一同の視線を気にした風もなく続けた。

「応援しましょうよ！　丈さんの夢はバイトではなく、ボクシングなんですから」

優斗の話の脈略はイマイチわからなかったものの、丈は照れくさそうに「ありがとうございます」と微笑む。

「そういえば今日、有美さんに『いいバイトがあれば紹介して欲しい』とお願いしましたが、今の丈さんには必要なさそうですね」

「はい！」

しっかりと頷いた丈に、みんなは顔を見合わせて、優斗に促されるようにして激励《げきれい》の拍手を送る。キャットタワーの上で寄り添うようにして寛いでいたクロとチャー、タマの三匹は、急に賑やかになったので目を丸くして、不思議そうに人間たちを見つめているのだった。

それからの丈はプロテストへ向け、これまでよりも一層、練習に力を入れるようになっていた。そんなある日の早朝、まだ誰も起きてきていないリビングで黙々と筋トレをしているとき、丈はふと視線を感じて顔を上げた。

遠巻きに猫たちに見られていることに気づき、丈は腕立て伏せを止め、わずかに頰を緩める。

「見守ってくれてるのか……ありがとな」

そうつぶやいていると、朝食の支度をしようと起きてきた優斗がリビングに入ってきた。

「おはようございます。今日はいつもより早いですね」

「はい、もっと頑張らないといけないんで」

気合いの入っている様子に、優斗は温かいまなざしを向け、ふと何かに気づいて微笑む。

「丈さんがトレーニングしていると、猫たちが集まってきますね」

「……はい」

優斗につられて頬を緩めた丈は、リラックスした様子で筋トレに戻る。猫たちはみな、丈の近くで、思い思いの体勢で毛づくろいをしていた。

それからの丈の気合いの入りっぷりを二星ハイツの面々はそっと見守り続けた。前回のプロテスト前はあれこれ意見をしていた毅も、今回は集中を妨《さまた》げないようにと考えたのか、余計な口は挟まず、静かに応援するだけだ。

朝食も減量メニューになり、最低限の量になったのを、毅を始め、他の面々も心配そうに見つめるが、誰も何も言わない。言わないけれど、みんなが見守ってくれているのを、丈はしっかりと感じているようだった。そうしてプロテストの日が近づくにつれ、丈の頬が痩《や》せこけていくようにも見えたが、それに反比例して、瞳がギラついていき、闘志《とうし》がみなぎっていくのを全員が確かに感じていた。

＊＊＊

その夜、優斗は自室のベッドの上で呼吸を整え、座禅をしていた。

瞑想《めいそう》に入ると同時に、ふと浮かんできたのは晩年の幸三が風邪《かぜ》を引いて寝込んだ時のことだ。リビングに置かれた介護用ベッドで横になり、咳き込んだ幸三の背を、優斗は何度もさすっていた。

「大丈夫ですか？」

「ああ、ありがとう。楽になるよ」

時折咳き込みながらも、わずかに笑みを見せた幸三は、ふと不安そうな瞳を優斗に向けた。

「もしも、おじいちゃんがいなくなったら、優斗はどうする？」

唐突な問いに、優斗は困惑して、伏し目がちに口を開く。

「僕も、死のうかな」

幸三は優斗のその言葉に衝撃を受けたのか、息を呑んで固まった。そして少し慌てた様子で次の問いを投げかける。

「で、でも、猫たちはどうするんだ？」

優斗はそこでハッとして「そうか」とつぶやいた。そんな優斗が心細そうに見えたのだろう。幸三は穏やかに微笑むと、優斗の手をそっと握る。

「優斗、お前は死んじゃだめだ！　おじいちゃんがずっと見守ってやる。だから安心しろ」

「……うん」

「見守っていてやるから、冒険《ぼうけん》してみなさい」

「冒険？」

「ああ。お前はまだ冒険をしていないけれど、猫たちは家の中でいつも冒険している。庭の隅、テレビの裏、タンスの上……小さな猫たちにとっちゃ大冒険だ。お前がまだ知らない世界だ」

幸三の言葉に、優斗は足元にいたチャーと、ベッドの上にいたクロを見やる。

「いつか、お前なりの、大冒険に出かけてみなさい」

そんな幸三の言葉を思い出しながら目を開けると、懐に重みを感じた。

見ればクロが両足の間におさまって丸まり、気持ちよさそうに目を細めている。そんなクロを撫でながら、優斗は棚の上に置かれている幸三の写真を見つめると、口元をほころばせるのだった。

＊＊＊

翌朝、二星ハイツの玄関では、全員揃って丈を見送りに出ていた。

靴紐を結んで立ち上がった丈に、毅がボクシングバッグを手渡す。優斗とクロ、修とチャー、そしてファンとタマは、プロテストに臨もうとしている丈をまっすぐ見つめる。

「では、いってきます」

「いってらっしゃい！」

「頑張って！」

みんなからの応援を背に受け、出ていく丈のことを見つめながら、優斗はある予感を抱き、物憂げな表情を浮かべる。

それから数時間後、優斗は四つ葉不動産へ向かった。

「今日、丈さんがプロテストなんです」

いつもの応援コーナーに座って話し始めた優斗に、有美が「そうですか！」と期待を込めた様子で声を上げる。しかし優斗の表情は浮かない。

「もし受かったら、多分、丈さんは二星ハイツを出ていきます」

有美からすれば唐突な優斗の発言に、少し驚いて目を瞬かせる。

「どうしてそう思うんですか？」

「そう決めているような気がするんです」

今朝、丈を見送ったとき、彼の背中からそんな覚悟を感じたのだ。

「そうですか」

「そしたら、どうしましょう」

少し残念そうな声色でつぶやいた有美に、優斗は助けを求めるように問いかける。

「では、ゆっくり考えたらどうですか？　丈さんとの思い出に浸ってみたりして」

「なるほど」と、納得した様子の優斗に、有美はふと優しげな表情になる。

「人が集まる家には出会いと別れがあり、それは避けられません。でも、家にはいたるところに、そこに住んでいた人の痕跡《こんせき》が残ります」

その言葉は、不動産屋としてこれまで様々な案件を見てきた、有美の経験に基づくものなのだろう。重みを感じ、優斗は真剣に耳を傾ける。

「シェアハウスを続ける限り、きっとこれからも経験することだと思います。それに、この家のコンセプトは、いつかここで大声で宣言してくれたじゃないですか」

有美はそう言ってクスッと笑うと、優斗がここへ来た当初、作った七箇条を高らかに宣言したときの言葉を、その口調を真似て言う。

「この家は、夢を持つ人のためにある」

優斗も思い出し、少し照れくさそうに笑って有美を見つめる。

「丈さんがプロテストに受かって出ていくのなら、おめでたいことじゃないですか」

「そうですね」

有美の言葉に心が決まる。スッキリした気持ちになった優斗は、再び有美と目を合わせて、微笑み合うのだった。


プロテストの翌日、帰宅した丈を優斗たちは全員、玄関で出迎えた。

「ただいまー」

そう告げた丈に一同はおかえりも言わず、息を呑んで結果報告を待つ。

すると、丈はニヤリと笑い、勢いよく拳を高く突き上げた。

「受かったぁ！」

「やったぁ！」

盛大な拍手が湧き起こり、丈は笑顔で一人ずつとハイタッチしていく。

「あ、優斗さん、肉が食いたいです！」

全員とタッチし終えた丈が、思いついたようにリクエストしてくるのに、優斗はいつになくはりきった様子で頷く。

「はい、では今夜はお祝いに、たくさん作りますね」

「お願いします！　あー、ようやく好きな物食べられる！」

感慨深げに言う丈に、一同もここしばらくの緊張から解放され、ホッとした様子で笑い合うのだった。

夜、二星ハイツのリビングのテーブルには、丈のプロテスト合格を祝うための豪華な料理の数々が並んでいた。丈からのリクエストどおり、ローストビーフとローストチキンをメインに、グラタンやクラムチャウダー、サラダにクロワッサン、ちらし寿司、さらに、デザートにはケーキまで用意してある。

猫たちも、お花のような形をしたお刺身《さしみ》が載った、まるでケーキにも見える豪華なご飯だ。室内にも簡単にではあるが飾り付けがされ、パーティー会場のようになっていた。

「それでは、丈くんのプロテスト合格を祝して……乾杯！」

「かんぱーい！　おめでとう！」

「ありがとうございます！」

毅の音頭でグラスを打ち鳴らし、キンキンに冷えたビールをあおった面々だったが、そこで不意に、丈が「あの」と声を上げた。

「みんなに話しておきたいことがあります」

どこか改まった態度に、毅たちは「何、どうしたの？」と箸を止める。

「実は、ジムの会長から仕事を紹介してもらいました」

「おおーっ、よかったじゃん！」

「これで、バイト探さなくていいですね」

「ダブルおめでたいです」

毅、ファン、修が口々に祝いの言葉をかけるが、丈はどこか浮かない様子だ。

優斗だけは何かを察しているのか、微笑みつつも黙ったまま丈を見つめている。

「そう、なんだけど。その仕事が、住み込みで……」

丈はそこで言葉を区切り、みんなを見回してから意を決して続きを口にする。

「迷ったんだけど、せっかくプロになったし、もっと勝負してみたくて。だから……この家を出て行こうと思います。猫たちと別れるのは辛いんだけど……」

そう言って丈が一同の視線から目を逸らすように、豪華な食事をがっついている猫たちを見やると、リビングが沈黙に包まれた。

しんみりとした雰囲気の中、沈黙を破ったのは優斗だった。

「この家は、夢を持つ人のために作りました」

それは七箇条の最後に記載してある項目だ。

「丈さんは夢を叶えた第一号です。僕も丈さんや勇敢な猫たちのように、顔に傷を作るぐらい闘ってみたいです。応援しています、これからも……」

優斗の激励の言葉に、毅がグスッと鼻をすする。

「そうだよ……ずっと、応援してるよ」

瞳を潤《うる》ませながらそう言う毅に「なんで毅さんが泣いてるんですか？」とファンが突っ込み、一同は笑いに包まれる。

「ああもう、いいんだよ！」

「改めまして、おめでとうございます」

修の祝福の言葉を皮切りに、誰からともなく拍手し始め、リビングは温かい雰囲気に包まれていく。

「では、食べましょうか」

優斗の言葉に、拍手が止むと、一同は揃って手を合わせる。

「いただきます！」

「じゃあ、肉いっちゃっていいですか！」

スッキリした表情になった丈はそう宣言して、ローストビーフに箸を伸ばした。

「どうですか？」

「んっ、めちゃくちゃうまいです！」

優斗に尋ねられ、目を輝かせながら答えた丈に続き、毅たちも我先にと豪華な料理に手を伸ばし始める。そうして賑やかな二星ハイツの春の夜は更けていき、いつにないご馳走《ちそう》を食べ終えた猫たちも、満足そうに毛づくろいしているのだった。

＊＊＊

丈のプロテスト合格を祝うように満開を迎えた桜が散り始めた頃――。二星ハイツの前には引っ越しの荷物が積まれた軽トラが停まっていた。

作業が終わり、玄関に一同が集まる。優斗はクロを、修はチャーを、ファンはタマを抱いている。そんな猫たちを、丈は一匹ずつ名残惜しそうに撫でてから、ピシッと姿勢を正して会釈した。

「じゃあ……いってきます」

決してさようならではない。ここから出発するのだ。

丈のそんな想いから発せられた言葉に、毅が動いた。

「元気でな！　たまには帰ってこいよ」

不意に丈を抱き締めながら涙ぐんだ毅を、丈は笑いを堪えながらそっと引き離す。

「毅くん……やめろよ、気持ち悪いな」

「おいっ、なんだよ、その言い方！」

二人が拳を構えていつものような言い合いになり、一同は笑い合う。しかし、そんなやり取りも、もう頻繁には見られなくなるのだと思うと、優斗たちは微笑みながらも思わずしんみりとしてしまう。

「じゃあ、皆さんお元気で。お世話になりました！　ありがとうございました」

「こちらこそ、ありがとうございました」

深々と頭を下げる丈に、優斗がお礼を言い、一同も頷く。そして丈は背を向けると、軽トラに乗り込んでいく。

「じゃあな！」

毅が走り始めた軽トラに向かって手を振りながら叫び、その隣で優斗は寂しさを感じながら静かに見つめていた。

猫はいつも冒険家だ。狭《せま》い家の中でも、彼らにとっては毎日が大冒険で、小さな発見を楽しんでいる。

自分にとっての冒険をしろ――。優斗は幸三にそう言われたが、まだ冒険を始められていない。そんななか、二星ハイツから家族が冒険に旅立っていったのを機に、優斗は自分の旅立ちについても考え始めるのだった。

第十話

猫は人間関係を結ぶ最上の存在である

桜がすっかり散り、若葉が芽吹き始めたある日――。

今日も二星ハイツの住人は揃って朝食を摂《と》っていた。猫たちも食欲旺盛だが、いつにも増してモリモリと食べている者が一人いた。

「スープおかわり！」

「毅さん、今日は随分と食欲旺盛ですね」

「バイトの後にオーディションがあるんですよ。今のうちに力をつけておかないと。あ、帰りは遅くなるんで、夕飯はなしで大丈夫です」

皆が入居してきた当初は朝食だけという条件だったが、いつからか、夕食も皆で食べることも多くなっていた。

「わかりました。うまくいくといいですね」

優斗はそう答えて、具を多めに盛ったスープ茶碗を毅に渡す。

「ありがとうございます。この前のドラマの監督が声かけてくれて……。だからなんとしても受かるように頑張らないと！」

鼻息を荒らげて説明する毅を修とファンが微笑ましげに見つめる。と、一足先に食べ終えた修が行儀よく手を合わせる。

「ごちそうさまでした。優斗さん、僕も今夜はセミナーがあるので、夕飯は食べて帰ります」

「わかりました。修さんも最近、夜遅くまで頑張っていますね」

「はい！」

丈や毅に刺激を受けているのか、修もこれまでよりも一段と気合いが入っている様子だ。そこで優斗は「じゃあ、夕飯は僕とファンくんだけか」とつぶやいて、不意にファンに話を振る。

「何かリクエストはありますか？」

「……いえ、なんでも大丈夫です」

そう答えるファンは心なしかいつもより元気がない。違和感を覚える優斗だったが、その場は尋ねることなく、様子を見ながら黙っているのだった。


毅と修が颯爽と出ていった後、ファンは自室へ戻り、優斗が普段どおりにリビングの掃除をしていると、玄関の方から「こんにちは」と有美の明るい声が聞こえてきた。

玄関まで行って出迎えた後、優斗はキッチンへお茶を淹れに行く。勝手知ったる有美はリビングに入ると、猫たちを警戒しながらイスに座った。チャーとクロ、タマの三匹は有美が自分たちを苦手としていることを察しているのか、あまり自分から近づこうとはしない。

すっかり仲良くなった三匹は、陽当たりのいい縁側で、押しくらまんじゅうのようにぎゅっと身を寄せ合って、互いの毛づくろいを手伝っている最中だ。

猫好きな人が見たらたまらない癒しの光景だが、有美は距離を置いて見つめるだけだった。

「お待たせしました。今日はどうしたんですか？」

有美の前にお茶を出し、隣のイスに腰を下ろした優斗が尋ねる。

「丈さんが出て行かれたことで、空いた部屋をどうするのかの相談です」

「そうですか」

丈の旅立ちからまだ日が浅い。しんみりとした感情が残っているのか、優斗の表情は決して明るくはない。しかし有美は不動産屋だ。鞄から書類を取り出すと、テーブルの上に広げた。

「実は、かなりの数の入居希望者が来ていまして……」

優斗は書類にチラリと目を向けて、有美の話の続きを促す。

「修さんがSNSに投稿していた猫の動画が評判になり、連日増え続けている状態です。このまま空き部屋にしておくのももったいないので、新たに入居者の面接をできたら、と」

有美の提案に、書類を見つめていた優斗が困惑げに口を開く。

「少し待ってもらえませんか？」

「何か、不都合なことでも？」

首を傾げた有美に、優斗は小さく首を横に振る。

「穴埋めをするみたいに家族を足し引きするのは、違う気がするんです」

頑なな優斗を、有美はじっと見つめ返して、ふと息を吐く。

「そうですか……では、今日はこれで失礼します」

「わざわざ足を運んでくださり、ありがとうございました」

そうして有美が残念そうな様子で帰っていくと、優斗は部屋の片付けなどの家事に戻ったのだったが――。

しばらくすると、ファンがリビングに入ってきてダイニングテーブルのイスに腰をかけた。しかしそこで特に何をするでもなく、タマを抱き上げて撫でているだけで、時折、チラチラと優斗に視線を投げかけていた。

「さっきから、どうしたんですか？」

ソファの前に座って洗濯物を畳んでいた優斗からの問いかけに、ファンはわずかにビクッと肩を震わせる。そして意を決した様子でタマを抱いたまま優斗の前に座ると、ためらいがちに「実は」と口を開いた。しかし、そこで再び口ごもってしまったファンに、優斗は甘えるように膝に上ってきたチャーを抱き上げながら、もう一度問う。

「何かありましたか？」

チャーに続いてクロも近づいて来ると、優斗たちに遊んでもらえると思ったのか、二人の間に割り込むと、お腹を見せて、撫でてと言わんばかりに寝そべった。なんとも癒される様子に、優斗とファンは思わず目尻を下げる。するとそんなクロに背を押されたのか、ファンは迷いが吹っきれた様子で顔を上げ、まっすぐに優斗を見つめた。

「実は数日前、台湾からメールがきました。父が倒れて、入院したようで……」

「それは大変ですね！　病状は？」

驚いて表情を曇らせた優斗に、ファンは落ち着いた様子で答える。

「病気ではなく、過労だったようです。今は落ち着いて心配ないとのことですが、すっかり気が弱くなってしまったみたいで」

ファンはそこで何かを考え込むように視線を落として、話を続けた。

「やはり、僕に会社を手伝って欲しいと書いてありました」

優斗は黙って話を聞きながら、猫たちが喜ぶ箇所をマッサージするように撫でていた。

「そして今なら猫と暮らしても構わないから、帰ってきて欲しいとも言っています」

「……それで、どうするのですか？」

「悩んでいます。父の決めた道を歩くのが嫌で日本に来たわけですから。でも、今は不思議と、父に反抗《はんこう》する気持ちがあまり湧いてこないんです」

二星ハイツのみんなの助けもあって、父親との間にあったわだかまりのようなものがなくなったからだろう。猫への想いも理解してもらえたこともあり、今後は良好な関係を築いていけるのではないか、ファンはそう感じるようになっていた。

そこでファンは目を細め、先ほどから抱きかかえていたタマに頰を寄せる。タマがうれしそうにペロッと頰を舐め、ファンはくすぐったそうに微笑んだ。

「タマと一緒に帰れるなら、留学を切り上げて帰ろうかと思っています」

ファンのその言葉に呼応するかのようなタイミングで、タマがゴロゴロと甘えるように喉を鳴らした。その仲睦まじい様子を見やって、優斗はファンの目を見つめた。

「お父さんと歩むレール、ですね……」

優斗のつぶやきに、ファンは首を縦に振る。

「はい。今までは父が敷いたレールでしたけど、これから先はわたしなりのレールを敷きたいと思います」

そのしっかりとした言葉に、優斗は居住まいを正すと、にっこりと笑って頷き返した。

「応援しています」

「本当ですか?」

「もちろんです!」

ファンはタマをそっと下ろすと、優斗の手を取り、両手でギュッと握り締める。

「ありがとうございます！」

「いえ、頑張ってください」

「はい、頑張ります！」

優斗はファンの手の温かさを感じながら、同時に寂しさを覚えるのだった。


その夜、優斗が自室のベッドで横になっていると、チャーが前足で優斗のお腹辺りを交互にフミフミしながら恍惚《こうこつ》とした表情を浮かべて甘えてきた。自分を慕ってくるその愛らしい行動をぼんやりと見つめていると、玄関が荒々しく開く音がしたので体を起こす。まだ帰宅していなかった毅が帰ってきたのだろうと、優斗は立ち上がり、リビングへ向かった。

しかし、毅はリビングではなくキッチンの水道の前に呆然とした様子で突っ立っている。

「どうしたんですか？」

訝《いぶか》しみながら、優斗はキッチンを覗き込んで声をかける。水を一気に飲み干したのか、空《から》になったコップが調理台の上に置かれていた。

優斗の問いに振り返った毅は、戸惑いを隠せない様子で震えた声で言う。

「う、受かりました！」

「受かった？」

「そう、受かっちゃいました、オーディション！」

「すごいじゃないですか！」

「そう、なんです！　すごいんです！」

優斗に報告したことで実感し始めたのか、毅はじわじわと笑みを広げていった。

「やりました、ついに！」

喜びを全身から溢れさせた毅に、優斗も笑顔になって拍手し始める。すると毅は一気にテンションが上がったのか、優斗に駆け寄って両手で勢いよくハイタッチしてきた。そうして二人で喜び合った後、毅はリビングのキャットタワーで寛いでいたクロにも報告しにいく。

「やったよー、クロ！」

そうしてしばらく猫を撫でていた毅だったが、不意に表情を引き締めると、猫から手を離して、優斗に向き直った。

「それで……優斗さんに相談があります」

「な、なんでしょう？」

優斗はそう問いかけながら、毅の改まった様子にある推測ができてしまい緊張する。

「俺、ここを出ようと思います」

「……！」

「今日、言われたんです。お前の芝居には危機感が足りない、って」

毅はクロと、そしてリビングをぐるっと見回して、泣き出しそうな表情で続ける。

「俺にとってこの家は居心地がよすぎるんだなって。色々ダメでも、ここがあって、猫たちがいると思うと、役者として大事なハングリーさ、失くしちゃってたのかなって。本当は、一生いたいくらいなんですけど……」

居心地がいいという感想は、オーナーである優斗にとってうれしいものだ。しかし、それがこの二星ハイツ七箇条のひとつである『夢を持つ人のため』にならないというのなら、仕方がないのかもしれない。

　涙ぐみ、声を震わせながら語る毅に、優斗はつられそうになりながらも、ぐっと堪える。

「夢のため、ですもんね」

「俺、これが最後のチャンスだと思って挑戦してみようと思うんです。丈だってあんなに一生懸命、頑張っていたんだし、負けてられないから」

　丈が二星ハイツへやって来たばかりのとき、毅との関係が上手くいくだろうか、とハラハラさせられた優斗だったが、気づけばいい相棒《あいぼう》になっていた。二人はいつも軽口を叩き合ったり、ふざけたりしながらも、お互いの夢を応援し合っていた。そしてそれは優斗も、だ。

「応援しています」

　優斗からの温かいエールに、毅はくしゃくしゃの顔で微笑む。

「ありがとうございます！」

　そうして優斗は、ファンの時と同じように、毅とも熱く握手を交わしたのだった。

＊＊＊

　旅立ちの日にふさわしく晴れ渡ったその日、二星ハイツは毅とファン、二人の引っ越し作業で朝からバタバタしていた。ようやく荷物の積み込みと片付けが終わったのはお昼頃。

　タマの入ったケージを抱えたファンと、毅を見送るため、クロを抱いた優斗と、チャーを抱いた修は玄関先まで見送りに出ていた。

「さようならだね……」

ファンのつぶやきに、ケージの中のタマがニャーンと甘えるような鳴き声を上げる。

「また会いましょう！」

優斗がタマとファン、そして毅にそう言って微笑みかける。

いつになるかはわからないけれど、会いたいと思えばいつでも会える。そんな希望を感じられる優斗の言葉に、毅とファンは「はい！」と笑顔で応えた。

そしてしんみりとした雰囲気に包まれかけたときだ。

「あー、なんか湿《しめ》っぽいの嫌だな！」

急に顔を背けた毅のことをファンが肘でつつく。

「あれぇ、毅さん、泣きそうなんですか？」

「違うよ、そんなんじゃないって！」

毅はそう言いながらも込み上げるものがあるのか、さっと袖口で目元を拭う。

「じゃあ、拍手で見送りましょう」

そう提案したのは優斗だ。二星ハイツに毅たちの入居が決まったときもみんなで拍手をしたことを思い出した修が優斗と頷き合い、手を叩き始める。

「いいですね、みんなでよく拍手しましたしね」

そして優斗と修が拍手を送り、毅とファンも拍手で応える。四人は顔を見合わせて、笑みを交わし合い——やがてゆっくりと拍手が止まった。

「じゃあ、そろそろ行くわ。ファンのこと、駅まで乗せてくよ」

「ありがとうございます。お願いします」

　毅の提案をファンが喜んで受け容れ、軽トラに乗り込んでいく。発進と同時にクラクションを鳴らした毅は、ゆっくりと二星ハイツから遠ざかっていったのだった。

「なんか、見送ってばっかりですね」

　小さくなっていく車を見つめながら、修がしみじみとつぶやく。

「いいじゃないですか。ここを始めたときの二人に戻っただけです」

「そうですね、最初に戻っちゃいました」

　けれど、去っていった三人がいた気配や思い出は消えない。二人だけど、二人ではないように感じられるのだった。

＊＊＊

　翌日、優斗は四つ葉不動産を訪れていた。いつもの応接コーナーに一人で座っている優斗に、覇気《はき》はない。そんな様子を見かねたのか、自分の席でパソコンに向かいながら片手間に対応していた有美が口を開いた。

「見送りが続きますね」

　なんだかんだと会う機会が多かった有美も寂しさを覚えていたが、仕事柄、慣れているのかほとんど顔には出さない。

「皆さん、お元気で活躍されるといいですね」

「はい、僕もそう思います」

そこで有美は、ぼんやりし続けている優斗を現実に引き戻しにかかる。

「それで、まだ募集はストップしたままでいいんですか？　このままだと、収入がなくなってしまいますよ？」

意見された優斗はぼんやりと店の外を眺めたまま、ふと「僕も外で働いてみようかな」と、独りごちる。

「……えっ⁉」

優斗のその発言に、驚いた有美が慌てて自分の席を立つ。じっくりと優斗の話に耳を傾けることにして、応接コーナーにいる優斗の前に腰を下ろすと、話の続きを促した。

「今まで考えたこともなかったんですが、旅立っていく皆さんを見ていて、羨ましい……と、初めて思いました」

「羨ましい、ですか」

有美は優斗の言葉を反芻する。

「夢に向かって頑張っている姿を見ていると、なぜかこの辺がウズウズしてくるんです……。わかりますか？」

そう言って自分の胸の辺りに手を置いた優斗を、有美は微笑ましげに見つめる。

「わかりますよ」

「いつも見送ってばかりだから、僕も見送られてみたい、と思いました」

優斗に「なるほど」と返した有美は、すぐにどこかワクワクした様子で顔を上げた。

「わたし、優斗さんのバイト先、探してみましょうか」

「いいんですか？」

「はい、すぐ探してみます！」

そう言って意気揚々と立ち上がった有美を、優斗は「あの」と言って引き止める。

「前にも聞きましたが、なんでそんなに親切にしてくれるんですか？」

不思議そうに尋ねた優斗に対し、有美の表情が曇った。

「……本当に、覚えてないんですね」

「えっ？」

なんのことだかわからず優斗が目を瞬かせると、有美はすぐに愛想笑いを浮かべた。

「いえ、なんでもありません。では、また連絡させていただきますから」

そう言って強制的に話を終わらせて自分の席に戻っていった有美に、優斗は首を傾げるのだった——。

＊＊＊

数日後、優斗が朝食の支度をしていると、修がやってきた。五人いたときにお皿を並べたりするのを手伝ってくれていた名残だが、二人になったのでやることは減った。

朝の挨拶を交わした二人だったが、修の視線を感じた優斗が手を止める。

「猫の朝食作り、やってみますか？」

サッと茹《ゆ》でた鶏肉を示すと、修はワクワクした様子で頷いた。

「いいんですか？」

「はい、この鶏肉を少しほぐしてからミキサーに入れてください」

「わかりました」

そうして、ぎこちない手つきで修が手伝い始める。優斗は丁寧に教えながら、一緒に朝食を作ることを楽しんだ。やがて完成した朝食を、まずはクロとチャーに出す。

「食べてくれますかね？」

優斗に手伝ってもらったとはいえ、初めて作った食事に修はドキドキしているようだ。しかし、猫たちがいつもと変わらず、がっつき始めたのを見て、修は表情を明るくした。

「食べた……！」

「よかったですね」

二人は顔を見合わせて微笑み合うと、自分たちも席につき、「いただきます」と手を合わせる。が、優斗がなんとなく空いた席を見たのにつられて、修も箸を止めた。

その時、テーブルに置いてあった修のスマホが振動した。メールを受信したらしく、一旦箸を置いて優斗に断ってから確認した修の表情が、サッと強張る。

「どうかしましたか？」

不穏な雰囲気を感じ取った優斗が尋ねると、修はすぐに「いえ」と首を振った。しかし、何もなかったようには到底見えないその表情に、優斗は「話してください。家族ですから」と食い下がる。

再び尋ねられ、修は小さく息をつくと、悩ましげに眉を寄せ、ぽつりぽつりと話し始めた。

「実は以前、海外留学を申し込んでいたんです。二星ハイツに来て、夢を追うみんなを見ていたら、海外のロースクールで学ぶ夢が大きく膨らんでいって。百人に一人の狭き門なんですが、ダメ元で受けてみたところ、今連絡が入って……合格した、と」

優斗は箸を置き、修の説明を黙って聞いていた。二星ハイツでの彼らの生活は、夢を目指してお互いに刺激し合えていたようだ。有美にも話したとおり、優斗にはそれが少し羨ましく感じられた。

優斗の沈黙を気まずいと思ったのか、修が申し訳なさそうに眉尻を下げる。

「次々にみんなここから出ていったタイミングで、まさかこんなことになるなんて……」

「大丈夫です。ここを始めたときの、一人と二匹に戻るだけですから」

修にはその言葉が優斗の強がりのように聞こえ、ためらってしまう。

「ですが、正直、海外なんて自信ありません」

「何を言ってるんですか。すごいことですよ、応援しています」

明るい表情でキッパリと言いきった優斗に、修は少し驚いて、ふと頬を緩める。

「優斗さんこそ、すごいです」

「いや、僕はちっともすごくないです」

「いえ、すごいです。僕たちはみんな、優斗さんに背中を押してもらったんだと思います！」

優斗は目立って何かをする方ではない。けれど、修にはわかっている。二星ハイツを常に綺麗に保ち、朝食を作り、入居者が心地よく過ごせるような空間を保つことは、誰にでもできることではない。そして、静かに見守り、時に一緒に怒ったり、喜んだり、問題を解決しようと奔走してくれた。そんな優斗を、最初にここへ入居した修が、一番見てきたのだ。

しかし、優斗はためらいなく断言する。

「背中を押したのは、猫たちです」

そう言って優斗は一足先に朝食を食べ終えて前足を舐めているチャーと、残りわずかのご飯を残さず綺麗に食べようとしているクロに視線を向ける。

つられて修も猫たちを見つめ、それから優斗と顔を見合わせて——二人の間に自然と笑みが溢れた。優斗らしい言い方に、修は納得する。

「……そうかもしれませんね」

「はい」

猫たちを見やりながら、二人は朝食を再開する。ご飯は少し冷めてしまったけれど、そこには温かい空気が流れているのだった。

＊＊＊

その夜——。寝る前に自室のベッドの上で座禅を組んでいた優斗は祖父との会話を思い出していた。それは、幸三が亡くなる少し前のことだ。

「優斗は、子どもの頃のことを覚えてるか？」

朝食後に温かいお茶をすすっていた幸三がふと優斗に尋ねてきた。

「子どもの頃ですか？　たぶん……」

そう答えた優斗に、幸三は少し考え込んで、再び口を開いた。

「すべて、覚えているか？」

その質問の仕方に、優斗は違和感を覚えつつ、次第に自信がなくなっていく。思い出そうとすると、急に頭の中に霧がかかったようになってしまい、怖くなって思考を止めた。

「……そんなの、わかりません」

「そうか。もし、どうしても思い出せないことがあったら、猫が助けてくれる」

幸三の言わんとしていることがわからず「どういう意味ですか？」と聞き返したが――。

「猫は、人と人を結びつける、天才だからな。人間が、猫を頼ったっていいんだ」

幸三は意味深な言葉をつぶやいて、再びのんびりとお茶をすすっていた。

優斗は座禅をやめて立ち上がると、書棚の奥にしまっていた一通の手紙を取り出す。それは死後に届いた幸三からの手紙だ。もう何度読み返したかわからないから内容はわかっている。何度読んでも、書かれていることが変わることはない。

「優斗には、弟がいる。名前は『雅斗《まさと》』。そのことをお前は忘れてしまっているんだ。もしも、会いたいという気持ちがあれば、弟を探してみなさい」

声に出して読んでみて、その内容を噛み締める。しかし優斗は小さく首を横に振り、手紙をそっと閉じたのだった。

＊＊＊

朝食の後片付けが終わり、優斗がリビングのソファでクロとチャーとともに座っていると、大きな鞄を持った修が部屋から出てきた。今日は、修が二星ハイツを去る日だ。

「忘れ物はないですか？」

そう声をかけると、修は頷いた。

「もしあれば、また来ます」

しっかり者の修のことだから、忘れたりはしていないだろう。けれどそう答えた修に、優斗は小さく笑った。

「それもいいですね」

「はい」

そこで優斗は玄関まで見送ろうと立ち上がったが、修に手で制される。

「ここがいいです。この場所で、お別れしたいです」

「わかりました。そうしましょう」

そう言って向かい合ったものの、その先の言葉が続かない。リビングはやけに静かだった。と、修が不意に「あれ？」とつぶやく。

「おかしいな、笑顔でさようならしようとしてたのに……」

修は意図せず溢れ出てきてしまった涙に慌てて、眼鏡を外して指先で拭う。しかし涙はなかなか止まらない。

「ど、どうしてだろ……」

と必死で涙を拭い続ける修の足元に、チャーが甘えるようにすり寄ってきた。かと思うと、スッと離れていき、お気に入りのキャットタワーのクッションの上でくるんと丸まって気持ちよさそうに目を閉じる。クロはソファで身体を伸ばし、無防備に寛いでいる。

そのマイペースな様子に、優斗と修は顔を見合わせて微笑んだ。

「猫って、本当に不思議な生き物ですよね」

「はい……」

　優斗の言葉に頷きながら、修はチャーに近寄ってそっとその額を撫で始める。

「猫は記憶を持つと言われています。飼い主やお世話になった人のことを忘れない、と。だから、修さんがこの家にいたことはずっと僕たちの中に残ります」

　優斗が胸に手を当てて言った言葉に、修は再び涙腺が緩みかけたが、なんとか堪える。

「気をつけて、いってきてくださいね」

「ありがとうございます。優斗さんもお元気で……」

　修はそう言って深々と頭を下げる。

「今まで、ありがとうございました」

「こちらこそ、ありがとうございました」

　優斗も頭を下げ、互いにゆっくりと顔を上げる。

「では、いってきます！」

「いってらっしゃい！」


　そうして一人残った優斗は、がらんとしたリビングを見回し、そっと息をつく。

　最初は、修が出す些細な生活音ですら気になって落ち着かなかったのに、気づけば賑やかな方が落ち着くようになっていた。

　ソファを見ると思い出す。修がよくここで、難しそうな分厚い本を読んでいたことを。

今ではすっかり猫たちのお気に入りの場所で、遊んだり寛いだりする場となった、毅が製作したキャットタワー。毅はそれ以外にも、こまめに猫のオモチャを作ってくれていた。

リビングのテレビの前に集まって、毅が出演したドラマをみんなで視聴したり、その感想を言い合ったりしたのも懐かしい思い出だ。

リビングでは丈がよく筋トレして汗を流していた。チャーが失踪したときは、修と毅と共にあちこち駆け回って探してくれて、どれだけ感謝したことか。

タマがやってきたときは、子猫の愛らしさに全員メロメロになって、夜遅くまで遊んだ。ファンがジンロンと話し合い、和解できたときの温かい雰囲気もずっと忘れないだろう。

五人で囲んだ食卓は、いろんな話をしながらいつも賑やかで、おいしいと喜んでくれるのも、優斗はうれしかった。

そうしてしばらく感傷に浸っていたとき、玄関の引き戸がガラガラと開く音がした。

いつもと変わらない様子で顔を覗かせた有美の姿に、優斗はどこか安堵しながら出迎える。

「こんにちは、今日はどうしたんですか？」

「お邪魔します。これをお渡ししに来ました」

そう言って鞄から出したのは、紙の束だ。どの紙にも「求人」の文字が見える。

優斗と有美はテーブルに向かい合って座ると、話し始める。

「こんなにたくさん……」

「どれも即戦力を必要としているところばかりです」

テーブルいっぱいに広げた求人チラシを眺めながら、有美は得意げに言う。

「ちょっとプレッシャーですね」

「大丈夫です、やればできます……あっ」

その時、有美の足元をさりげなくチャーが通り過ぎようとしたことに気づき、優斗は慌てて抱き上げる。

「ああ、すみません、チラシに夢中《むちゅう》になっていて気づきませんでした」

そう謝り、有美からチャーを遠ざけようと抱き上げた優斗だったが、不意に有美が「あっ、あの、待ってください！」と叫んだ。

どうしたのかと振り向いた優斗は、有美がチャーを見つめていることに気づいて驚く。腰は引けているが、チャーに少しだけ近づこうとしているらしい。

「み、見てみます！　み、見るだけですが！」

有美なりに猫との距離を詰めようとしていることを理解した優斗は、そっと微笑むとチャーを抱いたまま頷く。

「わかりました。よく、見てあげてください」

有美はおずおずと優斗に抱かれているチャーに近づいてくると、頬を緩めた。

「……かわいい」

「猫は、人と人をくっつけるそうです」

「そうですか」

「はい」

優斗は笑顔でそう答えると、有美がテーブルに並べた求人チラシのうちの一枚に手を伸ばす。

「ここにします」

「あ、そこ、わたしの一番のオススメです！」

「そうなんですか？」

「はい、頑張りましょう！」

優斗はバイトを、そして有美は猫との距離を詰めることを。二人はそうして頷き合ってから、チャーとクロに微笑みかけたのだった。


数日後、優斗はお弁当を入れた鞄を持ち、靴を履くと、リビングから玄関まで付いてきていたクロとチャーに声を掛けた。

「夕方には帰ってくるから、留守番をお願いします」

二匹に微笑みかけ、優斗は玄関を出る。

「じゃあ、いってきます」

そう言って優斗は青い空を見上げ、ふと思う。

猫は人と人を結びつける天才だ、と幸三は言っていた。八ヶ月前、幸三が亡くなるまで、誰とも繋がっていなかった優斗は、猫のおかげで初めて誰かと繋がることができた。

そしてまた、新たな繋がりを求めて、優斗は冒険を始めようとしている。もちろん、不安はある。けれど、大丈夫な気がした。なぜなら猫たちがいてくれるから——。

そうして優斗を見送ったクロとチャーは、思い思いの場所で、小さな冒険を始めているのだった。

第十一話

猫は隠しごとをしない

世間がゴールデンウィークで賑わっている頃、優斗はお昼過ぎにやってきた有美とともに、リビングで猫たちの撮影会をしていた。有美はまだおっかなびっくりといった様子ながらも、以前よりはだいぶ猫に近づけるようになり、優斗の指示に従って猫のオモチャを動かしたり、写真の背景となる小物を移動させたりとあれこれ手伝っている。

「いいのが撮れました。では、この写真でお願いします」

そう言って自分のスマホを有美に託す優斗に、有美は呆れ顔だ。

「そろそろ自分でアカウント管理して、画像をアップしてくれませんかね？」

しかし、有美の小言に優斗はまったく動じない。

「どうもSNSとか、こういったものは苦手で」

「わたしはまだ少し猫が苦手なんですけど」

「そう言わずに、せっかく修さんが作ってくれたアカウントなんで」

苦笑していた有美は、そこでふと、今日ここへ来た本題を思い出して優斗に向き直る。

「それよりも、この前紹介したバイト、一日で辞めたらしいですね」

有美の言葉に、優斗はわずかに神妙な表情になり、正座して有美に向き直る。

「はい、お詫びしないと、と思っていたところです」

「何が原因だったんですか？」

「初対面で、この人とは合わないなって……」

即答した優斗に、有美は深いため息をつく。しかし、猫審査同様、優斗が人に対して敏感なことを知っている有美はそれ以上の追及を避けた。

「でも、報告くらいしてくれてもいいじゃないですか」

「こういうのは、直接会ってお話しした方がいいかと」

「では、いつものように店を訪ねてくれればよかったのでは？」

何かあるとすぐ四つ葉不動産の応接コーナーにやってきて、相談を持ち込んでいたように。

「お忙しいところ、お邪魔するのも悪いと思いまして」

「でも、今こうしてわたしがここに来ています」

「わざわざありがとうございます」

「いえ、どういたしまして」

深々と頭を下げ合う優斗と有美の会話は、なんだか噛み合っていない。次第に面倒になってきた有美は「そういえば」と話題を変えた。

有美は鞄からチラシや雑誌を取り出すと、テーブルの上に並べていく。

「見てください、毅さんの舞台のチラシです！」

誇らしげに告げる有美に、優斗はうれしそうにパチパチと拍手する。

「おおー、頑張っていますね」

「注目すべきは、ここ！　二番手、というやつです」

有美は役者たちの名前が連なっている中の、上から二番目に書かれている『島袋　毅』という部分を指し示した。

「それ、すごいんですか？」

「はい、主役の次、準主役とも言えます」

「それは立派ですね!」

解説に納得し、改めて驚いた優斗に、有美は「そして、これ!」と続いて、雑誌を開いて示す。そこには『矢澤丈』という名前と写真付きの小さな記事が掲載されていた。

「デビュー戦を見事TKO勝利。期待の新人、とあります」

TKOというのは、技量に差がありすぎた場合や、一方が負傷して試合の続行が無理と判断した場合などに、レフェリーがその場で勝敗を決めることだ。丈がそれだけ相手を圧倒したということがわかる見出しだった。

「丈さん、この前プロテストに受かったばかりなのに、もう試合に出ているんですか」

目を丸くした優斗に、有美は頷き返して、記事の続きを読み上げる。

「しかも、丈さんはインタビューで、試合前のリラックス法は『猫動画を観て、猫と戯れているのを妄想《もうそう》すること』と答えています」

「なんだか、かわいいですね」

目尻を下げている丈の姿が容易に想像できた優斗は微笑むが、有美は苦笑している。

「それで闘争心が湧くのかは、疑問ですけどね」

毅と丈の近況を伝え終えた有美は、そこで優斗を見据え、「で、どうですか？」と問う。

「どう、というのは？」

「かつての居住者たちは皆さん頑張っていますよ。優斗さんもそろそろ、このシェアハウスを再開する気になりませんか？」

そう言って有美は机の上に、次のチラシを置く。そこには、以前優斗が作ったチラシだけでなく、『ねこ物件・シェアハウス』『ご希望の方は四つ葉不動産まで』と書かれた不動産屋側で用意した新しいチラシもある。

「この家で、猫とともに暮らして収入を得る。もう一度、考えてみませんか？」

有美の提案に、優斗はゆっくりとチラシを手に取り、じっと見つめる。

「優斗さんさえその気になれば、いつでも協力させていただきます。それが幸三さんに大変お世話になった、わたしの恩返しなので」

しかし優斗はチラシをテーブルに戻すと、首を横に振った。

「すみません。どうしても、すぐに新しい人と住む、という気になれないんです」

「そうですか」

頑なな優斗の態度に、有美はすぐ思考を切り替えたのか、鞄から新たなチラシを取り出す。

そこには『求人』という単語が書かれている。

「では、まずは外に出ましょう」

「なんか、次から次へと出てきますね」

優斗は変なところに感心しながらチラシに目を落とし、そこに書かれていたワードに目を留めた。

「猫カフェ？」

「はい、リハビリを兼ねて、優斗さんにもってこいかと思いまして。ちょっと店長と話してきましたが、猫の扱いに長けていて、お世話ができる人を探しているそうです。これなら、ピッタリですよね！」

強引に話を進めてくる有美に、優斗は気圧されながら「まあ……」と頷く。

そんな二人のやり取りをチャーは遠くからじっと見つめ、一方のクロは我関せず、といった様子で気持ちよさそうに眠っているのだった。

＊＊＊

駅前繁華街の一角にある雑居ビルの一室に、その猫カフェはあった。

明るい照明に、清潔感の漂う空間。芝生《しばふ》をイメージしているのだろう緑色のフロアマットが敷き詰められ、壁際には客が寛げるようにソファが並べられている。飲食できるテーブル席や、猫たちが伸び伸びと過ごせるよう、キャットタワーなども設置されている。今は平日の夕方ということもあり、客がまばらな店内で、エプロンをつけた優斗は足元に近寄ってきた猫を撫でていた。

「ちょっと、二星さん」

声をかけてきたのは女性店長の畑山《はたけやま》だ。作り笑顔で手招きされた優斗は、名残惜しそうに猫から離れるとレジカウンターに近づいていく。その途端、畑山はスッと笑みを消し、呆れたような様子で眉をひそめた。

「店員が猫と楽しんでいてどうするんですか。猫を見守ることはもちろん大事ですが、お客様を第一に見てください」

ピシリと諭されるように言われ、優斗は無表情になって口を閉ざす。

「即戦力、って聞いていたんですけどね。ホントお願いしますよ」

念を押され、優斗は「はい」と短く答える。そこへ、親子連れの新しい客が来店した。

母親と小学校高学年くらいの兄弟の三人組だ。少年たちは店内を自由に歩き回っている猫を見て、早くも興奮している。

「ほら、お客様に声をかけてください」

店長に促された優斗は、仕方ないとばかりにその親子に近づいていく。

「いらっしゃいませ」

小声で言った優斗とは対照的に、畑山は手本を見せるように「いらっしゃいませ！」と大きく声を張り上げた。その瞬間、店内にいた猫たちが驚いてビクッとしたことに優斗は気づいた。しかし、畑山の視界に猫たちの様子は入っていないらしい。

「ほら、二星さん、そんな声じゃ、お客様に聞こえませんよ。しっかりと声を出して」

「はあ」

優斗は気乗りしなかったが店長に言われるがまま、再び客に声をかける。しかし、やはりその声の大きさは控えめだ。

「ご注文はお決まりですか？」

「あ、そうね。ちょっと待って」

そう答えた母親がメニューブックを見ながら思案している脇で、兄の方がキャットタワーに上ろうとしていた猫を半ば無理やり抱き上げた。優斗は思わずその行動を止めに入ろうとするが、畑山の視線を感じたので、そのまま黙ってじっと見つめるしかなかった。

「あ、僕も抱っこしたい！　お兄ちゃん貸してよ」

「やだよ。まだダメ。後でな！」

「ずるい！　その猫、最初、僕の方に来ようとしてたのに！」

「違うって。あ、やめろよ、離せって！」

無理やり兄から猫を奪《うば》おうと争いになる兄弟の様子に、優斗は軽くめまいを覚えた。

その時、脳裏に、誰かと猫を取り合う幼い頃の自分の姿、そしてどこかの公園のベンチが浮かぶ。

めまいから回復した優斗は、ほとんど無意識に、兄弟から猫を取り上げていた。

「猫はモノじゃない」

「え？」

兄弟ゲンカに割り込んだかと思うと、猫を連れてそのまま立ち去ろうとした優斗の態度に、母親が呆気にとられて固まった。子どもたちもなぜ叱られたのかわからない、といった表情で困惑している。

そのやり取りを遠くから見ていた畑山の顔は、鬼の形相《ぎょうそう》に変わっていた。優斗を手招きし「もう来なくて結構です！」と告げてから、親子客にペコペコと頭を下げるのだった。

またしても職を失った優斗は、帰路、ぼんやりと歩いていた。

その脳裏には再び、先ほどの猫カフェで猫を取り合っていた兄弟と、それに重なるようにして、幼い頃の自分とおそらく弟であろう男の子の姿が浮かぶ。猫を奪い取られた方の子が、執《しつ》拗《よう》に親指の爪を噛んでいる光景を思い出し、優斗は足を止めた。

「あれ？　なんだこれ？」

自分でも爪を嚙むフリをして、再び歩き出すのだった。

その夜、優斗は仏壇の前に座り、幸三の遺影を見つめながら自分の記憶を辿っていた。

あれは優斗が幼い頃、幸三とおやつを食べ終わり、縁側で寛いでいたときのこと——。

「こっちおいで、ケイ！　こっちだよ、こっち！」

何度手招きしても近寄ってきてくれない三毛猫のケイの様子に、優斗はぷうっと頰を膨らませた。そんな優斗を見つめていた幸三が「ははは」と笑う。

「優斗、それじゃあ猫は寄ってこないよ」

「なんでですか？　いつもおじいちゃんのそばには来るのに」

むくれたまま問うと、幸三は「それはなぁ」と目尻の皺を深くして続けた。

「理由があるんだ。猫は『こっち来い』って強制してもダメだ。猫は自分から動くものだからな」

「自分から動く……」

「そう。だから『おっ、そこに行きたいな』って思わせられるか、なんだ」

優斗はその解説に納得すると、幸三の隣に腰を落ち着け、じっと待ってみることにした。そうしてしばらく静かにしていると、ケイが少しずつ近寄ってきた。

しかし優斗の期待に反し、ケイは幸三の脇で丸くなったので、二人は顔を見合わせて笑うのだった——。

ふと口元に笑みを湛《たた》えた優斗は、自分の足の間に温もりを感じて下を見る。と、クロがいつか見たケイのように、綺麗に丸まって目を閉じているのを見てハッとした。

「弟にも——雅斗にも、ここへ来たいと思わせる……？」

そう独りごちた優斗はある決意を固めると、翌朝、四つ葉不動産を訪れたのだった。

「再開します。シェアハウス、再びやりましょう」

唐突な宣言に有美が驚いていると、優斗は勝手知ったる振舞いで応接コーナーのイスに座り、プランを語り始めた。

「まず面接をさせてください。もちろん猫好きの人に限ります。そして、前回と同様、男性のみ。ただし、今回は『夢を持つ人』という項目はなくしますが、三十歳以下という年齢制限を設けます」

「……はあ」

気圧されながら首を縦に振った有美に、優斗は頷き返して続ける。

「そして、二星ハイツを全国に知らしめたい」

どこか思い詰めた様子の優斗に、有美は不審そうに尋ねる。

「なんでですか？」

「なんでもです！」

「数日で随分な変わりようですね。とりあえず、募集は再開しますが……」

困惑気味にそう答えた有美に、優斗は「それで」と切り出す。

「全国への宣伝にできますか？」

「それは……難しいかもしれません」

苦笑いを返した有美に、優斗は食い下がる。

「では、どうしたらいいでしょうか」

そう言われても、と困り顔になる有美だったが、何かを思い出し、ポンと手を打った。

「ありました、優斗さんでもできること！」

有美は自分のスマホを取り出すと、サッと二星ハイツのSNSを開いてみせる。

「なるほど」

それから優斗は思い立ったが吉日とばかりに、帰宅するとリビングで猫たちの動画の撮影を始めた。しかし猫は自分が興味のないときに強引に人に構われるのをよしとしない。こうして欲しいと思っても、思うように動いてくれない。それが猫というものだ。

仕方なくクロとチャーの好きにさせて、後で編集しようと開き直ったものの、この日の二匹はキャットタワーの上からまったく動こうとしなかった。これでは『動画』である意味をなさない、ただの静止画と変わらないものになってしまう。

だんだん疲れてきた優斗が、お茶でも淹れて少し休憩《きゅうけい》しようかと立ち上がったその時、不意にチャーが耳をピンと立てたかと思うと、キャットタワーから身軽に下りて玄関にトテトテと歩いていった。

直後、玄関の引き戸が開けられ、声がかけられた。

「お久しぶりです！」

聞き馴染みのあるその声に、優斗は驚いて玄関に駆けていく。

「修さん！」

「あ、ただいま、ですかね？」

そう言って照れくさそうに微笑んだ修に、優斗は慈愛に満ちた表情で頷く。

「はい、おかえりなさい」

優斗だけでなく、チャーにも出迎えられた修はうれしそうにリビングへ入っていく。

ちょうど淹れようと思っていたお茶は二人分に増え、優斗も懐かしい気分になりながらマグカップを二つ用意した。

「それで、急にどうしたんですか？」

カップを手渡しながら尋ねた優斗に、修は自嘲気味に笑う。

「一旦、日本に戻ってくることになったんです。急いで行ってしまったのですが、用意しなくてはいけない物がたくさん出てきて……」

「外国で暮らすのは大変なんですね」

「いえ、単に準備不足だっただけです。それに、今年の司法試験を受験してからでもいいかなと思いまして」

「僕からしたら、想像を絶する世界です」

何しろ、優斗は日本から出たことがない。普段、遠出をすることもほとんどないので、行動範囲はせいぜい駅前くらいまでだ。

そこで昼寝から目を覚ましたクロがソファの上で毛づくろいをし始めたことに気づき、優斗はテーブルに置いてあったデジタル一眼レフカメラを手に取った。ファインダーを覗き込んでクロに向けると、驚かさないようにそっと間合いを詰めていく。

「何してるんですか？」

「静かに。今いい感じなんで」

優斗の真剣な様子にハッとして口元を押さえた修は、クロに視線を向ける。しかし、撮影されている雰囲気を察知したのか、クロは毛づくろいをやめると、ふてくされたように、くるんと丸まって動かなくなってしまった。

「あっ」

撮れたのは、ほんの数秒だった。思わずため息を漏らした優斗に、修は邪魔をしてしまって申し訳ないとばかりにしょんぼりする。

「すみません。実は、SNSに力を入れようと思っていまして」

その言葉に、修はまさか、といった様子で驚いて目を見開く。

「更新してたんですか⁉　優斗さんが？」

「いえ、これからです。有美さんの手を借りて写真は何度か載せてみましたが、なかなか数が伸びなくて……」

しょんぼりと肩を落とした優斗に、修は不思議そうに目を瞬かせた。

「なぜ、そんなに力を入れようと？」

「このハイツのことを、もっと多くの人に知ってもらいたいと思いまして」

優斗からまっすぐに向けられた真剣なまなざしに、修は再び驚いた。

「つまり、猫たちとこの家を宣伝しよう、ということですか。でも、なんで急に？」

以前はそこまでSNSに興味を示していなかった優斗の変貌ぶりに、修は首を傾げる。

「それは……そうする必要があるからです」

詳しくは語ろうとしない優斗だったが、修は少し考えて口を開いた。

「そういうことなら、またここに住まわせてもらえませんか？　留学の準備が整うまでの間、ここでまた勉強しつつ、手伝わせてください。あ、もちろん、家賃は払います」

その申し出に、優斗はうれしくなって思わず拍手してしまった。

「ありがとうございます。修さんが手伝ってくれたら心強いです」

「こちらこそ、またよろしくお願いします」

再び握手する二人を、クロとチャーは遠巻きに、じっと見つめているのだった。


翌朝、二星ハイツのキッチンで猫たちと二人分の朝食作りに取りかかっていた優斗は、背後でスマホのカメラを構えている修に気づき、手を止めた。

修は調理の邪魔をしないよう、今日の朝食に使われる食材を順番に撮影しているようだ。

「食材を映して、おもしろいんですか？」

優斗の素朴な問いに、修は任せろと言わんばかりにニヤリと口元に笑みを浮かべる。

「まずは、『ねこメシ』と題して、この家の食事を紹介していこうと思います」

「ねこメシ？」

「はい。食材やレシピの紹介、完成した猫の食事や、同じ材料でアレンジして作った人間用の料理、といった具合に、どんどん写真を上げていきます」

「他人の食事なんて、見ますかね？」

　優斗の心配は杞憂だと、修は自信たっぷりに保証する。

「おいしそうな食べ物の写真はＳＮＳの基本です。そこに猫の写真を加える。そうすれば、料理好きと猫好き、双方からのフォロワー増加が見込めると思います」

「なるほど……」

　優斗の了解を得られたので、修は一旦止めていた撮影を再開させようとスマホを構える。

　修が「では、お願いします」と、手で合図して優斗に調理を促す。

「はい。ではまず、下拵《したごしら》えから……」

　優斗は包丁を握り、手際よく魚を捌《さば》いていく。しかし修が手元だけでなく優斗の顔まで撮影し始めたので、慌てて尋ねる。

「えっ、僕も映るんですか？」

「はい、オーナーの顔が見えた方が安心感がありますし、マンネリでなくなります」

「……恥ずかしいですね」

　急に緊張した面持ちになる優斗だったが、修は意外と容赦《ようしゃ》ない。

「このハイツを宣伝するためですから！」

　笑顔でそう告げると、優斗の料理姿を楽しそうに撮影し続けるのだった。

　撮影は調理後も続き、猫たちや自分たちの朝食風景はもちろん、二星ハイツの看板や、家の外観なども順に映していった。

　その夜、簡単な編集を終えて完成した動画をアップすると、フォロワー数も再生回数もみるみるうちに増えていった。好意的なコメントもたくさん書き込まれていくのを確認し、優斗と修はひとまずホッと安堵する。

「すごく増えていますね」

「はい。とりあえず思いついたものをやってみましたが、結構受けていますね」

手応えを感じながら、ソファの上で二匹寄り添うようにして寛いでいるクロとチャーの姿を見るなり、二人はすかさず写真に収める。

「でも、この勢いで更新を続けていくのは大変です。早くも次のネタが思いつきません」

弱気になる優斗に、修も難しい顔になって唸る。

「手持ちのめぼしい写真は全部上げたんですか？」

「はい、猫だけの写真は大体……」

修は優斗の返答に「ん？」と首を傾げる。

「自分と一緒の写真は？」

「それは、やっぱり抵抗があります」

「もう顔バレしてますよ」

宣伝するためなら手段は選んでいられないでしょう、と意見する修に、優斗は自分のスマホのカメラフォルダを開いて画像をスクロールさせながらたじろぐ。

「でも、ちょっと、無防備っていうか」

「どんな感じですか？」

そう言って修がスマホを覗き込んできたので、優斗は「こういうのとか？」と写真を見せる。

それは、クロとチャーに頬ずりしながら、うっとりしているところだ。

思わず、ぷっと吹き出した修に、優斗はむくれて画面を閉じる。

「ほら、笑った」

しかし修は何か閃いたようで「あ、思いつきました！」と言ってニヤリと笑う。

「なんですか？」

尋ねる優斗に修は「まあ、ここは僕に任せてくださいよ」と得意げに胸を張ると、そそくさと自室へ戻っていくのだった。


それから数日後の昼下がり――。

優斗がリビングの掃除をしていると、急に玄関から懐かしい話し声が聞こえてきた。

「お邪魔します！」

「いや、そこは『ただいま』でいいだろ」

「久しぶり！」

玄関に出て行った優斗は、久々の二人の姿に思わず破顔する。

「毅さん、丈さん！」

「ご無沙汰《ぶさた》してます、優斗さん」

「だから、丈くんってば硬いよ。こういうときは『ただいま』でいいんだよ」

リビングから出てきた優斗に対して、丈が深々と頭を下げて丁寧に挨拶したのを見て、毅が笑いながら突っ込む。そのボケとツッコミのような二人のやり取りに、優斗は目尻を下げた。

「ってか、優斗さんも水くさいんだよ。困ってるなら、すぐ言ってくれればいいのに」

「そうですよ、呼び出してくれれば、飛んできますって」

毅と丈が笑っているところへ、修が自室から訳知り顔で出てきたので、優斗はハッとする。

「もしかして、修さんが？」

「ええ、強力な助っ人でしょう？　僕たち二人だけでは限界がありますので」

そう言って得意げに微笑んだ修に、優斗は「ありがとうございます」と頭を下げる。

「そういえば、毅さんも丈さんも、すごい活躍みたいで」

「いやぁ、大したことないっすよ。やっと芝居の仕事がもらえるようになったばかりで、まだまだバイト生活だし」

「そうです。僕もまだ一回勝っただけで、次からはさらに大事な試合になるので」

謙遜する二人に、優斗は期待と不安の入り交じったまなざしを向ける。

「そんな大切な時期に、二人とも協力してくれるんですか？」

優斗のその問いに答えたのは修だ。

「もちろんですよ。二人には撮影に協力してもらうのと、今まで撮った写真を貰おうと思いまして」

修の話をスルーして、毅と丈は靴を脱ぐと「お邪魔します」「わあ、なつかし〜」などと言いながらリビングに入っていく。そしてすぐに猫たちが寛いでいるキャットタワー傍のソファに集まって座ったかと思うと、スマホを取り出して額を寄せ合う。

「とりあえず、使えそうな写真はまとめてきたよ」

「俺も探しましたけど、ありすぎて……」

そう言って猫の写真やハイツ内の写真を次々にスクロールして見せてくれる毅と丈に、修と優斗は顔を見合わせて「これは心強いですね」と微笑み合う。

「お二人ともすごい、猫だらけですね」

期待以上のものを見せられ、ただただ感服する修に対し、「あ、それいいですね！」と優斗は早くも写真選びをしている。

「だろ？　これもいいんだよ」

「あ、こっちも見てください。どうです？」

などと盛り上がっている一同だったが、ふと毅が、クロとチャーが甘えるように身体を擦りつけてきたことに気づいて手を止める。

「クロ、チャー！　元気だったか？」

毅がうれしそうにそう言って撫でてやると、チャーは意外とそっけなく離れ、今度は丈のところへ寄って行った。その様子に、一同はクスクスと笑う。

「チャー、会いたかったぞ」

丈が毅と同じように言って撫でると、今度はストンと腰を下ろして丸まった。それを見て、再び笑いが起こる。

クロは相変わらずのマイペースっぷりで二人の横を通り過ぎたかと思うと、自分のお気に入りのクッションのところへ戻って毛づくろいを始めた。

そんな猫たちの歓待も終わり、一同は再び写真選びに没頭するのだった。

＊＊＊

それから一週間ほど経ったある日の夕方――。二星ハイツのリビングでは優斗と修だけでなく、毅と丈も一緒に、猫たちと寛いでいた。そこへ突然、「お邪魔します！」と慌ただしく有美が玄関から入ってきて、驚きに目を見開いた。

「えっ？　なんで皆さん揃ってるんですか⁉」

毅と丈が「あっ」と顔を見合わせて笑い出す。

「またお世話になってまーす！」

毅がペコッと頭を下げながら言い、修と丈が続いて説明する。

「みんな、一週間ほど前に戻ってきたんです」

「期間限定で、優斗さんを助けようって」

三人の言い分に、有美はとっさに状況が飲み込めなくて「はぁ？」とつぶやく。

「聞いてませんけど……」

「あ、言うの忘れてました」

有美の指摘に、優斗がしれっと答える。そこに丈が「そんなに慌ててどうしたんですか？」と割り込む。

「あ、そうでした。二星ハイツのSNSのフォロワー数、見ましたか？」

我に返った有美が自分のスマホを取り出しながら告げると、みんな一斉にそれぞれのスマホを操作し始める。そしてすぐに、「うわ！」「何これ⁉」と声を上げた。

「どうしました？」

　操作が苦手な優斗が乗り遅れていると、修が開いたスマホ画面を指さした。

「フォロワー数が十万人を超えています！」

「わたしもさっき気づいて驚いて……つい数日前までは一万人くらいだったのに」

　有美のつぶやきに、一同は画面を食い入るように見つめる。

「顔出し作戦がうまくいったんですかね？」

　分析する修の横で、動画に付けられたコメントをスクロールしていた毅が頷く。

「猫とイケメンづくし、とか書かれています」

「あ、でも見てください。コメントのほとんどは中国語みたいですよ」

「本当だ！」

　修の指摘に続いて、有美が何かに気づき、「あ」と声を上げる。

「そこのコメントに貼られているリンク、見てください。これって」

　有美の言うとおり見てみると、動画が再生され始めたのだったが――。

『ハロー、ワールド！』

　そこに写っていたのは、サングラスをかけ、アロハシャツを着たファンだった。

「えっ、どういうことですか？」

　状況に追いつけずにいる優斗に、いち早く理解した修がみんなに説明する。

「つまり、ファンくんは台湾でお父さんの会社を手伝いながら、有名な動画投稿者にもなっていて、このアカウントを宣伝してくれていた、ってことです」

わせる。


「ファンくん、すごいな」

丈のつぶやきに一同は頷き合う。そしてファンの動画が最後まで来たときだ。

「二星ハイツの皆さん、近々仕事で日本に行きますから待っていてください！」

そこだけ急に日本語で喋ったファンは、画面越しに優斗たちが見ていることをわかっているかのように、サングラスを外し、ウインクしてみせた。そのコメントに、優斗たちは顔を見合わせる。

「アイツも、またここに来るってこと？」

毅がそう言い、有美が「みたいですね」と微笑む。

「なんか、本当に全員集合になっちゃいましたね」

「いいじゃないですか、修さん。楽しそうだし」

優斗は協力してくれる二星ハイツの住人たちに感謝しつつも、どこか浮かない顔でコメント欄《らん》をチェックし始めるのだった。


六月に入ってすぐのある日、予告どおり、ファンが二星ハイツへ帰ってきた。

ファンは動画で見たとき同様サングラスをかけ、アロハシャツに白い短パン姿だ。台湾で日焼けしたせいか、以前よりもワイルドでたくましい雰囲気になっている。

「優斗さん、これお土産《みやげ》です。皆さんでどうぞ」

そう言って紙袋いっぱいのパイナップルケーキを差し出したファンに、優斗は微笑む。

「ありがとうございます。タマは向こうでも元気にしていますか？」

「はい、父にも、とてもかわいがられています。皆さんもお元気そうで」

その言葉に、優斗だけでなく修たちもホッとしたようで、安堵の笑みを交わし合った。

「やはり、こうして五人揃うと、うれしいですね」

修がそう言い、毅がうんうんと何度も首を縦に振る。

「にしても、ファンくんが向こうで有名になってるなんて全然知らなかったよ」

丈が冷やかすように言うが、ファンは堂々とした様子だ。

「僕が手伝えば、次の投稿もすぐにバズりますよ」

ここ最近の優斗が二星ハイツを全国に宣伝しようとしている、と修から聞かされていたらしく、ファンは自信たっぷりにそう言い、「おおーっ」と一同は盛り上がる。

「皆さんに手伝ってもらって恐縮です」

「だから、水くさいって！」

改まった様子で頭を下げた優斗に、毅を始め、みんなは微笑みかけるのだった。


その夜、久々に全員での賑やかな夕食を楽しんだ後、リビングではさっそくファンの動画撮影が行われた。

修の構えるカメラの前に立ったファンが「ハロー！　ワールド！」とまず挨拶をする。

『今日は、僕の第二の故郷《ふるさと》、日本の家に来ていまーす！』

中国語でそう説明し終えたタイミングで、チャーを抱いた修と、クロを抱いた毅が、笑顔でフレームインする。

『紹介します、こちらはチャーちゃんと、クロちゃんです！』

そうして全員、事前に打ち合わせたとおりの息の合った撮影を終えると、簡単な動画編集を経てすぐに投稿された。

すると、優斗はすぐに自分の部屋に戻っていき、パソコンを開いて動画に次々と寄せられたコメントをチェックし始めた。優斗に構って貰えないクロは、ベッドの上で丸まっている。

その真剣な様子を、修はわずかに開けた襖の隙間からチラッと覗き見て、リビングへ戻っていった。

一方その頃リビングでは、丈と毅とファンが、チャーと一緒にオモチャで遊びながら寛いでいた。

「優斗さんは？」

「部屋でずっと、投稿されたコメントをチェックしているみたいです」

丈の問いに、修が偵察結果を告げると、その場にいた全員が怪訝な表情になる。

「優斗さんがここまで熱心なのって、なんか理由があるのかな？」

毅と同じ疑問をみんな抱き始めていた。

「ただ住人を募るだけなら、ここまでしなくてもいいですもんね」

「僕も勢いでお手伝いしてますが、このハイツを埋めるだけならすでに十分な気がします」

丈とファンの意見ももっともだったが、修は「でも」と口を挟む。

「優斗さんが望むことなら、今は何も聞かず、お手伝いしませんか？」

それぞれ優斗にはたくさん世話になった身だ。彼の真意がどうあれ、頼られたことはうれしかったし、期待に応えてあげたいという想いは全員一致していた。

「よぉし！　じゃあ、優斗さんがいいって言うまでは、俺らも頑張るか！」

気合いを入れ直してそう言った毅に、招集をかけた修がぺこりと頭を下げる。

「ありがとうございます」

「じゃ、今日のところは、そろそろ寝ますか！」

丈の言葉に一同は頷き合うと、立ち上がってそれぞれの部屋へ戻っていったのだった。

＊＊＊

六月中旬のある日の午後、優斗は四つ葉不動産に呼び出されていた。

「こちら、今日までに届いた入居希望者のリストです」

そう言って有美に渡された書類の束のあまりの多さに、優斗は目を瞠る。

「すごく多いですね……」

「定員四名に対して千五百人です。わたしの方で書類選考していきましょうか？」

予想を超える応募数に、若干呆れながらも有美がそう申し出る。しかし優斗は、ペラペラとリストをめくっていきながら首を横に振った。

「いえ、なるべくたくさんの人に会ってみたいです」

「え、もしかして全員に、ですか⁉」

驚いて思わず聞き返してしまった有美に、優斗は「はい」と頷く。

「猫好きで、僕より年下の男性なら……」

その条件に、有美は少し考えてため息をつく。優斗はやると言ったらやるだろう。意見したところで変えられないだろうと、これまでの付き合いから判断した有美は「わかりました」と答える。

「でも、これだけの人数ですと……あ、リモートでやりますか？」

「リモート？」

「はい、ネット面接です。一度に複数人と会話できますし」

しかし、有美の提案は一瞬で却下《きやっか》された。

「それだと、猫にはわかりません」

「あ、そうか。猫審査があるんでしたね。そしたら、対面で面接に来られる方には限定されますが、これだけの人数だと二星ハイツのリビングじゃ無理ですし、どこか……」

しばらく考え込んでいた有美は「あっ！」と声を上げると、思いついたことを優斗に説明するのだった。

＊＊＊

有美が仕事を通して得た伝手《つて》を使って用意した面接会場は、地元にあるトリマーを養成するための専門学校の教室だった。以前、四つ葉不動産を利用した客の中に経営者がいたのだ。学校休みの日に教室を貸して貰えないかと打診したところ、快く貸し出しを許可してくれたというわけだった。

教室の扉には『二星ハイツ入居者面接会場』という簡易な張り紙が貼ってある。廊下では、事前に伝えてある面接時間ごとに集まった入居希望者たちが列をなしていた。

面接は五人一組のグループで行うことになり、教室の中にはパイプイスが並べられ、長机《ながづくえ》を挟んで優斗と有美が座る形だ。猫審査があるので、クロとチャーも教室に連れてきていたが、二匹は陽当たりのいい窓辺の机の上で寝転んでいた。

これまでの面接同様、進行役を務めるのは有美だ。書類を確認しながら、入居希望の理由を一人一人に尋ねていく。

「もう、猫が好きで好きで！　二星ハイツのことを知って、ぜひとも入居したいと思って応募しました！」

熱い想いを語る入居希望者たちが多いが、ふと隣を見ると、優斗は心ここにあらずといった様子で、あまり聞いていないことに気づいた。気にはなったが、どんどんさばいていかなければならないので、そのまま進行することにする。

「とにかく早くクロちゃんと過ごしてみたいと思ってるんです。クロちゃん推しです！」

そう語る青年は、窓際で寛いでいるクロに熱い視線を送るが、猫たちは無関心だ。

「あの、わたしはチャー派です！」

「僕は、猫はもちろん好きですが、毎朝、手料理が食べられるところに惹かれました！」

それぞれのアピールを聞き終えると、有美はぼんやりしている優斗に視線を投げる。

「優斗さんからは、他に何かありますか？」

「大丈夫です」

「わかりました。では、面接は以上になります。皆さん、ありがとうございました」

その言葉に、入居希望者たちは次々に立ち上がって退室していく。扉が閉まって次の希望者を呼ぶ前に、有美は優斗に聞こえるような深いため息をついた。

「あの！　やる気あります？」

有美が少し腹立たしげな口調で問うが、優斗は淡々とした様子で頷く。

「もちろんです」

「あれだけハイツを宣伝したいと言っていた割には、全然興味がなさそうに見えるんですが？」

「入ってきた瞬間になんとなくわかるので。それに……」

と、優斗は窓辺で寛いでいるクロとチャーに視線を向ける。

「あの子たちも違う、って言っています」

それから優斗は再びリストに目を落とすと、真剣な表情で読み始めた。

「はあ、先が思いやられますね……」

呆れた様子でもう一度ため息をついた有美だったが、ふとあることを思い出す。

「そういえば、さっきテレビ局からメールが来まして……。全国放送のバラエティ番組で、二星ハイツを取材させて欲しいそうですが、いいですか？」

そこで優斗は動きを止めると、少し考えてから有美の方を見た。

「それ、やりましょう！」

有美としてはまさかの返答に一瞬驚いて、「本当にいいんですか？」と再確認する。

「全国なんですよね？」

「はい、全国放送みたいですね」

「では、ぜひお願いします」

優斗がそう言うなら有美としては容認するしかない。「わかりました」と短く答えて、次の入居希望者の面接に移る。窓辺にいる猫たちはうたた寝から覚めたのか、二匹仲良く体を寄せ合うと、お互いの毛づくろいを始めるのだった。

＊＊＊

入居希望者の面接が一段落した六月下旬のある日のこと。二星ハイツの前に、テレビ局から来た車が停まっていた。リビングでは数名のテレビクルーが撮影機材の準備をしている。と、クルーたちに慌ただしく指示を飛ばしていた一人の男が、指示の合間にスーッと優斗と有美に近づいて来た。

「どうも、ディレクターの竹原《たけはら》です。今日はよろしくお願いしますね」

「お願いします」

わずかに緊張した面持ちで、優斗が頭を下げる。すると竹原は優斗の隣に立っていた有美に視線を向けた。

「こちらは、奥さんか彼女さん？　一緒に出る？」

「違います！　この物件を担当している不動産会社の者です」

有美がすぐにピシャリと言いきり、優斗も「いえ」と否定する。

「出演は僕だけです」

「あ、そうですか……」

どこかつまらなさそうな表情を浮かべた竹原は、後ろにいたスタッフを呼び止める。

「じゃ、マイクはオーナーさんだけで」

指示を受けたスタッフは頷くと、忙しそうにすぐに去っていった。

「あ、基本的にはこちらで質問するので、それに答えてくれればオッケーですんで」

「わかりました」

硬い表情の優斗に気づいたディレクターの竹原がクスッと笑う。

「ほら、そんなに緊張しないで」

そうは言われても、撮影など生まれて初めての優斗だ。クロとチャーも普段とは違う雰囲気と見知らぬ人たちがいることで、部屋の隅で落ち着かなそうにしている。

「準備オッケー？　じゃ、カメラ回して！」

竹原がそうスタッフに指示をすると、撮影態勢が整い、いよいよカメラが回り始めた。

「では、始めていきます」

竹原はそう告げると、優斗に向き直る。

「さっそくですが、すごい評判ですね！」

「あ、ありがとうございます」

緊張しながらも謙虚な姿勢でお礼を言う優斗に、竹原は次々と話しかける。

「儲《もう》かってるんじゃないですか？」

「全然です」

「またまた！　あれだけ人気があれば広告収入とかもすごいでしょ」

「いえ、そんなことはありません」

まじめに答える優斗だが、竹原は盛り上げようとして軽い雰囲気で続ける。横で聞いている有美は、竹原のどこかおちゃらけた態度に苛立たしげだ。

「いやー、稼いでいる人は謙虚ですね！　でも、いいアイデアですよね。こう言うとアレですけど、普通の家なんだけど、猫と一緒に住めるってだけで、こんなに人が群がってビジネスになるんですから！」

その発言に、唐突に割り込む者がいた。もちろん、このシェアハウスを企画した有美だ。

「全然、収益化できていません！」

有美のぶっちゃけに竹原とスタッフがギョッとして一斉に振り返ったが、すぐになにごともなかったかのように撮影が再開された。

「えーと、では、SNSを始めたきっかけは？」

「このハイツを宣伝したかったんです」

「それが今では大人気、ということですね！」

「おかげさまで……」

淡々と答える優斗に、竹原は少し多げさな口ぶりとリアクションで質問を投げる。

「なんでも、入居の面接には猫も立ち会っているとか？」

「はい、猫がストレスを感じるような人とは住めないので」

「じゃあ、そもそもなんでここを始めようと思ったんですか？」

竹原の問いに、それまでポンポンと即答していた優斗は急に口を閉ざした。かと思うと、キャットタワーに近づいていき、チャーを抱き上げて頬をすり寄せる。

その様子に、スタッフたちは怪訝な表情になり、有美は心配そうな視線を向けた。

優斗はチャーを抱き締めながら、深呼吸をして深く息を吐くと、ようやく口を開く。

「僕がここを始めたのは……」

そこで語られた内容は、スタッフも有美も驚きを隠せないものだった──。

＊＊＊

撮影が終わり、二星ハイツから出てきた有美は、駐車してあった車に乗り込もうとして足を止める。二星ハイツを振り返ってじっと見つめ、悩ましげな表情でスマホを取り出すと、優斗に電話をかけた。

一方、自室に戻り、幸三の手紙を読み返していた優斗は、着信に気づいてスマホを操作する。

「有美さん？」

「これから、お時間ありますか？」

唐突な誘いを了承した優斗は、玄関に向かうと有美の車に乗り込んだのだった。

＊＊＊

有美が車を停めたのは大きな木のある緑豊かな公園の前だった。

無言のままどこかへ案内しようとしている有美に、優斗はキョロキョロと辺りを見回しながらついていく。

「ここ、どこなんでしょう？」

問いかけるが、有美は答えない。そのまま歩みを進め、公園内で一番大きな木の下にあるベンチの前で立ち止まると、ようやく有美は振り返って優斗のことをじっと見つめた。

そして有美の視線を受けた優斗が無人のベンチに目を向けた途端、クラッとめまいを起こして目を瞑る。脳裏を過ったのはベンチに座って子猫を抱いている少年の姿だ。少年から「お兄ちゃん」と呼ばれた優斗は、少し強引に猫を奪い取り――。

「優斗さん、大丈夫ですか？」

有美の声に我に返った優斗はいつの間にかその場でしゃがみ込んでしまっていた。肩に添えられた有美の手が温かく感じられ、動揺しながらも頷く。

「はい、すみません。大丈夫です」

有美に支えられながらベンチに座った優斗が何度か深呼吸すると、有美がぽつりとつぶやく。

「雅斗さん――弟さんのことについてなんですが……」

「えっ、もしかして何か知っているんですか？」

「はい。幸三さんから聞いていました。おそらく、あなたが忘れてしまっていることも――」

そう切り出した有美に、優斗はごくりと息を呑んだ。

「両親を亡くした優斗さん兄弟が施設に預けられた時、近くにあったこの公園でよく遊んでいたそうです。それからしばらくして、それぞれ別の家庭に引き取られていきました」

有美はそこまで言って、小さく息をついてから再び口を開いた。

「優斗さんが小学生の時、特別養子縁組《とくべつようしえんぐみ》で養《やしな》い親《おや》となったのが二星幸三さんです。幸三さんは優斗さんの本当のおじいさんではありません」

有美に告げられた内容に、再び優斗の頭にぼんやりと浮かんでくるイメージがあった。それは、幼い頃の優斗と、雅斗が公園内で野良猫と遊んでいる光景だ。

「奥様を早くに亡くした幸三さんにはお子さんがなく、訪れた施設で優斗さんと出会ったのだそうです。通常は配偶者《はいぐうしゃ》がいなければならないらしいのですが、幸三さんは児童福祉司《じどうふくしし》としての経験があったということで、養育を認められた、と」

「そんなの、聞いてないです」

ようやく口を開いた優斗に、有美も苦悶《くもん》の表情を浮かべてため息をつく。

「言えなかったそうですよ。優斗さんが病気、だったから……」

有美はそう言うと、バッグの中から綺麗に折りたたまれた紙を一枚取りだす。そしてそっと開いたそれを優斗に手渡した。

「そこには『逆行性健忘症《けんぼうしょう》』と書かれています。優斗さんはご両親を事故で亡くしたショックで意識を失ってから、弟さんのことを含め、事故以前の記憶がすべて欠落しているそうです。無理に刺激を与えると、症状が悪化する可能性があると言われていた、と……」

紙片を受け取った優斗は、有美の説明と診断書の内容が合致していることを確認して、顔をゆっくりと上げる。

「これは、祖父から？」

「はい。優斗さんへの手紙と一緒に預かりました」

その言葉に、優斗は幸三の死後に自宅のポストに届いた封書のことを思い浮かべる。

「じゃあ、祖父からのあの手紙は……」

「わたしが、投函《とうかん》したものです」

優斗は有美の回答に、困惑を隠せない様子でぎゅっと目を閉じる。

「ちょっと、混乱しています」

「いえ、わたしこそ、すみません。急に色々と」

申し訳なさそうに謝る有美に、優斗は首を小さく横に振り、深呼吸して向き直った。

「それで、有美さんは祖父から何を頼まれていたんですか？」

「弟さんの行方を調べてくれないかと。でも、施設はもうなくなっていて、調べられませんでした。この公園の近くにあったそうですが……。もしかしたら、優斗さんが何か思い出すかもしれないと思ってお連れしました」

優斗はもう一度周囲を見回してみる。しかし、うっすらと雅斗と猫といたときのやり取りが浮かぶくらいで、他には何も思い出せなかった。

「……他には？」

「優斗さんを見守って欲しい、と」

「そんな、いくら担当物件だったからって、そこまでプライベートなこと……」

驚いて問う優斗に、有美はそれ以上話すのが耐えられない、といった様子で顔を歪《ゆが》めて胸を押さえると立ち上がり、逃げ出すように駆け足で車に戻っていった。

「有美さん!?」

優斗は慌てて有美を追い、車に戻ると、助手席に乗り込んだ。

「どうしたんですか、有美さん？」

「……ハイツに戻ります」

「ちょっと待ってください！」

唐突な有美の言動に困惑する優斗だったが、有美は制止を聞かずに、エンジンをかけてハンドルを握る。

「わたしも苦しかった。聞くのも苦しいと思います。でも、話すのも苦しいんです」

眉間に皺を寄せ、今にも泣きそうな表情の有美に、優斗は「わかりました」と引き下がる。

「すみません」

「いえ、話してくれてありがとうございます」

お礼を告げ、頭を軽く下げた優斗に、有美は頷くと、車を発進させたのだった。

＊＊＊

その夜、リビングにあるテレビの前に、二星ハイツの住人たちが集合していた。以前、毅の出演ドラマをみんなで観たときと同じような盛り上がりだ。しかし、チャーを抱いた優斗がこのシェアハウスを始めたきっかけについて語り出したところで、修と毅、丈とファンは唖然《あぜん》として固まった。

『僕がここを始めたのは、弟を探すためです』

全員初めて聞いたその真実に動揺を隠せない様子だが、テレビの中の優斗は話を続けた。

『子どもの頃に生き別れになっていたことを知り、弟も猫好きだってことを頼りに、こういうシェアハウスをやっていれば、いつか巡り会えるんじゃないかと思いました。雲を摑むような話ですが、他に手がかりがありませんし……。でも、猫は人と人を結びつける天才だから――いつか弟と出会えると信じています』

「マジですか……」

思わず丈がつぶやくが、テレビの中の優斗の話はさらに続いていた。

『この放送を見て何かピンとくる二十代の男性がいたら、ぜひ連絡をください。僕はあなたのことを覚えていないし、あなたも僕のことを覚えていない可能性が高いですが、うちには猫がいます。きっと結びつけてくれると思います。よろしくお願いします！』

そう言って頭を下げたところで映像が終わり、リビングに沈黙が落ちた。

みんなから少し離れたところで座っていた優斗は、スッと立ち上がると縁側に立ち、外を見つめた。そんな優斗に、テレビを消した修が近づいていく。クロを抱いたファンとチャーを抱いた毅、丈も修に続いて遠慮がちに優斗の背後に立つ。

「最初から、ですか……？」

修の問いに、優斗は振り向かずに小さく首を横に振る。

「正確に言うと、シェアハウスを始めた当初は知りませんでした。有美さんの意見に流される形で、収入のためにとりあえずここを始めることになって……」

しかし面接にやって来た人は猫に興味がないか、気が合いそうにもない人ばかりだったこともあり、入居希望者を受け入れるつもりはほとんどなかった。

「そんな時、祖父からの手紙で自分に弟がいることを知って、もしかしたら……という期待を持ち始めました」

それがテレビで語ったことだった。

「じゃあ、僕らも優斗さんの弟かもしれないと思っていたってことですか？」

毅が「えっ、そういうこと？」と目を瞬かせる。

「初めは疑ったこともありました。一緒に過ごしてみて、違うだろうとは思いましたが」

「なんで言ってくれなかったんですか？」

「そうですよ！」

修に続いて、丈にも詰め寄られた優斗は、みんなの方に向き直ると深々と頭を下げた。

「すみません、実は最近まで迷っていました。弟に会うのが、本当にいいのかどうか」

「そりゃあ、いいんじゃないの？」

何を当たり前なこと言っているんだとばかりに答えた毅に、優斗は小さく首を横に振り、困ったように笑う。

「実際会ってもお互いどうしたらいいか……今さら肉親だと言われてもピンとこないだろうな、と。だから失礼ながら、まずは皆さんとしばらく生活してみることで確認してみようと思ったんです。祖父以外の人と交わるのは、心地よいのかどうかを」

その言葉に、一同は緊張した様子で顔を見合わせる。結果を尋ねたのはファンだ。

「で、どうだったんですか？」

「とても、心地よかったんです」

優斗の答えに、修が、毅が、丈が、そしてファンが安堵の笑みを浮かべ、優斗も少し照れくさそうに微笑み返した。

「だから、今は弟に……あ、弟は『雅斗』という名前らしいのですが、雅斗に会ってみたいと思っています」

覚悟を決めた様子の優斗に、一同は大きく頷く。

「わかりました、改めて、協力します！」

修の申し出に、毅が「俺も！」と続き、丈が「当然でしょ！」と力強く笑う。

「僕が全世界に発信します！」

ファンもそう言うと、優斗は再び深く頭を下げた。

「皆さん、ありがとうございます！」

そんな優斗を見て、修が不意に拍手し始める。もちろん、応援の拍手だ。すぐに他の面々も拍手し始め、縁側で一同は笑い合うのだった。


それから、ファンを始め、修たちによる二星ハイツの広報活動は一層、活発化した。

ファンは幾度となくチャーやクロとともに二星ハイツからの動画配信を行ったり、猫たちの写真を撮ってアップロードしたりした。そのたびに、ＳＮＳのフォロワー数は増えていき、入居希望者の申込み数も増加し続けた。

優斗は夜な夜な「まさと、まさと……」と弟の名前をつぶやきながら、エントリーシートを一枚ずつチェックしていったが、ピンとくる人はなかなか現れなかった。

度重なる面接に、さすがの優斗も疲れが見え始めたある週末の集団面接の時のことだ。相変わらず、クロとチャーが窓辺で寛いでいると、教室に入居希望者の五名が入ってきた。

「では、自己紹介をお願いします」

有美に促され、一人目が立ち上がる。

「加納直人《かのうなおと》です。猫と暮らすのが夢です。よろしくお願いします」

「ありがとうございます。では次の方」

と、二人目の自己紹介が始まったとき、直人がおもむろに右手の爪を噛んだ。

「あっ」

思わず声を漏らした優斗の脳裏を爪を噛んでいる少年のしぐさが過る。その後はもう優斗の視線は直人に釘付《くぎづ》けだ。

有美は優斗の落ち着かない様子に気づいていたが、とりあえず淡々と面接を進めていく。

「では次に、このハイツに応募した理由を聞かせてください」

一人目の直人が再び立ち上がると、緊張した様子で答え始める。

「幼い頃、猫を飼っていましたが今は飼えない環境でして、二星ハイツのことを知り、ぜひお仲間に加えていただきたいと思いました」

そう言った直後、また爪を噛んだのを、優斗は黙ったままじっと見つめていた。

「では、あなたにとって猫とはなんですか？」

「そうですね。猫は、人生の師匠だと思っています」

そのどこかで聞いたことのある言葉に、有美と優斗はドキッとして顔を見合わせた。

「あ、ありがとうございました。では、次の方」

　有美はなんとか動揺を隠しながら面接を進める。一方、優斗はクロとチャーの反応を見るが、猫たちはまったく感心がない様子で、丸まったまま微動だにしないのだった。


　その夜、二星ハイツのリビングでは今日の面接の結果報告会が開かれていた。

「猫は人生の師匠、か……」

　毅のつぶやきに、有美が頷く。

「はい、ビックリしましたよ。優斗さん、前に同じこと言ってましたよね」

「ええ……」

「なかなか言えないセリフだな」

　優斗が同意し、丈も唸るようにつぶやいた。そこで、面接の時の書類を見ていたファンが「でも」と割り込む。

「彼は加納直人さんで、『雅斗』さんという名前ではないです」

「あ、養子縁組をしたときに、家庭裁判所に名前の変更許可を申し立てることもできるので、名前が変わってしまっている可能性はあると思います」

　修の説明に、ファンは「なるほど」と納得した様子でつぶやき、有美が「しかも」と続ける。

「弟さんも優斗さんのことをまったく覚えていないかもしれないです。でも優斗さんは先ほどの言葉以外でも、その人が雅斗さんでは、と感じたんですよね？」

「ええ、実は少しだけ思い出したことがありまして……」

という優斗の発言に、一同は一斉に「おっ？」と身を乗り出す。

「最近たまに過る記憶の中で、雅斗はいつも爪を噛んでいたんです」

「あっ！」

有美が面接時の彼の行動を思い出したように声を上げ、優斗が目で頷く。

「はい、実は彼もなんです」

「そりゃあもう、決まりだな！」

「ついに会えたんじゃないですか？」

毅と丈が興奮気味に言うが、ファンが待ったをかける。

「でも、それだけで本当に弟さんって決めて、いいのでしょうか？」

「僕もファンくんと同意見です。やはり、本人にきちんと確認をした方がいいのでは？」

ファンと修の冷静な意見に、優斗は再び難しい顔をして考え込む。

「優斗さん……」

決断を迫る有美に、優斗はそっと息を吐くと、顔を上げて一同を見た。

「加納直人さんを、二星ハイツに迎えたいと思います。ですが、弟かもしれないという話は、こちらからは一切言わず、放っておくつもりです」

「えっ⁉」

「それは、僕たちの時と同じように、ということですか？」

毅と丈の二人が同時に困惑の声を上げ、修が再び冷静に尋ねる。

「はい。もし彼が僕の弟だったとして、人から『実は、自分たちは兄弟だ』なんて言われても、やはり急には受け入れられないと思うんです。でも、本当に兄弟だったなら、何かのきっかけで気がついたり、少しずつ家族になっていけるのではないかと思うんです」

「なるほど……」

優斗の説明に、修とファンが納得する横で、有美が不安そうな視線を向ける。

「これからもそのスタイルで、弟さんに出会えるまでずっと待つということですか？」

「そうです」

有美の問いに頷き返した優斗に、毅と丈が顔を見合わせる。

「気がなげぇ」

「でも、優斗さんらしいかな」

「だな！」

そんな二人のやり取りに、みんなも少し笑うと、優斗の決めたことに同意を示すのだった。

＊＊＊

梅雨明けが待ち遠しい、どんよりとした曇り空のその日、二星ハイツの前に引っ越し荷物を積んだ一台の軽トラが停まった。

車から出てきた直人の前に、真っ先に進み出たのは修だ。

「ようこそ、二星ハイツへ」

「初めまして、加納直人です。今日からよろしくお願いします」

少し緊張した面持ちで頭を下げた直人に、チャーを抱いた修とクロを抱いた優斗、毅と丈、ファンも並んで笑顔でそれぞれ挨拶する。

「これからは、僕たちもこの子たちも、全員が家族です」

優斗がそう言ってクロを、修がチャーを近づけて見せると、直人は少しくすぐったそうに目を細めて笑った。

「よろしくね、クロちゃん、チャーちゃん」

直人の笑顔に一同はつられて微笑み合う。その時、不意に直人が爪を嚙んだ。

「じゃあ、荷物を入れますんで」

「よっしゃ！　みんな手伝うよ！」

直人の言葉に丈が張りきった様子で言うと、それからは毎度の引っ越しの時と同じく、全員で協力しての荷物運びだ。しかし優斗だけはふと言葉にできない違和感を覚え、荷物を下ろし始めた直人のことを注意深く見つめるのだった。


優斗は段ボールを抱えている直人を、二階の奥に残っていた部屋の前まで案内した。

「ここが直人さんの部屋になります」

「ありがとうございます」

そこへ、後から荷物を運んできた毅が入ってきて、ニカッと白い歯を見せる。

「わからないことがあれば遠慮なく、なんでも聞いてよ」

「はい！」と頷いた直人に対して、優斗は「そういえば」と思い出したように口を開く。

「まだ二星ハイツの七箇条の説明をしていませんでした」

「なんですか、それ？」

優斗の言葉に、怪訝そうに眉をひそめた直人に、毅がフォローを入れる。

「あ、この家のルールのこと。人と猫が快適に暮らすためのね」

「ああ、なるほど」

「朝食は全員揃って食べます。ご飯は僕が作ります」

「へえ、みんなで食べるんですか。いいですね」

「いいよね！」

毅が合の手を入れたときだ。

新しい住人の様子を偵察にきたのか、好奇心旺盛なチャーがスルリと部屋に入ってきたかと思うと直人の横を通り抜けた。その刹那、直人がわずかにチャーのことを避けるような動きをしたのを、優斗は見逃さなかった。

そんな優斗の視線を感じたのか、直人がごまかすようにヘラッと笑う。

「これ、読んでおいてください」

そう言って七箇条の書かれた紙を優斗から手渡された直人は、「わかりました」と答えながらも、どこか気まずそうな表情で目を泳がせているのだった。

＊＊＊

翌日、六人揃っての初めての朝食となるはずだったが、直人の席は空いたまま、テーブルには手つかずの食事が並んでいた。

足元ではいつもどおり、機嫌よくクロとチャーが朝ご飯をがっついている。

しかし人間たちは皆一様に浮かない表情で、食べるペースもいつもよりゆっくりだ。

「起きてきませんね」

箸を止めたファンが、二階の方にチラッと視線をやって心配そうにつぶやく。

「まあ、まだここに慣れてないから、仕方ないいんじゃない？」

「そうそう、引っ越しの疲れもあると思うし、ゆっくりでいいよ」

毅と丈がそう言って苦笑いし、優斗と修は黙々と食事を続けていた。そうして一同の食事が終わりに近づきかけた頃、ようやく階段を下りる足音が聞こえてきた。

当然のように箸を止めた全員の意識がそちらに向かったが、当の直人はボサボサの髪とよれよれのスウェット姿で、あくびをしながらリビングを素通りしようとする。

その様子に一同は少し驚き、修がわずかに眉をひそめながら「おはようございます」と声をかけた。そこでようやく気づいたのか、直人が足を止める。

「あっ、おはようございます」

「朝食の時間ですよ」

まだどこか寝ぼけているような、ぼんやりとしている直人に修がピシッと言う。しかし直人はあまり気にした様子もなく、ヘラッと笑った。

「あー、すみません。みんなで一緒に、でしたっけ？」

「いいのいいの、次からね！」

腹を立てトゲトゲしい雰囲気を漂わせている修と、怯む直人の間に割り込むように、毅が軽い調子で言ったところで、優斗が静かに立ち上がった。

「七箇条の二、原則、朝食は入居者皆で一緒に食べること。ルールは守ってください。うちは猫も人も揃って朝ご飯を食べます」

修よりも険しい顔で、リビングの壁に掛かっている七箇条を指し示しながら告げた優斗に、さすがに何かまずいものを感じたのか、直人は慌てて姿勢を正す。

「す、すみませんでした。すぐ顔を洗ってきます」

そう言って直人が慌てて駆けていった後、丈と毅が優斗を宥めるように微笑みかけた。

「まあ、いいじゃないですか、最初くらい」

「そうそう、まずは馴染んでもらわないと」

しかし優斗は二人には返事をせずに着席すると、黙って食事を再開した。

クロとチャーは人間たちのやり取りにはまったく興味がなさそうで、サッサと食事を終えるとキャットタワーへ戻っていったのだった。

＊＊＊

朝食を終え、ファン以外の住人たちが全員出かけた後、優斗が掃除をしていたときだ。

二階に上がると、直人の部屋の扉が半開きになっていることに気づいた。

優斗に甘えるようにして後ろから付いてきていたチャーが、その開いた扉の隙間から直人の部屋に入ろうしたのでサッと抱き上げる。すると、隙間からチラリと見えた直人の部屋の惨状に、優斗は我が目を疑った。

引っ越しの荷物が積まれたまま片付いていないのは致し方ないとしても、段ボールを開けた際に出たテープや緩衝材《かんしょうざい》などのゴミが散乱している。それだけではない。食べ終えたスナック菓子の残骸《ざんがい》や、丸めたティッシュなども畳にそのまま落ちていた。

優斗は思わず顔をしかめると、扉をきちんと閉めてから、チャーと共に一階へ戻った。

そしてその日、直人が帰宅したのは、優斗が夕食の後片付けをしているときだった。

「ただいま戻りました」

そう挨拶してリビングに顔を出した直人に、猫と戯れていた毅と丈が笑顔で応える。

「おかえり～」

「お疲れ！」

二人に会釈を返した直人は、キッチンから出てきた優斗にも挨拶する。

「あ、夕飯はバイト先で済ませてきましたんで」

「そうですか」

特になんの連絡もなかったので、一応、夕飯を食べるものとして直人の分を少し残していたことは告げず、優斗は淡々と返事をする。

そんな優斗の態度に気まずさを感じた毅が、二人の仲を取り持つように割って入る。

「ねえねえ、直人くん、バイトって何やってるの？」

「あー、ちょっと、力仕事っていうか」

「へー、そうなんだ」

「じゃあ、失礼しま……」

と、リビングに留まらずにすぐ自室へ戻ろうとした直人を、優斗が引き止める。

「直人さん、少しお話、いいですか？」

「はい？」

振り返った直人に、優斗はエプロンのポケットから、スナック菓子の残骸を取り出して見せる。その途端、直人の表情が強張った。

「自分の部屋で何をしてもいいですが、扉はきちんと閉めていってください。チャーが食べてしまうところでした」

「あ、すみません」

謝る直人に、毅が「どんまい！」と声をかけ、丈も「ほら、猫ってなんでも食いつくから」と笑顔でフォローする。しかし、優斗は笑っていなかった。

「七箇条の三。常に部屋は整理整頓し清潔に保つこと。ちゃんと読んでくれていますか？」

「あー、はい。以後気をつけます」

再び軽く頭を下げて、直人は二階の自室へと消えていった。

「優斗さん、ちょっと厳しすぎませんか？」

そんな毅の指摘に優斗は無言を返す。そして結局何も言わずにキッチンへ戻っていった優斗の様子に、毅と丈は心配そうに顔を見合わせるのだった。

その夜、皆が寝静まった頃――。優斗は誰かがクシャミをしているのが聞こえ、目を覚ました。クシュン、クシュン！　と一向に止まらない様子に、優斗はある疑念を強めたのだった。

＊＊＊

翌日、優斗は四つ葉不動産を訪れていた。いつもの応接スペースで有美と向かい合って座る。先に口を開いたのは有美の方だ。

「直人さんは、慣れてきましたか？」

「ややマイペースなところがあるようですが……」

有美の問いに、優斗が歯切れの悪い返答をする。と、有美は「そうですか」と言いつつ、その後の進展が気になるようで、探りを入れてくる。

「他には、その……昔のこととか？」

しかし優斗は暗い表情で首を横に振る。

「まあ、本当に彼が弟の雅斗さんなら、何かきっかけがあれば思い出せるかもしれませんね」

元気づけようとして言った有美に、しばし黙考していた優斗は、何かを覚悟した様子で顔を上げた。

「あの、お願いがあります……」

そうして優斗がとある協力を申し入れると、有美は少し驚きながらも頷いたのだった。

数日後の昼下がり、有美の車に乗って、優斗は直人をある場所に連れてきていた。それは、以前、有美が優斗を案内した大きな木のある公園だ。

「どこですか、ここ？」

「ここは、僕が幼い頃、遊んだ場所です」

落ち着かない様子で付いてくる直人に、優斗は静かに告げる。

「そうなんですか？」

「はい。ここに来るまで、僕はそのことを覚えていませんでした。でも、こうやって公園内を眺めていると、確かにここにいたことがある、という実感が湧いてくるんです」

そう話しながら歩みを進めた優斗は、ベンチの前まで来ると立ち止まった。

そこで直人がおもむろにベンチに腰かける。と、優斗の脳裏に、少年姿の雅斗がベンチに座って猫を抱いている姿が過った。思い出のなかの幼い雅斗と、ベンチに座る直人の姿を比べるように、優斗はジッと見つめる。有美はその様子を少し離れたところから見ていた。

「あれ？　なんか変な感じですね」

そうつぶやいた直人の隣に、優斗は並んで腰かけてみる。しかし優斗は何も言わず、直人も何かを考え込むように、しばらく黙り込んだ。

「もしかして、昔、僕に会ったことがあるんですか？」

唐突な、しかし、いきなり核心を衝《つ》くような直人の問いに有美が息を吞む。しかし、優斗は平然と「どうでしょう」と淡々と答える。すると直人は少しためらってから、ぽつりぽつりと話し始めた。

「実は僕も、幼い頃の記憶が曖昧なんです」

「……ご両親は？」

「養い親も含めて家族は全員亡くなりました。今は天涯《てんがい》孤独《こどく》の身です」

「そうだったんですか……」

「優斗さんは、弟さんを探しているって……」

「はい」

「気持ちわかります。もし僕にも生き別れた肉親がいたら、必死で探すと思います」

そんな直人の言葉に、優斗と有美はそれぞれ何かを考え込むように押し黙る。そうして三人はどこか気まずい雰囲気のなか、帰途につくのだった。

＊＊＊

梅雨が明け、カラッと晴れたある日の午後のことだ。修が用事を済ませて帰ってくると、普段はあまりリビングに寄りつかない直人が一人、スマホをいじりながらソファに腰かけ、カップ麺《めん》を食べていた。

「ただいま。優斗さんは？」

「買い物に出かけてます」

ズルズルと音を立てて麺をすする直人の答えを聞きながら、修はふとあることに気づく。この時間帯になると、いつもキャットタワーの上でのんびりと昼寝をしているクロとチャーの姿が見えない。

「クロとチャーは？」

訝しみながら修がそう尋ねると、直人は「ああ、あっちに」と言って庭の方を指さした。そこで修は縁側の戸が全開になっていることに気づき、驚いて駆け寄る。

「ちょっと！　何してるんですか⁉」

　庭を探索するように歩き回っているクロとチャーの姿に修は慌てて飛び出すと、すぐに二匹を抱き上げて家の中に連れ戻した。

「ここ開けっ放しにしないでくれませんか！」

　突然、声を荒らげた修に、直人は驚いて麺をすするのをやめた。

「あ、ダメなんですか？　猫は外にいた方が自由でいいのかと思って……」

　悪びれた風もなくそう言い訳をした直人に、修は呆れた様子でため息をつく。

「何考えてるんですか。この子たちは家猫です。なんでも外に出せばいいってことじゃないんです」

　その強い口調に直人はハッとして、肩を落とす。

「すみませんでした」

「あ、いえ、ちょっと言い過ぎました」

　修が慌ててフォローするも、直人はすっかり気落ちしたようだ。

「なんか俺ダメダメですね。ずっと一人で暮らしてきたんで、こういう生活、慣れません」

　そうつぶやいた直人に、修は反省しながら「まだ始めたばかりじゃないですか」と励ますように言う。すると、直人は少しだけ笑って頷く。

「はい、がんばります」

　弱々しくそうつぶやいた直人は、カップ麺の汁を飲み干すと、そそくさと自分の部屋へ戻っていったのだった。

その夜、リビングではクロとチャーを囲んで、毅と丈、ファンと修が遊んでいた。

優斗はいつものように少し離れたところで、翌朝の仕込みがてら、ニボシの頭と腹ワタ取りの作業をしながらその様子を見守っている。そこへ、二階から直人が下りてきたかと思うと、距離を置いて毅たちの様子を眺めてぽつりと「いいなあ」とつぶやいた。

「直人さんも入ればいいじゃないですか」

優斗がそう促すも、直人はなぜか首を横に振る。

「いえ、僕はここで見ているだけでいいです」

そう言って、直人はすぐに自分の部屋へ戻っていった。その直後、直人の部屋からクシャミが連続で聞こえてきたので、優斗は手を止めた。

すると、猫たちと遊んでいた輪から離れた修が、優斗の元へ近づいて来て、チラッと二階に視線を向ける。どうやら、修も何かに気づいたようで、優斗と顔を見合わせる。

「優斗さん……」

それから優斗はニボシの頭と腹ワタを取る作業を再開しながら修に頷き返して、あるお願いをするのだった。

＊＊＊

翌朝、優斗がナスの味噌汁を作っていると、めずらしく直人がキッチンに顔を出した。

「おはようございます」

「早いですね」

「なんだか、昨日はあまり眠れなくて……」

そう答えた直人に、優斗は少し考えてから「これ」とまな板の上の青菜を示す。

「手伝ってもらえませんか？」

「はい？」

「これくらいに切ってください」

優斗が有無《うむ》を言わさずそう指示を出すと、直人は戸惑いながらも包丁を握り、手伝い始める。

そうして朝食が完成すると、優斗は直人に猫たちの器を持っていくよう頼んだ。

「クロ、チャー、ご飯だよ」

そう呼びかけながら器を床に置く直人は少し腰が引けている。その様子をじっと見つめて、優斗は口を開いた。

「では、僕らも食べましょうか」

「はい。あの、皆さんは？」

いつも全員揃っての朝食のはずだが、今日は優斗と直人、二人分の食事しか並んでいない。

それを怪訝に思った直人が首を傾げるが、優斗は平然としている。

「修さんは図書館で調べ物があるそうで、毅さんはドラマ撮影、丈さんは試合前の強化合宿、ファンさんは動画撮影の遠征《えんせい》だそうです」

「え、じゃあ……」

「直人さんは今日、バイトはお休みでしたよね？」

「今日は二人と二匹きりですね」

「はい」

そう言って微笑み、手を合わせて朝食を食べ始めたときだ。玄関の方から「おはようございまーす」と有美の声が聞こえてきた。

「すみません、なんかこんな早い時間に来てしまって」

申し訳なさそうに言う有美に優斗は「いいんですよ」と微笑んで、リビングへ通す。そして朝食が並んでいるテーブルに一緒についてもらうと、温かいお茶を差し出した。

カップを受け取った有美は、直人に軽く会釈して「いただきます」と口を付ける。

「ところで、今日は皆さんいないんですね？」

リビングを見回して、めずらしいとばかりに問う有美に、優斗は頷く。

「はい。みんな、夢を摑むのに必死で忙しいんです」

「そうですか」

「で、有美さんは朝早くからどうしたんですか？」

逆に問い返され、有美は「あ、そうでした」と用件を思い出す。

「実は保健所から連絡がありまして、こういう物件があるなら、猫を引き取っていただくことはできないかって。困っているみたいです。いい話かどうかわからなかったので、優斗さんにすぐ聞こうと思いまして」

保健所という単語に、優斗は「なるほど、保護猫ですか」と、すぐに話の流れを理解する。

テレビで紹介された影響で、入居希望者は人間だけではなくなった、ということらしい。

「難しい、ですかね？」

顔色を窺う有美に、優斗はチラリとキャットタワーに視線を向ける。

「クロとチャーがなんて言うか……」

「あ、猫にも『猫審査』があるんですか？」

思い出したように言う有美に、優斗は「もちろんです」と答え、不意に直人に話を振る。

「家族になるんですから当然です。ね、直人さん」

急に同意を求められた直人は、驚いた様子で箸を止めると、「え、あ、はい」と愛想笑いを浮かべて頷いた。

「もう直人さんも、ここに慣れたみたいですね」

「え、ええ、随分……」

どこか戸惑っているようなそぶりを見せた直人は、急に改まったように姿勢を正すと「あの」と口を開く。

「この前連れて行ってもらった公園、最近よく夢に出てくるんです。やっぱり、僕の過去にもあそこが関係しているような気がして……」

そんな唐突な告白に、優斗は何か考え込むように口を閉ざすと、食事を早々に終えて立ち上がった。そのままキャットタワーの方へ近づいていくと、おもむろに猫じゃらしを手に取り、クロとチャーの前で揺らしてみせる。

食後の運動とばかりに、二匹は喜んで飛びつき始め、優斗は頬を緩めた。そんな姿を有美と直人はテーブルのところから見ていたのだったが――。

「直人さんもやりませんか？」

食事を終えたタイミングを見計らい、優斗が直人にそう声をかける。しかし直人はヘラッと笑って首を横に振る。

「いえ、僕はいいです。見ているだけで癒されますんで……」

いつもならそれ以上は突っ込まない優斗だったが、この日は違った。

「見ているだけじゃ、家族になれませんよ？」

そう言って手招きされた直人は、「はい……」と戸惑い気味につぶやくと、どこか恐る恐る、といった様子でクロとチャーに近づいていく。

猫を警戒しているかのような直人の挙動に、有美は「ん？」と違和感を覚えて小首を傾げた。まるで、猫を苦手とする自分の姿を見ているようだ、と有美が感じるほど、直人の腰はわかりやすく引けている。

「ほ、ほら、クロ、チャー、こっちだよ」

直人は二匹の前に猫じゃらしを出すが、まったく見向きもされなかった。そのことに焦りを感じたのか、直人は必死に猫たちの前で猫じゃらしを振り始める。

「ほら、こっちおいで、こっちこっち！」

しかし猫は無理に追われるのを嫌がる。クロもチャーもキャットタワーの一番上まで逃げるように登っていってしまい、直人は呆然と立ち尽くしている。

「なんか、嫌われちゃったみたいです」

そう言って困り顔になった直人に、優斗は問う。

「猫は人生の師匠だと思っています。面接の時、そう言ったのを覚えていますか？」

「……はい」

「猫に近づくことができない人の言葉には思えません」

その指摘に、直人は「それは、あの、えっと」と、しどろもどろになった次の瞬間、不意に盛大なクシャミをした。しかも、一度出始めると、クシュン、クシュンと連続して、なかなか止まる気配がない。

そしてその特徴的なクシャミの仕方に、有美がハッと息を呑んだ。

「直人さん、猫アレルギーなのに、うちに来た理由はなんですか？」

真剣な表情で切り込まれた直人は、しかしクシャミを止めることができずに、うろたえるばかりだ。その時、有美の脳裏には、テレビ番組の収録があった日の出来事が蘇った。

＊＊＊

「いやぁ、すごい話でしたね！　そんなことがあったとはね」

撮影を終えて、スタッフが機材などを撤収し始めている横で、ディレクターの竹原が優斗に話しかけていたときのことだ。

「これ、話題になると思いますよ。本当に弟さんに会えるかも。あ、もっと具体的に弟さんの特徴とか言ってもらったほうがよかったかもしれないですね」

饒舌に語る竹原に、優斗は首を横に振る。

「でも、これといって手がかりがないんです。猫が好きだということと、あとは、爪を噛む癖があるくらいで……」

「へぇ、やっぱり猫好きは遺伝なんですね！」

「我が家にとって、猫は人生の師匠ですから」

　そう語る優斗の背後で、クシュンクシュンと特徴的なクシャミをしている人がいた。機材を片付けていたスタッフのうちの一人――それが、直人だった。

＊＊＊

「もしかしてあなた、あの収録の時にここへ来ていた⁉」

「応募書類には、登録制のバイトで主に力仕事をしているとしか書いてありませんでしたけど、テレビ局のスタッフとして機材を運んでいた方ですよね」

　有美の指摘に続き、驚く様子もなく告げた優斗に、直人は大きく目を見開く。

「って、優斗さん、いつ気づいたんですか？」

　有美の問いに優斗は苦笑する。

「ハッキリと思い出したのは昨晩です。なので、夜のうちに修さんたちに事情を話して、今日は一日家を空けてもらうよう頼みました。直人さんと二人で話したくて」

　打ち明けられた直人はうなだれて沈黙する。一方の優斗は腹を立てているというわけではなく、あくまでも冷静に話を続けた。

「ここまでするのには、何か理由があると思いました。そうですよね？」

　しかし直人は俯いたまま答えない。

「天涯孤独というのも嘘ですか？」

と、そこでパッと顔を上げた直人は「それは本当です」と弱々しく言う。その表情は今にも泣き出しそうに見えた。

「幼い頃の記憶が曖昧というのも本当です。自分がどんな子どもだったのか、教えてくれる人ももういない。ずっと独りでした……」

直人はぽつりぽつりと事情を打ち明け始める。

「優斗さんの話を聞いて、弟さんが羨ましいと思いました。俺のことも、誰かが必要としてくれていたら、どんなにいいか……って。それで、もしかしたら、ここなら受け入れてくれるんじゃないかと思ったんです」

優斗は表情を変えず黙ったままだったが、有美の方が声を上げる。

「優斗さんの気持ちを利用したんですね……ひどいです」

悔しそうに顔を歪めた有美と、無言で聞いている優斗に、直人は向き直る。

「すみませんでした。一度でいいから、家族が欲しかったんです……」

頭を下げる直人の言葉を、優斗は淡々と受け止め、そして改めて問う。

「これから、どうしますか？　このまま、一緒に暮らしますか？」

「えっ？」

「優斗さん、それは……」

直人も有美も、優斗がこのまま入居を許してくれるとは予想していなかったらしい。驚きと困惑の表情を浮かべる二人だったが、優斗は平然としている。

「僕は構いませんよ。一時でも暮らした家族です。追い出すなんてできません」

優斗の言葉に、直人は悩ましげに眉をひそめる。有美はどちらかというと、優斗のあまりの人のよさに呆れていた。

「ただ、僕が唯一気に入らないのは、直人さんが『猫を舐めていた』ことです。猫くらい簡単に騙《だま》せると思っていたとしたら、大間違いです。なぜなら、猫は人を見抜くから」

現にクロもチャーも、直人に近づこうとはしない。アレルギーが原因とはいえ、猫のことを心から好んでいない者を、猫は警戒こそすれ、自らすり寄っていくことはないのだ。

キャットタワーからなかなか下りてこようとしない猫たちの様子を改めて見やって、直人は苦渋の決断をする。

「本当に、そうでした」

「それで、どうしますか？」

改めて確認した優斗に、直人は首を横に振る。

「やっぱり、出ていきます。ここの皆さんを見ていて、猫と暮らす喜びが伝わってきました。あの輪に自分から入っていけないようでは、ここに住む資格はないと思いました」

「……そうですか」

直人の決断を受け止め、優斗は少し残念そうな表情になる。

「本当に、すみませんでした」

改めて深々と頭を下げた直人の肩を、優斗はポンと優しく叩き、顔を上げさせる。

「猫と過ごす時間は、決してむだにならない。たとえ、少し距離があっても、です」

「はい。短い間でしたが、お世話になりました」

直人はそう言って、泣きそうになりながらもわずかに微笑んだのだった。


直人が引っ越しの準備のため、自分の部屋へ戻っていった後、優斗と有美は縁側で座って、空に浮かぶ夏らしい入道雲をぼんやりと眺めていた。クロとチャーが甘えるようにすり寄ってきたので、優斗は二匹とも愛おしそうに抱き締める。

「テレビの取材なんて、受けなければよかったですね……」

後悔している様子の有美だったが、優斗はさほど気にしているようには見えない。

「今回のことで、わかったことがあります」

「なんですか？」

「人間は隠しごとをする」

優斗の言葉に、有美は直人のことを言えないなと思ったのか、自嘲気味に笑う。

「すみません……」

「猫は隠しごとをしません。人は弱い生き物だから、猫に憧れを抱くんでしょうね」

優斗はふわふわのチャーとクロに顔をうずめ、その独特の香りを堪能してから、そっと二匹を解放してやる。

「雅斗さん探し、振り出しに戻ってしまいましたね」

「でも、よかったです。こんなに社会を知らない僕は、雅斗と出会ってもまだ受け入れられなかったかもしれない。長い時間をかけて、リハビリしながら探します」

「はい」

理解を示してくれた有美のことを、優斗はふとあることを思い出して見つめる。

「でもまだひとつ、謎が残っています」

「なんですか？」

首を傾げた有美を、優斗はジッと見つめながら口を開く。

「これまでも何度か聞いたことです。有美さんはなぜ、僕を見守ってくれているんですか？」

何度聞いてもはぐらかされてきたその質問の答えを、優斗は改めて求める。

直人とのやり取りの後で、これ以上誰かに隠しごとをされているとわかっていて放っておく気になれなかったからだ。

「祖父に頼まれたから、本当にそれだけでしょうか？」

もう一度尋ねられた有美は覚悟を決めたのか、深呼吸をして話し始めた。

「わたしは、優斗さんを知っていました」

優斗の認識では、有美に初めて会ったのは幸三の四十九日の法要の時だ。だが、その口ぶりからして違うということだろう。

「いつから、ですか？」

「小学生の頃です。正確に言うと、小三の三学期の二ヶ月ちょっとだけ」

思った以上に前の話だったので、優斗は驚きに目を瞠る。そしてそのピンポイントな時期に、気まずさを覚える。

「おそらくその後、優斗さんは施設に行ったんだと思います」

「すみません、記憶が……」

「いえ、知らなくて当然なんです。優斗さんが気づかないところから、わたしが一方的に見ていただけですから」

それから有美は、その時のことを打ち明け始めた。

有美は昼休みの校舎裏で、その日も独り、膝を抱えて座り、縮こまっていた。すりむけた両膝は血が滲んでいたが、それよりも心が痛くて動けなかった。

有美の視線の先にあるのは、地面に無造作に投げ捨てられているボコボコに変形した筆箱と、カッターで切り刻まれたノート。ともに買ってもらったばかりのもので、今朝まではピカピカの新品だったものだ。その哀れな惨状を、有美はクリッとした大きな瞳に涙を溜めて見つめていた。

と、近くで猫の鳴き声が聞こえ、有美はパッと立ち上がった。体育倉庫の陰に隠れ、猫の声のする方をそっと覗いてみると、草むらから一匹の野良猫が顔を出していた。

そこへ、どこからともなく優斗が現れると、その猫を慣れた手つきで抱き上げて、しばらく撫でた後、近くに生えていた猫じゃらしで猫と楽しそうに遊び始めたのだ。その様子を有美は陰からずっと見つめていた。

しばらくして優斗が去った後、有美もその草むらへ近づいていくと猫に手を伸ばし——恐る恐る触れようとしたその時、シャッと手の甲を引っ掻かれてしまったのだった。

「それから毎日、わたしは昼休みになると校舎の裏へ行き、優斗さんが猫と遊ぶのをこっそり見ていました。そして、優斗さんがいなくなると、わたしも猫と遊ぼうとして……そのたびに引っ掻かれていました」

有美はその時のことを思い出すように、自分の手の甲を見つめて苦笑する。

「あの頃は何もかもうまくいかなくて……。猫にまで見放される悔しさと、なんであの子は猫の心を摑めるんだろう、という疑問でいっぱいでした。毎日、意地で続けていたら傷だらけになってしまったんですけど……」

今はもう見えないその傷を、有美は恥ずかしそうに撫でてから、顔を上げ、優斗を見つめた。

「そのうち、優斗さんが猫と戯れるのを見ているだけで満足するようになりました。というか、ほぼその光景がわたしの救いでした」

手の傷はいっぱいだったが、猫といつも楽しそうに遊んでいる優斗の笑顔がまぶしくて、いつの間にか有美の心の痛みは引いていった。そして、しばらく忘れていた笑顔を取り戻すことができたのだ。それなのに——。

「ある日を境《さかい》に、優斗さんが来なくなり、ものすごい欠落感で……もうほとんどトラウマ」

今では冗談っぽく笑えるが、当時の有美の落ち込みは酷《ひど》いものだった。

「だから、就職した後、幸三さんの担当になった挨拶の時、縁側で猫と遊んでいる優斗さんのことを見て、すぐにピンときました。あの時の、あの子だ！　って」

目を細めて穏やかに笑い、有美は話を続ける。

「で、幸三さんにお話ししたんです。一時期、優斗さんがわたしの心の支えになっていたことを。それから、色々とお話を聞くようになったんです」

「そうだったんですか……」

「はい、あの頃、支えてもらった恩返しを、今しています」

そう言って微笑んだ有美に、優斗は照れくさそうに頭を掻く。

「僕は猫と遊んでいただけで、何もしてないですけどね」

「それは、そうなんですけど」

お互いに顔を見合わせて笑っていると、そこでふと優斗が何かに思い至り、ポン！　と手を叩いた。

「それか。その体験が、有美さんを猫から遠ざけているんですね」

「ええ、ないんですよ。猫に対する成功体験が」

そこで玄関の方からガタッと音がしたことに二人は気づき、立ち上がる。

玄関に出て行くと、そこには修と毅、丈とファンの四人が立っていた。

「どうしたんですか、皆さん」

玄関先で揃って立っている様子を怪訝に思って問うと、四人が苦笑する。

「いや、まだ話終わってないかと思って」

「そんなに時間つぶせないですよ」

毅と丈が気まずそうに笑いながら答える。

「あれ、なんで有美さんが？」

優斗と直人、二人きりにしたはずなのに、とファンが首を傾げ、有美が会釈する。

「なんか、成り行きで……」

「話し合いは済んだんですか？」

優斗と有美しか出てこなかったことに気づいた修が問い、優斗が頷く。

「はい、済みました」

「それで、直人さんは？」

修の問いに、毅と丈、ファンの視線が優斗に集中した。

「退居することになりました。ですが、みんなの輪に自分から加わっていける日が来たなら、戻ってくるかもしれません」

「そうですか……」

「また、このメンバーで再出発です」

そう言って微笑んだ優斗に、四人は顔を見合わせてニヤリと笑う。

「優斗さん、俺、またオーディション落ちちゃって……。今お金ないので少し、家賃をまけてもらえません？」

「僕も試合に負けて、また出直しになりました。だから家賃……」

毅と丈の申し出に、「ダメです」ときっぱりと即答したのは優斗ではなく有美だ。

「有美さん、厳しいなぁ」

「そもそも破格の値段《ねだん》ですからね。これ以上は下げられません！」

もう一度、とびきりの笑顔で断った有美だったが、そこでファンが挙手する。

「なら、僕が出しましょうか」

その言葉に、毅と丈が揃って目を輝かせた。

「ファンくん！」

「さすが、成功してる奴《やっ》は違うな」

尊敬のまなざしを向けられたファンは、そこでニヤッと笑う。

「貸し、ですけどね」

「えっ！」

まさかの返しに毅と丈が頬を引きつらせ、その様子に笑いが起こる。

その時、クロとチャーが優斗と有美の間をすり抜けて、リビングから外に飛び出そうとした。

「あっ、こら！」

優斗は慌ててクロを抱き上げ、チャーから一番近くにいる有美に声をかける。

「有美さん！」

その声に、有美はハッと足元を見て――とっさにチャーを抱き上げた。

「おおーっ！」

有美の行動にどよめきが起きる。有美も自分で自分のとった行動に驚きながらも、猫を抱き上げることができたことに感動しているようだ。

勢いに任せて、有美はチャーの背中をそっと撫で、そしてチャーの柔らかい感触に、表情を緩ませる。

一同が有美とチャーを取り囲んで笑い合うなか、優斗がふと口を開く。

「もしよかったら……一部屋空いていますが、有美さんどうですか？」

優斗からの思ってもみなかった提案に、有美がキョトンと目を丸くする。そして毅と丈、修とファンは視線を交わし合い、にわかに色めき立った。

「だ、だって、ここは女人《にょにん》禁制じゃないんですか？」

動揺しながらもそう返した有美に、優斗は有美の抱いているチャーの額を撫でる。

「猫が懐いていますから」

どうやら『猫審査』をクリアしたということらしい。優斗の言葉に吹き出した有美は、再びチャーを抱き締める。

「かわいい……」

そうして入居者が決まったとき恒例の拍手が湧き起こり、有美は新たな二星ハイツの家族として迎えられることになったのだった。

＊＊＊

朝、二星ハイツのリビングには、住人が勢揃いする。

テーブルの脇では、一足先に優斗特製のねこメシをがっつくクロとチャーの姿があり、住人たちはその微笑ましい様子を見つめながら着席した。

修と毅、丈、ファン、そして八月に入って、五人目の新しい住人となった有美が一緒に手を合わせる。

優斗が「いただきます」と言うと、一同も揃って「いただきます！」と言い、食べ始めた。

「おいしい！」

初めて食べた優斗の朝食に、有美は思わず感想をもらす。

「でしょ？」

「優斗さんのご飯は最高ですよね」

毅とファンがそう言うと、食卓が笑いに包まれた。

また新たなメンバーでの共同生活の始まりに、一同は期待に胸を膨らませていた。

朝食後は、仕事やバイト、ジム、劇団の練習など、それぞれの場所に出かけていくのを優斗は見送る。

「いってきます！」

「いってらっしゃい！」

揃って出ていく住人たちを見送り終えた優斗はふと振り返った。

そこには、ガランとしたリビングがあり、縁側ではクロとチャーが仲良く寄り添うようにして、気持ちよさそうに眠っている。

そこはとても静かだが、寂しさはまったく感じない。

ふと優斗はチャーがこの家に来たばかりの時のことを思い出す。クロとチャーの二匹は、最初から今のように仲良しだったわけではなかった。

「ケンカしだしたときはどうなるかと思いましたが、落ち着いてくれてホッとしました」

幸三と二人、リビングで寝転がっているクロとチャーを見つめて笑い合う。

「ああ、そうだな……」

「チャー、よかったな。新しい家族だぞ」

優斗がそう呼びかけるとチャーは一瞬だけ振り向いてから、前足を揃えて伸びをする。

「クロ、仲良くしてやれよ」

幸三の声かけに、先住猫のクロもピクリと反応して、再び寝転がった。

「こっち向きましたね」

「ああ、自分の名前がわかるんだな」

「そうなんですか？　時々、知らんぷりもされますが……」

優斗の言葉に、幸三が「ははは」と笑う。

「猫は知能が高いが、なんでも人の意のままには動かない。今はそんな気分じゃないってな。人も一緒。自分のペースで生きられればいいんだ。呼ばれて振り向きたいときがくれば、振り向く」

「はい」

「まずは、クロが受け入れたことでよしとしよう」

「そうですね」

優斗が頷き、幸三と視線を合わして微笑み合ったときだ。唐突にクロとチャーがじゃれ合い始めた。

「おっ、いいぞ、その調子！」

仲良く遊び始めた二匹の様子に、幸三は心底うれしそうに目を細めて拍手する。

優斗もつられてパチパチと手を叩いて、二匹のことを温かく見守る。

そんな二匹の出会った頃を思い出し、優斗は思わずふふっと笑って、リビングに背を向ける。

そしていつものように、朝食後の片付けをしにキッチンへ入っていくのだった——。

本作品は書き下ろしです。

またこの物語はフィクションです。実在する人物、団体等とは一切関係ありません。

本文扉イラスト　朝陽一

協力　アミューズメントメディア総合学院　ＡＭＧ出版

中公文庫

ねこ物件《ぶっけん》

——猫《ねこ》がいるシェアハウス

2022年7月25日　初版発行

著　者　柳《やなぎ》　雪《せっ》　花《か》

原　案　綾《あや》部《べ》　真《しん》弥《や》

発行者　安部　順一

発行所　中央公論新社

〒100-8152　東京都千代田区大手町1-7-1
電話　販売　03-5299-1730　編集　03-5299-1890
URL https://www.chuko.co.jp/

ＤＴＰ　ハンズ・ミケ
印　刷　大日本印刷
製　本　大日本印刷

Published by CHUOKORON-SHINSHA, INC.
Printed in Japan　ISBN978-4-12-207239-8 C1193

各書目の下段の数字はISBNコードです。978-4-12が省略してあります。

中公文庫既刊より

う-9-5
ノラや
内田百閒
ある日行方知れずになった野良猫の子ノラと居つきながらも病死したクルツ。二匹の愛猫にまつわる愛情と機知とに満ちた連作14篇。〈解説〉平山三郎
202784-8

た-30-55
猫と庄造と二人のをんな
谷崎潤一郎
猫に嫉妬する妻と元妻、そして女より猫がかわいくてたまらない男が繰り広げる軽妙な心理コメディの傑作。安井曾太郎の挿画収載。〈解説〉千葉俊二
205815-6

ふ-49-1
猫がかわいくなかったら
藤谷治
定年まで四年。妻と静かに老いていくだけと考えていた吉岡だったが、近所の老夫婦が入院し、その飼い猫を巡り騒動に巻き込まれる。〈解説〉瀧井朝世
206701-1

ほ-12-15
猫の散歩道
保坂和志
鎌倉で過ごした子ども時代、猫にお正月はあるのか、新入社員の困惑……小説のエッセンスがちりばめられた88篇。海辺の陽光がふりそそぐエッセイ集。
206128-6

よ-17-17
ネコ・ロマンチスム
吉行淳之介編
気まぐれで不可思議で魅力的な生き物に、夢と現実のあわいへ導かれる——。豪華な執筆陣による猫にまつわる幻想的な作品全一三篇を収録。〈解説〉福永信
207203-9

く-20-1
猫
クラフト・エヴィング商會
井伏鱒二／谷崎潤一郎他
猫と暮らし、猫を愛した作家たちが思い思いに綴った珠玉の短篇集が、半世紀ぶりに生まれかわる。ゆったり流れる時間のなかで、人と動物のふれあいが浮かび上がる、贅沢な一冊。
205228-4

ほ-20-2
猫ミス！
新井素子／秋吉理香子
芦沢央／小松エメル
恒川光太郎／菅野雪虫
長岡弘樹／そにしけんじ
気まぐれでミステリアスな〈相棒〉をめぐる豪華執筆陣による全八篇——バラエティ豊かな猫種と人の物語を収録した文庫オリジナルアンソロジー。
206463-8